DE LA MÊME AUTEURE

AUX ÉDITIONS VERTICALES

Dans le temps, *1999*

Mes petites communautés, *1999*

Puisque nous sommes vivants, *2000*

L'Homme de mes rêves, *2002*

Les Sept Voies de la désobéissance, *coll. « Minimales », 2004*

Les fantaisies spéculatives de J.H. le sémite, *2005*

On n'est pas là pour disparaître, *2007 ; prix Wepler-Fondation La Poste 2007 ; prix franco-allemand Candide 2007 ; prix Pierre-Simon « Éthique et société » 2007 ; « Folio » nº 4890, 2009*

Que font les rennes après Noël ?, *2010 ; prix Alexandre-Vialatte 2010 ; prix Ève-Delacroix de l'Académie française 2010 ; prix du Livre Inter 2011 ; « Folio » nº 5437, 2012*

Ils ne sont pour rien dans mes larmes, *coll. « Minimales », 2012*

Mécanismes de survie en milieu hostile, *2014 ; « Folio » nº 6078, 2016*

Toutes les femmes sont des Aliens, *coll. « Minimales », 2016*

CHEZ D'AUTRES ÉDITEURS

Les félins m'aiment bien, *Actes Sud-Papiers, 2004*

Les Lois de l'hospitalité, *Inventaire/Invention, 2008*

Viande froide, *Éditions CentQuatre/Nouvelles Éditions Lignes, 2008*

« Maison d'arrêt Paris-La Santé, 42, rue de la Santé 74014 Paris » in L'Impossible photographie : prisons parisiennes, 1851-2010, *Éditions Paris Musées, 2010*

Jouer à chat, *Éditions Invenit/Musée des Confluences, 2018* olivia rosenthal

éloge des bâtards

roman

verticales

« Les insultes devraient être écrites sur le sable
Les compliments devraient être gravés dans le marbre. »

John Berger, *La Cocadrille*

« Pour un objet en ordre, tu n'as même pas besoin d'une phrase : pour un objet en ordre, le mot pour l'objet suffit. Ce n'est qu'avec un objet en désordre que commencent les histoires. »

Peter Handke, *Gaspard Hauser*

La première fois, c'est arrivé sur un marché. Je circulais dans les rues étroites, sales, souillées de légumes avariés et de détritus de toutes sortes, happée par les appels, les offres beuglées ou chantées, les bousculades. Je me suis arrêtée devant le stand du poissonnier. Il avait exposé ses dorades et crevettes d'élevage, ses bars pêchés à la ligne, ses morues séchées. C'est là que j'ai eu un flash, une prescience inconnue qui m'a surprise, et cette surprise n'était pas agréable. Au début, juste une alerte, même pas, le mot alerte serait trop fort, une piqûre ou une minuscule décharge électrique ou un indice. Le poissonnier était en face de moi, il me regardait. Il m'a demandé ce que j'allais prendre, et là, c'est arrivé. En un éclair, j'ai eu la connaissance de mon interlocuteur, pas comme s'il me révélait quelque chose de lui mais plutôt comme si lui était moi. J'ai été immergée d'un coup dans la vie du poissonnier et j'ai su d'un coup ce qu'il avait enduré pour se retrouver à cette place. Je n'ai rien montré, j'ai deviné d'instinct qu'il me fallait quitter au plus vite la cohue générale. J'ai récupéré mes articles, ai cherché une sortie, rejoint mon logement, passé la porte que j'ai refermée derrière moi. J'étais sauve. Il fallait que je m'organise. Que j'invente une stratégie.

J'ai fait des recherches frénétiques sur Internet jusqu'à une heure avancée de la nuit. J'ai surfé un peu au hasard sur des sites consacrés aux maladies mentales, j'ai cliqué sur des liens portant des noms amusants pour des maux qui l'étaient moins, j'ai consulté tout ce que je pouvais trouver sur les syndromes, leurs diagnostics et leurs remèdes, puis je me suis intéressée aux poissons et au métier de poissonnier. Je me suis concentrée sur la formation requise, les douleurs au travail, le froid, les doigts qui gèlent, les journées passées debout derrière un comptoir. Les mains des poissonniers sont des instruments de travail fragiles. Elles supportent la lame, l'eau et la glace, les écailles, les aiguilles, le coupant des coquilles, elles se replient, elles se crispent, elles rougissent. Je le sais depuis que le corps et l'esprit du poissonnier habitent en moi. Cela m'oblige à expérimenter de nouveaux états et de nouvelles sensations. Et même si c'est assez exaltant d'acquérir ainsi une vie sans efforts, c'est quand même angoissant de se dire qu'à chaque instant et de manière tout à fait imprévisible on peut être plongée dans l'existence de passants qu'on n'a pas forcément envie de connaître aussi intimement.

Après, je rationalise. Je me dis que le cas du poissonnier est peut-être exceptionnel. Que, dans son histoire, quelque chose de particulier me touche. Que si je descends en ville maintenant, les personnes frôlées et croisées ne siphonneront peut-être pas entièrement qui je suis pour installer à la place leur biographie. Cette hypothèse me réconforte un peu. Je me décide à faire une pause dans la recherche que j'ai entamée, et, alors que les marchands ont remballé leurs tréteaux et qu'il fait noir depuis longtemps, je retourne en ville, là où l'animation jamais ne tarit et où tous les errants, cadres avinés, couples illégitimes, groupes de jeunes gens ou solitaires, sont susceptibles de se substituer à moi si cette bizarre propension ou disponibilité ou déficience se précisait et s'étendait. Je ne vais pas rester enfermée, ça ne servirait à rien. On ne peut pas éviter absolument la compagnie des humains. Je vais affronter cette force nouvelle qui est aussi ma faiblesse et essayer d'en décortiquer le sens. Et peut-être qu'ainsi, en analysant les canaux que les gens empruntent, les chemins qu'ils se frayent jusqu'à moi, peut-être que je comprendrai ce qui m'arrive.

Dehors, je reste sur le qui-vive. Je suis attentive à l'allure des passants, leur âge, leur sexe, j'essaye de saisir pourquoi certains, apparemment si loin de moi, ouvrent en moi une brèche et déversent entièrement qui ils sont, et pourquoi d'autres restent hermétiquement clos. Ensuite, j'écoute. Des voix se croisent juste derrière mes yeux et hurlent dans ma tête. La nuit entière est une longue et terrible traversée, des phrases, des cris, des hululements, des récits multiples et contradictoires remuent en moi, des corps petits et grands, jeunes et vieux, des femmes et des hommes tristes, furieux ou tranquilles, m'investissent. Je suis contrainte de fuir les rues grouillantes et vibrantes avant que le vacarme intérieur ne détruise tous mes souvenirs. La première excursion est la pire.

Depuis, je me suis adaptée. J'ai appris chaque nuit à recevoir toutes ces vies, et chaque matin à m'en défaire. J'ai changé mes manières de bouger, de penser, de me déplacer. J'ai compris qu'il fallait m'extraire du battement de la ville, me méfier des places, des marchés, des grandes manifestations, fuir les foules. Peu à peu, j'ai bouleversé mes habitudes. Et comme la ville changeait elle aussi, cela m'a aidée. Les anciens quartiers ont petit à petit été détruits et remplacés par de grands ensembles. L'espace commun a été réorganisé pour que la population, en augmentation constante, puisse accéder à des logements plus fonctionnels, plus confortables et plus nombreux. Les croqueuses, les pelleteuses, broyeuses, cisailles, brise-roche ont rempli leur office. Mon appartement, comme des milliers d'autres, s'est s'effondré sur lui-même lors d'une séance de dynamitage publique. La foule était massée derrière des barrières de protection, et, malgré le risque que je courais à me mêler aux autres, j'étais aux avant-postes ce jour-là pour regarder mon immeuble tomber à genoux puis se dissoudre. Une épaisse fumée brune s'est déposée sur les toits, rambardes, balcons encore valides, et à la place de l'ancien bâtiment que j'avais occupé pendant plus de vingt ans un tas de gravats marquait la fin d'un monde. J'ai laissé advenir.

Même si les projets urbanistiques me révoltent, je me dis qu'ils vont dans le sens de ma maladie. Des avenues sans trottoir, sans passants, sans frottement me faciliteront la tâche et émousseront mon drôle de pouvoir télépathique. Les rues effectivement se vident. Mon pouvoir s'amoindrit, il ne passe pas les vitres derrière lesquelles les humains se retirent. Les occasions de contact se réduisent. Personne n'a plus envie d'affronter le gigantisme architectural qui est en train de contaminer toute la ville, et toutes les autres villes et aussi d'autres pays. Bientôt un espace quadrillé, sûr, cohérent, parfaitement ergonomique aura rendu tous nos déplacements efficaces et rien d'imprévu ne pourra survenir. Si cet état de fait sert ma rémission, il me rend triste. Je ne veux pas renoncer à mes semblables bien que tout m'y encourage. Je soutiens la contradiction entre mon désir de conversation et mon besoin d'isolement. Personne ne connaît mon pouvoir et même mes amis les plus intimes sont hors de la confidence. Parfois je me mets dans la peau de l'un de mes proches, ou plus exactement il vient se substituer à moi par surprise. Mais la plupart du temps mon pouvoir ou ma tare se manifeste avec des anonymes. Je ne sais toujours pas pourquoi certains m'atteignent et d'autres non. Mon esprit d'analyse, les notes que je prends, les comparaisons que je fais, les schémas, les analogies, je ne trouve aucune logique susceptible d'expliquer ou de réguler ce grand trouble.

Les rencontres se font plus rares, je suis de moins en moins envahie. Le poissonnier a disparu, son étal ne faisait plus recette. Et même si cela va contre ma maladie et me complique un peu l'existence, je vais m'installer là où le foisonnement et le désordre ont encore une petite place, en périphérie. Je choisis une maison en bordure de lotissement. Je suis à l'écart mais je peux rejoindre la gare par un ensemble de passerelles installées au-dessus de la circulation automobile. Je continue à marcher la nuit, comme les rats et les chiens errants. Lorsqu'il arrive encore qu'un anonyme vienne se loger dans ma tête, je suis paniquée. Ni mon immeuble ni mon ancien appartement ne sont plus là pour servir de preuve à mon existence antérieure, je n'ai presque aucun moyen de rappeler à moi qui j'ai été, qui je suis. Mon histoire flotte dans un passé de plus en plus indistinct, souillé ou mêlé à celui de beaucoup d'autres personnes que j'arrive mal à chasser. Je me fatigue.

Il y a des changements plus importants dont je ne prends que lentement conscience, dominée que je suis par la lutte que je mène pour juguler mes pouvoirs inutiles. Je constate que des gens circulent furtivement la nuit dans mon périmètre. Je constate que comme moi, mais sans doute pour d'autres raisons, ils se cachent. Quand le couvre-feu est décrété pour empêcher de petits groupes de s'agglomérer, ils continuent, comme moi, à sortir. J'apprends petit à petit à les approcher sans me faire aspirer par leur histoire, j'apprends à me tenir à distance de leur voix. Je les apprivoise. Au début, ils sont comme des silhouettes et j'essaye de faire en sorte qu'ils conservent cette forme élémentaire, cette qualité d'apparence et de surface qui me permettra de n'être pas aspirée par eux. Puis quand je comprends les liens qui les unissent dans le silence habité de la nuit, je m'en approche. Ce sont de nouveaux complices, nocturnes et imprécis. Peut-être que, comme moi, ils sont sujets à un pouvoir télépathique qui les exclut du reste du monde, mais ils ne le disent pas. Nous sommes unis par des actions clandestines destinées à empêcher la disparition complète de notre ville. Nous occupons le terrain et nos pensées en nous concentrant sur la lutte minuscule, obstinée, que nous menons contre la politique urbanistique. Les circonstances nous obligent à la prudence et au soupçon. Nous ne nous réunissons pas, nous nous croisons. Nous échangeons, en nous frôlant, des informations, des données, des projets, sous la forme de petits papiers pliés, de codes à déchiffrer, de dessins ésotériques, de clefs USB cryptées. Nous nous relayons pour maintenir les derniers espaces encore en friche, les protéger, en étendre la portée. Nous ajoutons des palissades ici, nous en enlevons là. Nous creusons une tranchée ou déposons un tas de sable pour gêner le creusement d'une canalisation, la construction d'une rampe. Nous brisons des vitres en douce. Nous renversons des installations de chantier. Nous volons des uniformes. Nous bousculons des officiels. Nous répandons de l'eau sur les routes juste avant les grandes gelées. Nous interceptons des trente-trois tonnes et nous les renversons sur la chaussée. Nous dirigeons des dirigeables. Nous allumons des lampes ultrapuissantes là où la nuit devrait régner. Nous coupons des alimentations. Nous détournons des circuits. Nous dynamitons les grands ensembles par petites tranches.

Les autorités préemptent, elles intimident, leurs délégués

font monter les enchères, ils utilisent tous les moyens pour nous isoler, circonscrire nos mouvements, approfondir encore notre solitude et notre petitesse. Parfois ils viennent en costume avec de la politesse et de bonnes intentions, mais parfois leurs interventions sont plus musclées. Nous faisons en sorte que le nettoyage auquel ils s'emploient soit légèrement retardé, contrarié par de petites scories griffant le paysage. Nous sommes affairés, discrets, méfiants, subtils, nous communiquons par gestes. Et, comme une vraie camaraderie s'installe peu à peu entre les membres de notre groupe, nous échangeons aussi nos noms, histoire de mettre entre les corps de chacun des balises qui nous tiennent à la bonne distance les uns des autres, ni trop près ni trop loin. Il y a Sturm, Macha, Clarisse, Fox, Gell, Filasse, Full, Oscar et moi. Nous répétons ces noms comme un mantra, le mot de passe qui ouvre à notre désobéissance civile. Et nous qualifions aussi chacun d'entre nous d'un seul mot pour marquer à la fois notre connivence et le peu de curiosité que nous avons pour nos passés respectifs. Sturm est simplement le puissant, Fox le nerveux, Clarisse la candide, Filasse le berger, Gell le sauvage, Macha la frisée, Full le taciturne, Oscar le dandy et moi, Lily, la secrète. En nous restreignant à être seulement ce que nous faisons de concert, nous nous épargnons tout le reste. Je n'entre pas dans l'esprit et l'intimité de mes compagnons de lutte, ils sont imperméables, hermétiquement clos. J'apprends à ne pas les connaître. Je développe une telle confiance en eux que je commence à relâcher le contrôle que j'exerce sur moi-même. Grâce à notre complicité, je peux de nouveau me mêler au monde sans craindre constamment de me perdre. Cet état dure tant que nous sommes voués à l'action et unis par une conviction et un but communs. Mais un jour, les choses s'enrayent.

Première nuit

Fox

Chez moi, c'est grand, on tient tous au large, on n'est pas obligés de se tasser. Je suis assez près de la voie rapide, de la cité des Champs, de la zone d'activité, de l'usine de retraitement, je peux tout voir autour de moi en étoile. Alors ça devient facilement un QG, d'autant que je n'apparais sur aucune liste. Je suis clean, intégrée, sérieuse, je n'éveille pas le soupçon. Mon logement a beau être central, il est quand même au milieu de rien, en bout de lotissement, tout près du rond-point. C'est une maison qui date, ni les autorités ni les voisins n'ont envie de s'en approcher, sans doute qu'ils pensent que les anciennes bâtisses sont hantées et qu'il vaut mieux ne pas s'y adosser pour éviter que les fantômes aient l'idée de passer les murs. En tout cas, ils se tiennent à distance et ça m'offre une certaine marge de manœuvre même si autour les immeubles sont très hauts et surplombants. Dans la cour, j'ai laissé pousser des tiges suffisamment hautes pour masquer en partie la toiture et donc aussi la pièce principale et donc aussi nos réunions. C'est un fouillis de branchages, d'arbres, d'herbes folles, de graminées de toutes sortes, un roncier inextricable qui rend le terrain propice à notre clandestinité, on est isolés par une végétation foisonnante, autogénérative et assez hostile. S'avancer dans la cour et nous observer serait plutôt compliqué, on serait empêché par des aiguilles, des pointes, des entrelacements d'orties et de plantes défensives, la version naturelle des barbelés.

On est autour de la table, Macha, Fox, Clarisse, Filasse, Gell, Oscar, Sturm, Full et moi. On n'a aucun témoin.

— C'est le règne du désordre, c'est ce que dit Fox.

Pour lui, ça sonne comme une menace alors que pour moi c'est plutôt une promesse. J'ai des pensées spéciales là-dessus, des pensées que je ne peux pas entièrement dévoiler. Mes secrets pèsent. J'évite de me découvrir. Je dis seulement que ce règne-là, c'est le nôtre, c'est notre règne. Le désordre est notre force, il faut qu'on le maintienne. Fox pense que j'ai tort, il préconise une hiérarchisation des tâches, il explique qu'on devrait prendre le temps de discuter pour se réorienter.

C'est vrai que dans les circonstances actuelles, des circonstances de quasi-illégalité, on n'a pas tellement l'occasion de se parler. On s'insère dans les interstices et les sites délaissés, on a une manière bien à nous, oblique, furtive, de sillonner la ville et d'essayer d'en préserver les habitations côté ouest, là où les zones d'activité et la construction des tours ont mangé les derniers lopins. On se retrouve à la va-vite pour se tenir au courant puis on se disperse. Sturm, Oscar, Macha et Gell sont favorables à cette stratégie, la dispersion, c'est notre méthode, ils disent. Mais Clarisse,

Filasse, Fox et moi, on pense qu'il faut revoir nos priorités. C'est pas en échangeant des infos le long d'une autoroute qu'on peut vraiment résister aux attaques et élaborer des projets d'envergure. Si on continue à se frôler sans jamais se réunir, on perd en efficacité, c'est ce qu'on pense.

Ces derniers mois, on a connu des difficultés, on a même failli être dissous. C'est arrivé suite à une initiative de Macha. Elle a voulu récupérer des anciens bancs publics dans un entrepôt qu'un gars lui avait indiqué. On adorait tous son projet, sceller des bancs publics au milieu du bitume, en plein sur la dalle, on trouvait que ça serait drôlement beau, mais il fallait d'abord vérifier toute la chaîne des intermédiaires, s'assurer qu'on pouvait faire confiance à son indic, travailler le repérage des lieux. Je ne sais pas pourquoi, Macha était pressée, elle a dit que le mobilier allait bientôt être déplacé, qu'il fallait agir vite. On a vraiment failli se faire cueillir. Heureusement, Fox a flairé quelque chose, le pire a été évité. Ça a jeté un froid quand même. On avait manqué de discernement, on avait été trop impatients. Et puis quelques mois plus tard, Full a été exproprié manu militari.

Il fallait se réunir, ça ne pouvait plus attendre.

— On dessine un organigramme ? a proposé Oscar. Et Macha a ri et on a vu ses dents blanches, si blanches qu'on a compris que ça ne pouvait pas être les siennes. Voilà encore un truc dont on n'a jamais parlé. Comment on fait pour perdre ses dents avant l'âge ? Après toutes ces années, je me rends compte qu'on a focalisé toute notre énergie sur le règlement de nos différends, nos modes d'intervention, la mise en œuvre discrète des opérations, la lente expansion de nos réseaux de résistance. Mais à force de décider dans l'urgence, qui prend le relais, où on dépose le matériel, chez qui on se replie en cas de problème, on a négligé nos liens personnels au profit de notre capacité d'action. Et si on s'était trompés ? Ce soir c'est un peu comme si je voyais pour la première fois les dents trop blanches de Macha, et comme si le brillant artificiel de ces dents illuminait aussi les petites particularités de Fox, de Sturm, de Filasse et des autres.

Sturm a haussé les épaules. Il a proposé qu'on intercepte tous les actes de vente correspondant à la semaine où Full a été jeté dehors et qu'on les balance un peu au hasard du haut des tours. Oscar trouvait qu'on ne devait pas mettre les expropriés en première ligne, qu'ils étaient déjà suffisamment exposés. Une vive discussion s'est engagée. Macha était de l'avis de Sturm, Full avait été mis dehors, on devait absolument inventer une riposte, même dérisoire. Elle s'est emportée, elle voulait peut-être noyer nos doutes dans une nouvelle action. En même temps, elle n'avait pas tort. On ne pouvait pas laisser faire sans réagir, sinon les pouvoirs publics iraient toujours plus loin.

Pour l'instant, ils sont encore obligés de prendre des précautions, de respecter certaines règles, ils ne peuvent pas tout détruire sans obtenir notre consentement et ils viennent nous l'arracher avec de belles manières et des gants blancs. On veut au moins qu'ils montrent les mains qui se cachent sous ces gants, c'est le minimum. Des fois je me dis que, parmi ces administratifs, il doit y en avoir qui aimeraient bien, eux aussi, tomber les gants et l'uniforme, et qu'on pourrait peut-être en convaincre certains de nous rejoindre. Mais les autres ne sont pas d'accord avec ma vision. Ils estiment que croître en nombre, c'est nous déliter et nous affaiblir. Quand on gagne en extension, on perd en force, c'est la théorie de Sturm. Et je ne veux pas contrarier Sturm, il a un tempérament sombre. Il dit que si on ne se plante pas au cœur de l'action, on va se faner et se rabougrir.

N'empêche. On est de plus en plus seuls. On a besoin de développer de nouvelles alliances. Parce qu'à force de nous comporter en fugitifs on perd ce qu'on a en commun. Alors, installés autour de la table, on essaye de repenser nos fondations. Mes compagnons s'emballent, je temporise. Je veux bien qu'on refasse le monde et qu'on l'améliore mais y a des étapes à respecter.

Je me tourne vers Fox.

— Tu te vois jouer quel rôle dans ton organigramme ?

La question le dérange. Fox remue sur son siège, et son nez, long et fin, se plisse.

— Il ne s'agit pas de moi mais du groupe. On ne peut pas continuer comme ça.

— Comme ça, c'est comment ? demande Filasse.

C'est toujours lui, le benjamin, qui relance les questions essentielles, celles qu'on n'ose plus poser parce qu'on croit qu'être adultes nous interdit la naïveté.

Fox hausse les épaules. Son nez se plisse un peu plus comme s'il souffrait. Fox, c'est un gars au visage fin, toujours agité, toujours parlant, toujours prêt à proposer des solutions de rechange, à bouleverser nos plans quand il estime qu'on a pris la mauvaise route. Fox adore la contradiction, elle le stimule.

— On va dans le mur, il dit. Si vous voulez jouer les passe-muraille et les bouffons, restons-en là. Mais moi, je crois qu'on peut avoir plus d'impact si on s'en donne les moyens.

— Tu parles comme un livre, dit Sturm. Normal, t'as dû faire des études, toi.

Dans la voix de Sturm il y a autant de sarcasme que d'admiration. Sturm aimerait sans doute savoir d'où vient Fox et comment il est arrivé parmi nous. Jusque-là, sujet tabou, on ne remonte pas dans le passé, on avance. Mais c'est sûr qu'il y aurait à fouiller pour comprendre ce qui se cache derrière l'action, derrière le visage et derrière la peau. C'est un peu comme les dents blanches de Macha. Finalement on ne se connaît pas. J'y pense parfois. Je pense à ce que je pourrais apprendre de mes compagnons si mon ancien pouvoir se manifestait à nouveau. Pour l'instant, je ne sais pas trop pourquoi, mes camarades m'ont épargné la télépathie et j'ai toujours supposé que c'était lié à la conviction que nous avions tous de devoir agir. Mais si nous nous mettons à hésiter, il est possible que je sois à nouveau assaillie.

La gêne s'est installée insidieusement entre nous et elle nous divise.

— Alors, on examine son cas ? demande Sturm et il enchaîne. Quel est ton nom et t'es né où ?

Sturm, c'est notre opérateur pratique, un gars des abords d'autoroute, un spécialiste du terrain, un obstiné, il ne baisse jamais les bras. Avec lui, c'est dur de tergiverser et de passer outre, il a tendance à aller contre par principe, il a cette rudesse extrême qui peut émouvoir ou irriter. Mais là, on ne s'attendait sûrement pas à une question aussi directe et aussi déplacée. Pendant un moment la question s'est balancée comme un couteau au-dessus de nous et j'ai bien cru que quelqu'un allait être gravement atteint. Oui, on a tous cru que notre groupe allait exploser. Mais Fox n'avait visiblement plus rien à perdre, ou alors il était convaincu qu'on était arrivés au bout de quelque chose et qu'on devait absolument rebondir. Toujours est-il qu'il n'a pas pris la mouche et qu'il a même fait un effort pour répondre avec calme et précision.

— Appelez-moi Fox, il a dit.

C'était bizarre, cette réponse, parce que ça faisait des mois et des années qu'on l'appelait comme ça, de toute façon on ne lui connaissait aucun autre nom, à Fox. Les autres se sont exécutés un peu à contrecœur et un peu de bon cœur, ils ont crié Fox, y a eu aucun contrevenant, sauf Sturm, qui espérait plus.

— Tu peux approfondir ? il a dit.

Et là, alors que rien ne le laissait prévoir, la voix de Fox a baissé d'un ton, il paraissait brusquement désireux de raconter quelque chose qui justifie ses manières de voir.

— C'est le nom que je me suis choisi. Fox.

Le groupe n'a pas entendu la petite variation dans sa voix mais moi si. Au point que j'ai eu peur, j'ai eu peur pour Fox, pour sa survie au sein de notre troupe si les autres devenaient plus insistants. Je sais bien que Macha et Sturm, surtout eux deux, peuvent attaquer et mordre quand ils jugent qu'on ne prend pas la bonne direction. Et là, ils ne voulaient pas que Fox mette tout en question et qu'à cause de lui on cherche de nouvelles façons d'agir. Ça entravait trop leur liberté. En plus, Macha devait se sentir vaguement coupable, c'était entre autres à cause d'elle qu'on avait failli être démantelés. Alors elle avait la rage de ceux qui se sentent en faute mais ne veulent pas l'avouer. Bref, je me voyais déjà prendre la défense de Fox en recourant à une des petites pirouettes que j'utilise régulièrement quand quelqu'un cherche à s'approcher trop près de moi. Mais Fox m'a fait un signe de connivence et je l'ai regardé et il m'en a fait un autre et un autre et encore un autre et je voyais bien, du coin de l'œil, tous ces signes qu'il m'envoyait et auxquels je me gardais de répondre pour ne pas qu'on me suspecte d'avoir une relation spéciale avec Fox, une relation particulière, pour ne pas qu'on brise l'égalité entre nous. Je me demandais s'il se doutait des secrets que j'avais, moi, et que jamais je n'avais exposés au groupe, en tout cas je voyais bien qu'il était prêt à livrer les siens.

— Fox, c'est pas mon vrai nom, il a dit. Et il paraissait calme, ses yeux en amande ne riaient pas, son nez long et fin ne frémissait pas, il s'est passé une fois la main sur son crâne chauve et puis basta.

Gell a haussé les épaules.

— Parce que tu crois que je m'appelle Gell peut-être ?

Et Sturm en a profité pour montrer qu'il était plus juste et plus précis et plus sincère que Fox.

— Personne ici ne porte son vrai nom.

Il a montré les uns après les autres les membres de notre brigade.

— Qui le connaît, son vrai nom, il a dit. Ce serait quoi, le vrai nom ?

Et Sturm avait raison. Tous autant qu'on était, on avait décidé de porter le nom qui nous chantait sans se préoccuper de celui qu'on nous avait donné, on avait décidé de s'affranchir du nom. Moi par exemple, tout le monde m'appelait Lily mais je savais bien que c'était une couverture, et qu'en vrai je portais beaucoup d'autres noms qui se baladaient autour de ma tête, des noms d'hommes et de femmes que j'avais rencontrés sans les connaître et qui s'étaient invités à l'intérieur de mon crâne. Alors si on me demandait mon nom, je n'entrais pas dans les détails, je disais l'essentiel. Lily. Et je me doutais, bien qu'on n'en ait jamais causé, que c'était pareil pour les autres. Bref. Tout ça pour dire qu'une question aussi banale que, c'est quoi ton nom, ça bouleversait nos repères, ça nous renvoyait à nos ancêtres. Et on n'aimait pas ça. Se baptiser soi-même, c'était beaucoup plus sûr. Ça avait l'avantage de nous protéger. En cas de problème, on ne pourrait jamais dénoncer les copains parce que personne ne connaissait le nom de personne.

Pendant que je philosophais intérieurement sur l'onomastique, Sturm avait pris l'ascendant sur Fox et il a enfoncé le clou.

— Donc, on est contents que tu fasses comme nous mais tu nous apprends pas grand-chose.

Macha et Gell ont acquiescé.

Fox, c'est un gars de haute taille, rapide et toujours en mouvement, pas un fataliste, pas un passéiste, un gars solide qui va de l'avant mais là j'ai vu qu'il était en mauvaise posture. Oscar gardait le silence, Full chantonnait pour lui-même, on ne pouvait compter que sur Filasse et sur Clarisse pour contrecarrer les trois sauvages du groupe, Macha, Sturm et Gell. Je ne voyais pas comment Fox allait se débrouiller pour s'en sortir. Je me disais qu'on était en train de se séparer, c'était le contraire de ce que j'avais souhaité.

— J'ai toujours su que j'avais eu un père, un père inconnu, a dit Fox.

La phrase de Fox nous a secoués, tous. On ne s'attendait pas à une phrase de ce genre. On pensait qu'on allait éternellement continuer à débattre de nos modes d'action, à se féliciter ou à s'écharper sur l'efficacité supposée de nos interventions. Et là, Fox rompait nos habitudes, on était tétanisés. Parce que Fox, ce qu'il faisait, c'est qu'il prenait la parole en son nom, et même si son nom était un nom d'emprunt on était drôlement surpris par sa sincérité. Sturm est resté coi et Macha n'a pas moufté. Filasse a écarquillé ses yeux d'enfant et Fox a profité de l'effet de sidération qu'il venait de produire pour approfondir.

— On m'a pas caché les faits, même si on me disait absolument rien sur ce père. Je croyais y être indifférent et plus tard, j'ai compris qu'on m'avait frustré d'un lien dont j'avais vraiment besoin. À l'âge de dix ans, un homme qui est devenu le mari de ma mère m'a reconnu. J'ai été obligé de prendre son nom. Il est devenu mon père légitime.

— Pourquoi tu nous racontes ça ? a demandé Sturm.

Fox a poursuivi comme s'il ne l'avait pas entendu.

— À l'époque, on se préoccupait pas des filiations biologiques, on se préoccupait des apparences. Alors je me suis retrouvé avec un nom qui est doublement pas le mien, c'est ni le nom de mon père ni le nom de ma mère. Et par la suite, j'étais tellement occupé à m'expliquer à moi-même pourquoi j'avais pas envie de toucher les filles que j'ai pas pensé à retrouver le nom du père.

— On touche pas les filles non plus, qu'est-ce que tu crois ? C'est encore Sturm qui a pris la parole. On a autre chose à foutre que penser aux pères, aux beaux-pères et à toute la smala, on va pas constamment revenir en arrière.

J'ai entendu des frottements du côté de la véranda mais avec la nuit impossible de déterminer leur origine. Je suis allée faire un tour derrière la maison, là où les orties, les bambous, les aubépines et les ronces ont pris le pouvoir. Mes pas froissaient les herbes folles et la rumeur autoroutière s'élevait de l'ouest. Le ciel orangé avait mangé les étoiles et signalait l'étendue du chantier juste après le lotissement, là où ils avaient détruit notre passerelle et rétréci encore un peu plus nos capacités de mouvement. Je me suis tenue dans un angle mort. D'autres frottements sont venus. Puis plus rien. Je suis retournée dans la pièce principale et j'ai dit que je n'avais rien remarqué, ça devait être une bête égarée qui se faufilait dans les derniers espaces vacants.

Filasse a passé la main dans ses cheveux bouclés. Oscar a enlevé ses lunettes, et son regard flou a papillonné de l'un à l'autre. Fox a souri. Il a le visage allongé vers l'avant par un fin museau, des yeux marron en amande, un visage élégant, pommettes hautes, front dégarni, il porte bien le nom qu'il s'est choisi. Gell a ouvert sa bouche édentée aussi spacieuse qu'une caverne. Je me suis dit qu'il faudrait que je sache, à la fois pour les dents trop blanches de Macha et pour le trou noir que Gell arbore en guise de bouche. Jusqu'à présent, je n'ai pas prêté attention aux cicatrices de mes compagnons, malgré les risques qu'on court ensemble. Mais ce soir, me mettre à distance des membres du groupe pour ne pas être aspirée par leur histoire ne peut plus fonctionner. Ce soir, l'ignorance prend fin.

— Les femmes ont beaucoup compté pour moi, surtout les vieilles femmes, a dit Fox.

J'ai pensé, Fox s'approche, Fox sort du terrier, Fox, pas à pas, se dirige vers son objectif que ni Macha, ni Sturm, ni moi ne connaissons et qu'on ne connaîtra peut-être pas non plus quand il arrêtera de parler. Je me suis dit que le mieux était de ne pas intervenir, de ne pas prévoir, on avait passé notre temps à échanger des prévisions catastrophiques et ça ne nous avait pas tellement réussi.

— Je croyais que tu préférais les hommes, a dit Filasse. Il était le seul à oser entrer direct dans la biographie, il n'avait pas autant de retenue que nous autres et on avait avec lui l'indulgence spéciale des adultes à l'égard des très jeunes gens.

— Je vous parle de mon enfance, c'est avant l'arrivée des hommes, ça.

— Et avant les hommes, y avait quoi ? a demandé Oscar pour le soutenir.

La question résonnait bizarre, on imaginait une préhistoire avec des femmes couvertes de peaux, des échanges de borborygmes, des peintures énigmatiques, des silex fins et tranchants posés devant le feu. Gell a dit qu'avant les hommes on ne pouvait pas savoir ce qu'il y avait eu, c'était hors de notre connaissance. Gell, sur ce terrain, on pouvait lui faire confiance parce qu'il était un quasi-néandertal avec sa bouche édentée, son air hirsute et sa cabane cachée quelque part côté nord. Le groupe a dit qu'il fallait bien quand même un homme pour la naissance de Fox, au moins un, et Fox a répété que cet homme-là, il ne l'avait pas connu.

— Ma mère était seule, elle travaillait de nuit, a dit Fox. C'était pas pratique de m'emmener avec elle. Alors elle m'a laissé avec ma grand-mère, une dame extraordinaire, la plus extraordinaire que j'aie jamais rencontrée.

J'ai pensé que pendant que Fox dessinait le portrait de ses proches, des urbanistes et des maîtres d'œuvre défaisaient nos parcelles, récupéraient nos appartements, rendaient le plan d'aménagement plus lisible, appliquaient la géométrie. On avait échoué à freiner leur élan. On devait se redéployer et on ne voyait pas du tout comment. On oscillait entre le récit de Fox et notre ville martyrisée, on flottait entre deux mondes.

— On te demande pas des nouvelles de ta famille, a dit Macha, seulement de nous expliquer comment tu comptes organiser nos prochaines interventions.

Fox n'a même pas cherché à argumenter, il était comme hypnotisé par son nouvel objectif, sa vie passée s'ouvrait devant lui et devant nous tous comme une scène de film. Nous regardions, éberlués, de ma maison isolée en bout de lotissement, la dernière vieille maison de la ville, la vie de notre ami Fox défiler en cinémascope.

— Quand ma mère a souhaité me reprendre et qu'elle m'a demandé mon avis, j'ai pas voulu retourner avec elle. J'ai prétexté mes copains, l'école, mais en fait je me sentais plus en sécurité chez ma grand-mère. Ça a dû être dur pour ma mère, c'est comme si je lui montrais que je n'avais pas complètement confiance en elle, a dit Fox et des humidités ont perlé à ses yeux en amande.

J'ai compris qu'on ne pourrait pas déloger Fox, qu'il fallait suivre son pas et se placer dans sa foulée. J'ai compris que j'allais devoir intérieurement lutter pour ne pas entrer dans son histoire avant lui, pour accepter tous les méandres, détours et mensonges qu'il allait peut-être utiliser. Parce que je sais bien qu'on n'est pas complètement au clair avec sa propre biographie, qu'on ne peut pas s'empêcher d'ajouter et de retirer. On jongle avec l'information, on insère de la fiction, on délocalise son récit intime pour ne pas dévoiler quelque chose qui pourrait être retenu contre soi. On atténue. On adapte. On dramatise. On oublie. J'ai essayé de me convaincre que cela faisait partie du jeu que j'allais jouer avec Fox, me couler dans sa voix sans jamais la devancer. Je me répétais les règles dans ma tête, je me fixais des contraintes, je fabriquais une construction solide pour contenir mes tentations quand quelqu'un a frappé à la porte.

Les autres se sont tournés vers moi.

— Tu y vas, Lily ?

J'ai fait non de la tête. Si un riverain débarquait à cette heure-là, c'était forcément pour se plaindre. Et si c'était pas un riverain, on pouvait craindre une descente. Les administrateurs territoriaux ne viennent jamais après dix-huit heures, ils délèguent. Y a divers groupes mercenaires avec ou sans uniformes qui prennent le relais. Parfois ils viennent nous cueillir au milieu de la nuit, ils nous traitent de fils de pute, mais c'est pas avec ce genre d'insultes qu'ils vont réussir à nous intimider. Quoi qu'il en soit, un coup frappé à ma porte ne pouvait rien augurer de bon.

J'ai temporisé d'un geste de la main et j'ai mis un doigt devant ma bouche. On a attendu un moment et comme rien ne bougeait alentour on a eu tous envie d'ignorer la menace, de narguer le danger, de refuser qu'il nous dicte nos conduites. Il fallait bien qu'on rétablisse de petits espaces propres, des terrains non dédiés, non quadrillés, non fonctionnels, des friches. Le passé nous offrait un énorme champ libre. Brusquement on était tous d'accord. Fox l'a sans doute senti, il a flairé la brèche et s'y est engouffré avec sa voix et son corps tout entier.

— Avec ma mère, on parlait pas du père, jamais, a dit Fox.

Personne n'a contredit, n'a repris, n'a détourné. Fox s'est retrouvé tout seul dans son passé ou plutôt il nous y a emmenés, il nous a emmenés faire un tour là-bas, en arrière, du temps où on n'était pas un groupe. Du temps où la passerelle n'avait pas été détruite parce qu'elle n'existait pas encore. Du temps où le quartier n'avait pas cet air d'apocalypse.

— Un jour, dans le bus, ma mère a rencontré un homme que j'ai trouvé charmant, elle a parlé longuement avec lui. J'ai espéré que c'était lui, mon père. Et quand j'ai posé la question, elle a ri, elle m'a demandé si j'avais envie de voir mon père, comme si après huit ans d'absence c'était une chose naturelle d'en parler et j'ai dit oui sans y penser, sans penser à ce que ça pouvait signifier de voir le père. On est allés ensemble à la grande poste, elle est entrée dans une cabine, elle a introduit les pièces, elle a composé un numéro dont elle se souvenait par cœur, huit ans plus tard quand même j'aurais pas imaginé qu'elle gardait le numéro en tête. Je suis resté à l'extérieur dans la grande salle, à distance d'elle, mais j'ai entendu toutes les pièces tomber dans le ventre du téléphone, et j'ai bien vu qu'elle était en train de lui parler.

Je crois que tous, on ruminait les journées d'antan, quand il y avait des auberges du cheval blanc, des téléphones à pièces et des bureaux de poste. On ne gardait pas forcément de très bons souvenirs de cette époque-là mais on n'y avait pas remis le nez depuis si longtemps que ça faisait tout drôle de se retrouver en enfance.

— Le rendez-vous a été fixé une semaine plus tard, dans un hôtel. On l'a attendu hôtel de Valence, chambre 22, au 2e étage, par une journée de printemps, fenêtre ouverte.

Chacun partait sur ses propres pistes, nos histoires sortaient par fragments de nos cerveaux engourdis, et moi j'essayais de ne pas me laisser envahir par toutes ces bribes chuchotées à l'intérieur des têtes, j'en avais des sueurs froides.

— J'ai guetté son arrivée, a dit Fox, l'arrivée du père. Je sais pas pourquoi on l'a pas reçu à la maison. Au bout de la rue j'ai aperçu un homme grand et chauve, je voyais bien son crâne vu que j'étais au-dessus, 2e étage, chambre 22. J'ai dégagé ma tête de l'encadrement, est-ce qu'il est chauve ? j'ai demandé. Ma mère a affirmé que non, puis elle s'est ravisée, c'était il y a huit ans quand même, il a pu perdre ses cheveux, mais elle avait pas l'air déçue, juste curieuse. L'homme a frappé à la porte, elle lui a ouvert. Il était chauve.

C'est drôle comme les souvenirs se focalisent sur des points minuscules, anecdotiques, dérisoires, on n'aurait pas imaginé que la calvitie pouvait faire éprouver, sans fard, la présence du père.

— T'en as pas marre de tes faux suspenses ? a dit Sturm.

Fox ne s'est pas démonté.

— Il m'avait donné ses traits, le salaud. Il m'avait pas accordé son nom, juste les défauts de sa face, son visage allongé, ses yeux en amande et son museau.

— En même temps, ça t'a bien servi d'avoir du flair, a dit Macha, et sans doute qu'elle faisait allusion à l'épisode récent où elle avait failli se faire prendre par manque de flair, justement.

— À l'époque, j'ai pas réfléchi à son physique, j'ai juste été surpris par la manière dont il m'a embrassé. Pas d'élan entre nous, rien que de la politesse. Et après j'ai bien senti que les deux avaient surtout envie de se frotter et que je leur servais de prétexte. Ils m'ont laissé dans la chambre 22 en me disant qu'ils allaient faire un tour, qu'ils repasseraient me chercher. J'ai eu un doute, mais à huit ans on ne sait pas comment l'exprimer. J'ai regardé par la fenêtre le jour décliner, je les ai pas vus descendre dans la rue, à croire qu'ils sont restés dans l'hôtel et qu'ils ont couché ensemble dans la chambre voisine. C'est un truc auquel j'ai pas pensé sur le moment, je voulais seulement qu'on vienne me chercher, j'avais une peur bleue de rester tout seul.

— Alors ton père a engrossé ta mère après l'avoir abandonnée ?

Le visage de Fox s'est fermé.

— La chambre 22, j'ai bien cru ne jamais en sortir. Par en dessus j'ai regardé les corps écrasés et les crânes aplatis et j'ai mis du temps, le temps qu'il faut pour voir petit à petit tous les crânes disparaître dans le noir de la nuit, j'ai mis du temps pour admettre que cette chambre 22, j'allais devoir l'occuper seul parce que ma mère et mon père avaient quitté la place.

Il a dit, ma mère et mon père, comme si ça allait de soi, il a réuni dans la même phrase et avec un possessif deux êtres qu'il n'a sans doute vus ensemble qu'une seule fois. Ni Sturm, ni Macha, ni Gell, ni les autres ne l'ont repris. On s'est tous tenus à côté de Fox. Personne n'osait rompre le silence. Un ange aurait pu passer s'il y avait encore eu des anges.

— Derrière la cloison, d'après ce que je crois, ils sont arrivés à en concevoir un second après moi.

— Donc c'est bien ça, il a engrossé ta mère.

Fox avait l'air de souffrir alors que l'union de ses deux géniteurs était à peine un souvenir. Mais ça restait une sorte de trahison parce que son père, plutôt que de comparer le visage de son fils au sien, avait préféré passer l'après-midi à fourrager dans le corps de la mère.

— J'ai pas compris où ils étaient passés, a fini par dire Fox. Je suis resté à la fenêtre à les attendre. J'ai épié les chauves qui passaient dans la rue, il y en avait très peu. Alors j'ai compté les passants, il y en avait très peu. Alors j'ai compté les pas de ceux qui marchaient sur le trottoir jusqu'à ce que la nuit tombe. Et quand il a fait noir, je me suis senti complètement démuni. Je savais même pas comment rentrer chez moi, comment retrouver ma grand-mère, ça me paraissait insurmontable. Je me voyais abandonné chambre 22 plusieurs jours de suite, me débarbouillant au lavabo et n'ayant pas le courage de sortir, je crois que j'aurais préféré mourir. Je me suis effondré de l'intérieur, quelque chose s'est cassé, définitif.

Fox se sert un verre. Je sais bien que l'histoire n'est pas achevée mais je ne vois plus les yeux des convives briller, alors il faut que j'allume les lampes. Je me dis que je n'ai pas idée des moyens qu'on trouve pour se débrouiller tout seul à huit ans, j'ai beaucoup moins de ressources que Fox. Lui, il a bien fallu qu'il se projette un tout petit peu dans l'avenir pendant les heures qu'il a passées seul dans la chambre 22 d'un hôtel de troisième catégorie, il a dû cogiter un déroulé possible, comment retrouver le chemin vers chez lui, comment se nourrir, qui contacter, comment éviter les solutions imposées par des instances et agents à acronyme, où trouver de l'argent, à qui mentir et toute cette mise en place mentale très lente, parce qu'il pense d'abord que sa mère va revenir, puis plus rapide quand le soleil est couché et que la perspective de la solitude se rapproche, ça, Fox ne le raconte pas vraiment. Non, Fox ne raconte pas comment on forge son sens pratique à force de ne plus croire, comment la méfiance généralisée oblige à accéder plus vite que prévu à l'autonomie, comment dénudé, sans apparat, on devient un animal écorché, un animal qui parle.

— Tu les as revus ?

Oscar prend le relais, il enlève ses lunettes à monture épaisse, chaque fois qu'il parle il enlève ses lunettes. Oscar, c'est un dandy, il est impeccable, mais Fox ne lui répond pas. Alors Oscar insiste et Sturm l'encourage.

— La chambre 22, ça a été un point fixe. Jusqu'à aujourd'hui je me repasse le film en boucle et y a beaucoup d'images qui manquent. J'ai compris plus tard, un jour que mon beau-père était en colère, je me souviens, il a dit que j'avais failli avoir un petit frère parce que ma mère avait pas pu s'empêcher de recoucher avec ce salopard.

Là, y a quelque chose du beau-père qui est passé dans l'intonation de Fox. Le salopard, ça faisait pas partie de son vocabulaire, c'était un mot emprunté, un mot d'une autre langue, je me suis dit que pour vivre avec sa mère et son beau-père il avait sûrement été obligé de se couler dans une langue qui n'était pas la sienne et que cette langue-là comme son nom lui avaient collé à la peau, il avait dû prendre pas mal d'années et batailler ferme pour s'en défaire.

— Ah, voilà le beau-père qui débarque, a dit Filasse. Et

en plus le petit frère ! Alors tu découvres que t'es pas seul au monde, c'est ça ?

Bien qu'il y ait de l'ironie dans sa voix, le sourire de Filasse reste franc. Filasse, c'est le plus jeune de la bande et aussi le plus joyeux, il aime la comédie humaine, on ne peut pas lui en vouloir d'autant que ses cheveux bouclés lui donnent un petit air de page italien.

— Le beau-père avait une tendance colérique, mais je préférerais éviter le sujet même si sa sortie m'a fait comprendre ce qui s'était passé dans la chambre 22. Parce qu'après sa phrase a tourné dans ma tête et je me suis souvenu, même si c'est resté très vague, je me suis souvenu être allé au chevet de ma mère à l'hôpital quelques semaines après l'épisode de l'hôtel. Je ne savais pas quelle maladie elle avait, je n'en ai jamais parlé avec elle mais maintenant que j'y pense je suis sûr qu'elle avait décidé de faire passer le bébé pour pas se retrouver deux fois fille-mère.

— Visiblement ta mère était sacrément envoûtée par ton père, a dit Gell. Il l'avait ensorcelée, le fumier.

Il a ri et son rire avait l'épaisseur de son poil, de sa peau burinée, de ses mains larges.

Je me suis dit une fois encore qu'il faudrait que je sache, un jour, comment Gell avait perdu ses dents et pourquoi ses manières étaient aussi hirsutes que ses cheveux et sa barbe.

Fox n'a pas eu l'air blessé.

— À l'époque, avoir des enfants sans père, c'était pas seulement un problème économique, c'était aussi un problème moral. Moi je le voyais pas, mais dans la famille de ma mère on avait des principes, des pressions étaient exercées sur elle pour qu'elle se marie. D'après ce que je sais ma grand-mère avait même réussi à faire venir mon père pour mon premier anniversaire. Il était arrivé avec un brassard noir, il portait le deuil d'un de ses parents et il était plutôt pressé de partir. Apparemment il a annoncé qu'il avait fait une promesse et même si ça allait contre son désir il devait absolument la tenir. Et après, on ne l'a plus revu.

— Plus jamais ? Clarisse semblait affolée. Peut-être qu'elle avait peur des jamais et des toujours, qu'elle était encore un peu jeune pour des récits qui, au lieu d'ouvrir des possibles, décrivaient comment des portes s'étaient fermées.

Fox a pris en compte l'affolement de Clarisse et il a voulu expliquer.

— Ma mère m'a toujours raconté que j'avais vu mon père trois fois. Sauf que les deux premières, c'était à ma naissance et quand j'ai eu un an, autant dire que c'est un peu comme si j'étais pas là. Et quand j'y pense, ça me rend dingue, je me rends compte qu'il a pris aucun risque, les deux premières fois il me voit, tranquille, il sait très bien que ça n'aura aucune conséquence, que j'en aurai aucun souvenir. Et quand, enfin, je peux vraiment le rencontrer, il préfère malaxer les seins de ma mère et le reste plutôt que de me demander qui je suis.

— Tu lui en veux ? demande Filasse.

Fox élude la question et poursuit.

— Après, il disparaît. On en conclut, sans avoir confirmation, que la promesse qu'il a faite, c'est de n'épouser ma mère sous aucun prétexte, soit parce qu'il va se marier ailleurs, soit parce qu'il l'est déjà.

Je n'ose pas demander à Fox si ce on est un on inclusif, un on à plusieurs, si avec sa mère et sa grand-mère ils commentent et interprètent les signes ténus que le père a laissés de son passage, s'ils en discutent ensemble, s'ils réajustent les pièces éparses du puzzle, qui est le père et pourquoi il s'est évanoui dans la nature, ou si c'est un on de pudeur, le on d'un petit garçon délaissé qui cherche par tous les moyens à comprendre ce que ni sa mère ni sa grand-mère ne lui disent et qu'il est obligé d'arracher jour après jour et année après année au silence.

— En tout cas, après l'épisode de la chambre 22, ma mère a cherché un mari un peu plus sûr. Elle a recouru à une agence matrimoniale et c'est comme ça que le beau-père est apparu.

Macha s'impatiente.

— Bon alors, ça y est, tu vas y venir ? C'est quand même ce mec-là dont tu portes le nom.

— Peut-être mais mon beau-père, j'ai pas envie d'en parler. Je le détestais, il passait son temps devant la télé, il gueulait, il frappait pas ma mère mais il nous faisait peur, c'était un violent et un buveur.

— Une caricature, quoi.

— Tout ce que pensait ma grand-mère sur lui, c'étaient plutôt des choses négatives, et moi j'étais sous son influence, j'avais les mêmes idées qu'elle. Alors quand j'ai été obligé de la quitter pour vivre avec ma mère et son nouveau mari, ça a été horrible. Maintenant, je pourrais peut-être réviser mon jugement, mais à quoi ça servirait ? C'est trop tard.

Je sens qu'il y a quelque chose qui tracasse Fox, un regret.

Le beau-père cogne contre son front. Les morts, aimés ou haïs, se faufilent par la petite brèche que l'abandon a laissée en lui. Son museau, ses yeux en amande et sa calvitie n'y changent rien, le beau-père n'est jamais très loin, il est seulement recouvert. Sturm ricane. Toujours il rit quand les sentiments affleurent.

— T'as bien dû hériter un truc de lui. Si ça se trouve, t'as peut-être cogné un peu quand t'étais plus jeune ?

Fox fait non de la tête.

— De lui, j'ai rien hérité.

Cette fois-ci, on a clairement frappé à la porte, plusieurs coups distincts, je vais ouvrir. Un milicien en uniforme, avec une casquette négligemment jetée en arrière, me demande mon identité, je lui réponds qu'il vient chez moi, c'est pas comme si je me faisais interpeller dans la rue. Ouais mais chez toi c'est une zone à risque. Je lui dis que je suis avec des amis. Il me demande combien. Je lui donne un chiffre, il trouve que ça fait beaucoup. Je n'ouvre pas la porte en grand, je laisse la chaîne, je ne veux pas qu'il voie les autres. Il me demande mes papiers, j'argumente. Vous hébergez des clandestins ? Au sens strict, non. C'est quoi le sens strict ? Vous savez qu'on surveille ce qui se passe de l'autre côté de Charles-de-Gaulle, il dit. Y a eu des opérations de vandalisme qui nous ont pas trop plu.

— Ce sont juste des amis, ils ne sont pas liés aux événements.

— Je préfère te l'entendre dire.

Je ne suis pas favorable au tutoiement mais je ne réponds

rien. J'entends les pas de Fox et son museau qui s'avance, je lui fais signe de la main, paume ouverte, stop. Le milicien a reniflé une présence, il insiste. Je lui souris poliment et je lui dis que je manque de temps avant de refermer la porte sur l'uniforme. Dans la salle principale, ils se sont tus.

— Qu'est-ce qui se passe ?

— Rien pour l'instant.

— Qu'est-ce que tu feras si les miliciens reviennent ?

Sturm veut changer de registre, il étouffe quand on se tourne vers le passé, il aime surtout décadenasser des portes, cisailler des grilles, se caler dans les fourrés, rester caché et imaginer l'avenir. Gell a épaulé Sturm, il a dit que ça n'avait aucun sens de poursuivre nos blablas, on se rendait vulnérables, on ferait mieux de s'organiser pour lutter en vrai contre la destruction de notre environnement. Clarisse n'était pas d'accord, elle a dit, et ses cheveux si pâles rayonnaient autour de sa tête et donnaient de la force à ses propos, elle a dit, ce qu'on a dans la tête, c'est justement ça, notre environnement, et sur celui-là on a le pouvoir de réfléchir alors que sur les appartements et les lopins qu'ils prennent et qu'ils recyclent on ne peut pas toujours agir. Et Gell a haussé les épaules. On allait à nouveau se disputer, c'était fatal, d'autant qu'au lieu de temporiser et d'essayer de mettre tout le monde d'accord, je suis allée dans le sens de Clarisse. Même si je crains un peu qu'on plonge dans l'intime, on apprenait beaucoup avec Fox, on découvrait beaucoup, on entrait dans des émotions qui, si on arrivait à les canaliser, allaient peut-être nous souder encore plus, c'est ce que j'ai dit, et c'était exactement ce que je pensais.

Alors Gell m'a prise à partie, il a dit que, comme d'habitude, j'étais obsédée par la fiction, lui avait plutôt en vue un objectif pratique et il a ajouté que l'objectif, c'était de travailler avec ceux qui connaissaient le terrain depuis toujours, ça donnerait du poids à nos revendications.

Je ne sais pas à qui pensait Gell. Personne dans le groupe n'est natif du coin, du moins pas à ma connaissance. Et surtout pas Gell. J'ai supposé qu'il avait décidé de contester Fox par principe, qu'il était terrifié à l'idée de parler des généalogies et des enfances et qu'il cherchait à replacer le débat sur le terrain pratique.

Alors j'ai pas pu m'empêcher de faire ma petite tirade sur l'impatience mauvaise conseillère. Ça m'a fait tout drôle parce que d'habitude, je ne suis pas vraiment une disciple de La Fontaine et de La Rochefoucauld. D'ailleurs les leçons de morale de ces deux aristocrates n'auraient pas pu s'appliquer à des déclassés comme nous. Mais je voulais tellement entendre la suite que j'ai acquis la sagesse d'un coup. J'avais besoin que Fox m'apprenne comment il s'y était pris pour grandir. Grâce à lui, les fantômes de toutes ces existences flottantes, silencieuses, anonymes, qui venaient si facilement me bousculer et me happer, restaient à l'écart. Fox, avec sa voix, les tenait en respect, je ne souhaitais plus qu'il se taise. Ça, je n'osais pas le dire aux autres, je voulais cacher mes égoïsmes mais j'étais bien consciente de la part inavouable de mes objectifs.

Heureusement Oscar a soutenu mon point de vue, pas de quoi monter dans les tours, il a dit, on doit bien réfléchir à ce qu'on veut et à qui on est avant d'envisager la suite.

Le groupe s'est esclaffé.

— Qui on est, on le démêlera pas en quelques nuits. J'ai plutôt envie de savoir ce qu'on va devenir, a dit Gell. Et il a insisté. On fait quoi si les miliciens reviennent ?

La question devenait pressante mais j'ai décidé de ne pas céder. En tant qu'hôte je dois orchestrer le banquet et je ne vais pas me dérober à ma tâche, on écoute Fox, un point c'est tout, les miliciens finiront bien par aller dormir.

— Tu crois qu'ils se glissent dans un lit et des draps ? a demandé Filasse.

— Les miliciens ?

— Oui.

— Je suppose. Difficile de se mettre à leur place.

— Je croyais, Lily, que ça faisait partie de ton rôle, te mettre à la place de l'autre, que t'étais maladivement attachée à cette drôle d'activité.

— Je m'intéresse plutôt à ceux qui n'en ont pas ou qui ont été obligés de se la forger par eux-mêmes.

Cette petite réplique, elle a jeté un froid, on s'est tous sentis visés. On a repensé à ce qui s'était passé, comment on avait vu les maisons disparaître, comment on avait espéré qu'on ne serait pas touchés, comment on avait petit à petit compris que personne ne serait épargné, comment la destruction de la passerelle au-dessus de Charles-de-Gaulle, ça avait été le point de non-retour. On s'était retrouvés coupés en deux de part et d'autre de l'autoroute, la jungle urbaine s'était déployée en accéléré et on n'était pas préparés à s'y insérer, ni Sturm, ni Fox, ni aucun d'entre nous, alors oui, on cherchait à se ménager une place, à se l'inventer, à lutter pour l'obtenir.

— Tu crois qu'on pourrait rallier des miliciens à notre groupe ? a encore demandé Filasse.

Full a proposé qu'on vole leurs uniformes dans le hangar côté ouest. Déjà une phrase de lui, c'était beaucoup, alors on n'a pas osé lui demander comment il comptait les utiliser, et de toute façon il n'a plus ouvert la bouche. Filasse a suggéré qu'on se procure tous les mannequins du centre commercial, qu'on leur mette les uniformes volés et qu'on les dispose ensuite en bataillon serré devant l'énorme bâtiment de verre qui fait office de centre d'études urbanistiques. Fox n'avait pas l'air convaincu.

— On manque de force, on manque de tout, et de force aussi, il a dit.

Ça a laissé un vide. Et dans ce vide, Fox a poussé un soupir et dans ce soupir l'enfant de huit ans qu'il avait dû être dans la chambre 22 de l'hôtel de Valence est réapparu.

— T'as pas été abandonné, alors fais pas la tête, a dit Sturm, goguenard.

Contre toute attente, c'est lui qui a relancé Fox sur son enfance. Peut-être qu'il espérait le secouer au point qu'il s'effondre, peut-être qu'il voulait par ce biais-là en finir avec Fox. On n'arrivait pas à savoir si Sturm plaignait sincèrement Fox, s'il se moquait de lui, s'il minimisait le récit qu'il venait d'entendre ou s'il avait envie d'utiliser le malheur de Fox comme un tremplin pour raconter le sien, un malheur peut-être plus dense, plus profond ou qu'il estimait tel.

— Peut-être que la chambre 22 m'est restée en travers, a dit Fox.

— T'as qu'à lâcher la chambre, a dit Macha, crois-moi, y a des moments où faut couper le cordon.

Macha a mis la main dans ses cheveux frisés, si frisés qu'il y a un lézard dans son histoire, sûrement. Et elle a fait un drôle de geste avec son index et son majeur, elle a simulé une paire de ciseaux en forme de V, une paire de ciseaux victorieuse qui coupe tout ce qui dépasse. Je me suis dit qu'elle ne se rendait même pas compte mais qu'elle mimait le geste du coiffeur qui lui couperait définitivement les cheveux et escamoterait le fameux cordon, celui qui nous attache. J'en ai eu froid dans le dos, je n'avais pas envie que tout soit voué à disparaître, qu'il n'y ait plus nulle part ni ruines ni restes.

— Tout est lié, a murmuré Fox.

On n'a pas bien compris à quoi il faisait allusion.

Macha a pris Gell par l'épaule.

— En fin de compte, Gell et moi on est d'accord pour franchir les palissades et tenter quelque chose côté passerelle.

Elle essayait de ramener Fox parmi nous mais y avait pas moyen, il restait résolument en arrière.

— Ma mère ne s'entendait pas du tout avec mon beau-père, elle a essayé de le quitter plusieurs fois mais elle avait peur de lui.

Là, on s'est regardés tous et on a su qu'on ne pourrait plus arrêter Fox.

— Je me souviens qu'un matin très tôt, on a profité du

fait qu'il faisait les trois-huit pour prendre le large et retourner chez ma grand-mère. Mais lui, il était têtu et il était amoureux. Il a insisté. Il est venu rôder aux alentours, il a fait une cour effrénée à ma mère pour la reconquérir. Je me souviens qu'ils se donnaient rendez-vous à l'hôtel et qu'elle m'emmenait. Je crois qu'elle refusait de le voir chez elle. Je ne sais pas trop s'ils baisaient mais je me souviens que je dormais avec eux dans un coin.

— Décidément, t'as pas eu trop de chance avec les hôtels, a dit Filasse en riant.

— Et t'es pas rancunier, a ajouté Macha.

Ça m'a rappelé le récit d'un ami. On le surnommait Diam parce qu'il brillait dans les conversations en société. Et Diam un jour avait découvert que son père avait été abandonné dans un hôtel à l'âge de sept ans. Le père de Diam, enfant, avait traversé la frontière franco-italienne avec ses parents et la famille s'était installée dans l'est de la France. Ils n'y étaient pas restés longtemps, ils étaient montés à Paris pour chercher du travail. Du moins, la mère et le fils étaient montés. Le père avait différé son départ. La mère et le fils étaient allés à l'hôtel en attendant que le père les rejoigne. C'est dans cet hôtel que, quelques jours plus tard, la mère avait laissé l'enfant. Elle avait dit qu'elle allait retrouver le père à la gare puis qu'elle viendrait le chercher, qu'ils repartiraient tous les trois pour s'installer chez un cousin en banlieue parisienne. Le père de Diam avait attendu ses parents toute la journée, plusieurs heures, et comme ils ne venaient pas, il les avait attendus plusieurs jours sans oser sortir de l'hôtel. Le gamin avait fini par descendre demander à boire, à manger, de l'aide, et on l'avait gardé quelque temps à la réception, quelque temps on l'avait logé et nourri avant d'appeler les services sociaux qui avaient fini par le placer chez un de ses oncles. Quant aux parents, ils n'étaient jamais revenus. D'après ce que Diam savait, son père n'avait pas enquêté sur leur disparition. Mais Diam supposait que, malgré le silence qu'il gardait sur son enfance, son père avait sans doute forgé et remué en lui toutes sortes d'hypothèses. Que s'était-il réellement passé ? La mère avait-elle prémédité son geste ? ou, ne voyant pas son mari apparaître au bout du quai, avait-elle succombé à une tristesse si grande qu'elle n'avait pas eu la force de revenir ? s'était-elle enfuie seule ? était-elle partie avec son mari ? avait-elle refait sa vie ? était-elle morte ? d'autres enfants étaient-ils nés ? songeait-elle parfois à ce petit garçon abandonné dans une chambre anonyme d'une ville étrangère ?

Diam ne connaissait cette histoire qu'indirectement, il n'avait jamais abordé le sujet avec son père, un homme distant qui avait passé son existence à travailler dur, à survivre, à se taire. De toute façon, Diam ne s'entendait pas avec lui, il avait quitté le domicile familial très tôt pour lui échapper, fuir son apparente indifférence, le manque d'attention qu'il manifestait à l'égard de son fils, son air de toujours flotter entre deux eaux. Et quand Diam avait eu envie, enfin, de rompre la glace et de le questionner en face à face, son père restait des heures assis à la cuisine, à ouvrir et fermer les tiroirs, à observer les mouvements de la lumière sur l'évier, à remuer des miettes, à chercher quelque chose dans les poubelles, il ne parlait presque plus, il perdait la mémoire, il avait oublié sa propre histoire. La mère de Diam avait été obligée, à la fin, de le faire interner.

J'ai pensé que les hôtels étaient de drôles de lieux de transaction et qu'il valait mieux réfléchir à deux fois avant d'accepter de s'y rendre avec sa mère. J'en étais là de mes conclusions quand Sturm y est allé de son petit commentaire. Je ne sais pas d'où il tenait l'information mais il a parlé des love hotels tokyoïtes, il a dit que là-bas, quand tu cherches une chambre, il faut que tu attendes devant la réception, ça ne s'arrête jamais, les couples se succèdent à un rythme effréné au point que tu doutes qu'ils aient le temps de se déshabiller. C'est un monde à part, a dit Sturm, un monde parallèle avec ses propres règles, un monde mitoyen, et Sturm a employé ce terme-là qui n'est pas trop dans son registre. Mitoyen, il a dit. Je me demandais d'où il tenait ce mot-là. Filasse a suggéré qu'on évite de mondialiser nos remarques, et le groupe a ri. Filasse a dit que sûrement dans les love hotels on n'invitait pas les enfants à assister aux ébats de leurs parents. Et il a ajouté à l'adresse de Fox, joyeusement, franchement, sans arrière-pensée.

— Comme quoi dans la vie de ta mère, l'hôtel et la présence de son fils dans les parages, c'est un sacré excitant.

Fox a souri, Fox a le sens de l'humour.

— Je suis retourné plusieurs fois chambre 22, en ville, pour voir.

— T'as vu ?

— Rien. Juste cette pièce triste et vide avec le crâne de mon père et moi qui le surplombe. Je surplombe le crâne de mon père, à cette distance tous les crânes pourraient être le sien et tous les hommes pourraient être mon père. D'ailleurs, j'en ai ramené certains dans la chambre, j'en ai enlacé certains et ils se sont laissé faire. Mais aucun n'était mon père.

On se demande bien comment, avec toutes les défaillances dont ils se sont rendus coupables, Fox a pu avoir envie de coucher avec des hommes. Mais ça, personne, ni moi, ni Gell, ni même Macha ou Sturm, n'y fait allusion. On sait par expérience qu'on ne rechigne pas à admirer ceux qui nous ignorent. Si, d'un coup, ils tournaient leur visage vers nous on serait récompensés, glorifiés, soulagés, et cet espoir-là suffit à leur pardonner par avance.

— Je cherche mon père dans tous les corps d'hommes, a dit Fox. J'en retiens certains mais tous finissent par partir. Ils craignent un peu l'intensité de ma demande. Ils ne se sentent pas à la hauteur de mon besoin. Je me retrouve seul. Je suis orphelin.

La nuit s'est encore assombrie, elle bruisse de mille crissements, de clignotements, un ballet de lueurs et de frottements indécis dont nous sommes les partenaires et les complices. À la lisière de la ville, de petites troupes doivent surveiller les alentours ou boire des canettes sur le talus en contemplant les fumées phosphorescentes de l'usine. Des phares balayent par intermittence la pièce où nous sommes réunis et découpent sur nos visages l'ombre des mauvaises herbes qui séparent ma maison de la route. Nous sommes livides et mouvants sous les lumières blanches. Sturm est affalé sur son siège, Macha a pris sa tête dans les mains, Gell somnole.

L'haleine de Fox continue à se condenser sur une fenêtre de l'hôtel de Valence, il continue inlassablement à passer sa main sur cette vitre qu'il n'arrive pas à désembuer, et, à travers la fine haleine tout entière issue de sa bouche, il voit les images brouillées des souvenirs qui l'ont façonné, lui, Fox, le fils abandonné de la chambre 22.

— J'avais plein de problèmes à l'école, j'étais assez perturbé. Ma mère a fini par me dire le nom de mon père biologique dans l'espoir, sûrement, de me calmer. Je me suis mis à fureter dans les annuaires à sa recherche.

— Et tu l'as trouvé ?

Il y a du remue-ménage derrière la maison, des motards font vrombir leurs machines. Nos échanges sont couverts par leur équipée, alors on attend qu'ils tracent leur route à travers la douceur de l'été. Sous la lampe qui nous éclaire, j'imagine ce que la mouche collée au plafond peut voir, nos cheveux et nos crânes parmi lesquels le crâne déjà dégarni de Fox, celui qu'il tient de son père, comme il tient de son père son museau en pointe et son œil fendu. La bouche de Fox s'ouvre et s'anime sous les hurlements des moteurs, on n'entend pas ce qu'elle articule. Je tends ma paume face à lui pour l'arrêter et je montre mes oreilles pour l'avertir de notre surdité provisoire mais il néglige mes signes.

— Je découvre que le père est installé à Lyon, mais au lieu d'y aller voir, je diffère, je rumine et surtout j'ignore, je me désintéresse, je me vois issu de moi-même. Je méprise les liens biologiques. Je me magnifie. J'ai attendu des mois et des années avant d'entrer en contact, je vérifiais chaque année que son nom était encore dans l'annuaire. Je me disais, tant qu'il est vivant, je sais où le trouver, il existe, je l'ai sous la main, si j'ai des questions à lui poser je peux le faire. Mais je ne faisais rien, j'avais toujours de bonnes raisons pour ne rien faire. J'avais pas compris que tu peux avoir ton nom dans l'annuaire après ta mort si ta femme décide de le garder. Et puis surtout, j'attendais qu'il fasse lui-même la démarche, j'estimais que c'était à lui de me retrouver. Sans doute aussi j'imaginais que pour moi le père n'avait pas tant d'importance que ça.

— Et tu t'étais trompé, pas vrai ?

Fox ne répond pas toujours aux questions qu'on lui pose, surtout quand elles sortent de la bouche de Macha et passent par ses yeux sombres, pleins d'ardeur, de fiel et d'espérance.

— J'ai décidé de devenir architecte, puis j'ai compris que même en construisant des buildings on refait pas le monde comme on l'entend. Les architectes sont comme les autres, ils se plient aux commandes publiques, aux entreprises privées, aux pressions politiques, ils sont les serviteurs des puissants. J'ai renoncé.

— N'empêche, si t'avais été architecte, tu nous aurais été drôlement utile, dit Filasse. Peut-être même qu'on aurait pu reconstruire la passerelle.

— Moi, je trouve que t'as bien fait. Tu te vois, aujourd'hui, en train de croquer les vieux quartiers sans demander l'avis de personne ? En train de dessiner des tours tendues vers le ciel comme des corolles ? En train d'inventer des habitats qui limitent au maximum l'emprise au sol ? Visiblement, c'est pas ce que t'as choisi. On peut même dire que t'as été embringué dans les forces adverses et on est contents que tu sois parmi nous, dit Oscar. Ici aussi on a tout à construire, faut qu'on soit solidaires, faut qu'on soit inventifs, on doit pas se laisser berner par l'efficacité et toutes ces conneries.

Fox n'a pas l'air aussi convaincu, même si les lunettes à monture noire et la chemise grise parfaitement repassée que porte Oscar en imposent, on croirait un de ces cadres en costume qui remontent de la station le soir.

— J'ai fait des boulots d'équipe. J'ai eu des frères, des sœurs, des oncles et des cousins de substitution et j'en ai encore.

Fox nous désigne tous et il nous sourit. Son expression est indéfinissable, entre la reconnaissance, la rancœur, la joie et la colère, on devrait cocher toutes les cases pour décrire la manière dont il nous regarde. On ne sait pas comment on pourrait lui montrer qu'un groupe comme le nôtre pourrait suffire. On n'a plus d'arguments à lui opposer. On se sent presque coupables comme si c'était à cause de nous qu'il n'était pas allé au bout de sa quête. Mais on veut aller dans son sens, on veut l'aider. Il faut qu'on en passe par sa voix, on n'a plus le choix.

— J'ai cru que ça me suffirait. Le nom du père et

l'adresse se sont perdus dans une masse de papiers sur mon bureau.

Oscar, Sturm, Macha et les autres, d'habitude ils sont plutôt vindicatifs et souvent caustiques mais là plus personne ne moufte. On suit Fox dans sa dérive. Sa voix nerveuse, vibrante, m'empêche d'en entendre d'autres, de devancer son récit, d'être aspirée plus vite que lui dans son histoire. Je me tiens en retrait dans sa voix, je m'y coule, je m'y installe.

— C'est une fille qui m'a réveillé. Elle était amoureuse de moi, elle m'a demandé quelles étaient mes origines. Je lui ai dit que j'étais né à Lyon et que j'avais vécu à la campagne, j'ai bien vu que j'avais pas donné la réponse qu'elle attendait. Je sais pas bien pourquoi mais elle me voyait comme un Juif d'Europe centrale, alors que j'étais juste un petit gars des champs. La question est devenue brûlante, douloureuse, insistante. Je lui ai dit que non, je suis pas juif et je suis pas hétéro, elle a continué à pas me croire.

— Sûr, ça fait beaucoup de négations pour un seul homme, a dit Full. Et comme il parlait peu, et encore moins depuis qu'il avait perdu son logement, on a été étonnés d'entendre à nouveau sa voix dans le groupe. Full, c'est un gars brun de peau, grand, mince et concentré. Il vient du Sud, mais quand je dis le Sud, je veux parler d'au-delà la Méditerranée, le grand Sud quoi.

— J'ai même demandé à ma mère, parce que ça me turlupinait, je lui ai demandé si mon père était circoncis et elle a pas été capable de me répondre. Elle a dit qu'elle se souvenait plus, c'est quand même grave.

Full continue sur sa lancée.

— De toute façon ça t'aurait assuré de rien, y a des circoncis qui sont pas juifs.

— Ouais mais s'il l'était pas, ça m'aurait donné une indication. Je me demande bien ce que ma mère regardait quand elle couchait avec mon père.

— Visiblement pas les mêmes choses que toi, a dit Macha.

— En tout cas, à partir de là, je décide que si mon père est juif, je suis en droit de le savoir. J'envoie une première lettre pour lui annoncer que je suis son fils biologique, qu'on s'est pas vus depuis que j'ai huit ans, que je m'intéresse pas vraiment à lui mais que j'aimerais connaître mes origines. Je veux juste envoyer une demande d'information dénuée de sentimentalisme, je veux juste signaler que j'existe. Mais la lettre est sûrement un peu trop directe, voire un peu agressive. J'obtiens pas de réponse. J'encaisse. J'attends encore un ou deux ans avant d'en envoyer une autre, où j'essaye de ne pas être aussi frontal. J'explique que j'aimerais en savoir plus sur lui, qu'on pourrait se voir, je fais un effort pour paraître conciliant. J'obtiens pas de réponse non plus. Je passe toujours certains après-midi chambre 22, hôtel de Valence, c'est devenu une habitude de scruter les gens avec leurs petits corps tout écrasés du haut du 2e étage.

— Y a bien aussi les corps de ceux que tu mets dans ton lit en attendant le père, pas vrai ? Filasse a un goût prononcé pour les obscénités.

— Je suppose que sans me l'avouer j'espère que le père a retenu lui aussi cette adresse et qu'un jour il débarquera et que je serai là pour lui ouvrir. Mais le hasard fait pas toujours bien les choses, il ne vient pas.

— T'imagines, s'il avait débarqué un jour que t'étais au pieu avec un de tes amants, ça aurait fait désordre. Filasse insiste, mais Fox ne mord pas, il s'en moque.

— Je me décourage. Pourquoi faut-il que je fasse l'effort et pas lui, pourquoi toujours un travail à sens unique ? Je le maudis. Je le hais.

— C'est pratique pour pas retrouver le père. Macha gratte ses cheveux frisés tout autour de sa tête, elle a le teint mat, le verbe haut, le ton sec.

— Plus tard, j'ai compris qu'avec de tels impératifs ça ne pouvait pas marcher et que, de toute façon, la réponse serait jamais à la hauteur de la question. Père, pourquoi m'avez-vous abandonné ? C'est pas une phrase qui suscite un désir de rencontre même si y a que celle-là qui me taraude. J'ai bien essayé de la remplacer par une autre qui aurait porté sur l'identité du père, mais ça n'a pas marché. Alors un jour, je suis allé frapper à leur porte.

— La porte de qui ? demande Clarisse. Elle a de nouveau un air effaré qui oblige Fox à la rassurer.

— Mon père était marié, je suis monté en ville avec l'adresse un samedi matin. C'était un immeuble bourgeois, les escaliers étaient couverts de tapis à motifs, je suis monté au 3e étage, j'ai sonné. Rien ne bougeait derrière la porte. Après plusieurs tentatives, je suis redescendu, je suis allé faire un tour et j'y suis retourné une ou deux heures plus tard. J'ai sonné à nouveau, avec insistance. J'ai entendu quelque chose de très furtif. Il y avait une présence, une ombre a glissé devant l'œilleton percé au milieu de la porte. J'ai attendu encore, je me disais qu'il avait juste besoin de me jauger avant de m'ouvrir. Je me suis tenu prêt, droit, j'ai essayé de prendre une mine avenante. La porte s'est entrebâillée. J'ai aperçu une dame à travers le petit espace libre ménagé par la chaîne de protection qu'elle avait accrochée par méfiance envers les colporteurs et les voleurs, c'est ce qu'elle a dit pour s'excuser. Je vole pas, je récupère, c'est ce que j'ai répondu dans ma tête. En vrai j'ai dit, je viens colporter, et je crois que je suis un peu en colère, je colporte la nouvelle. Et elle, au lieu de me demander laquelle, elle me claque la porte au nez. En fait, c'est quand j'ai prononcé le nom du père qu'elle s'est retranchée dans son appartement et qu'elle a parlé avec précipitation, porte fermée. J'aimerais bien me souvenir exactement des mots qu'elle a prononcés, c'était une voix si frêle, une voix de vieille femme, de l'autre côté de la porte.

— Qu'est-ce qu'elle a dit ?

— Un truc un peu ambigu, je l'ai ruminé longtemps avant de comprendre que sûrement ça voulait dire qu'il était déjà mort.

— Quoi ?

— Je suis plus très sûr maintenant mais quelque chose du genre, il peut pas vous parler.

— Tu m'étonnes, si c'est un macchabée !

— Sur le coup, j'ai pris la phrase au pied de la lettre, je me suis dit qu'il devait avoir un empêchement de taille pour pas réussir à parler à un fils qu'il a pas vu depuis plus de vingt ans.

— L'enflure !

— Cette excursion m'a tellement coûté, je suis tombé malade, fièvre, frissons, je suis resté cloué au lit pendant trois jours.

On a presque oublié qu'on a commencé par une dispute. On a presque oublié qu'on manque de tout, de force, de matériel, d'aide, qu'on est trop petits pour lutter. On a presque oublié aussi que la passerelle a été détruite, qu'on frôle l'échec définitif. Fox nous a envoûtés. Sa voix emplissait la pièce et elle devenait suffisante. Ensemble on la soutenait, on la relançait, on la précédait et on la portait. On voulait que tout jaillisse. La voix de Fox nous réconciliait.

— Après j'ai réfléchi, je me suis mis à la place de cette femme.

— On devrait arrêter de se mettre à la place, ça nous affaiblit.

Macha a des sursauts rageurs, ça nous a joué des tours parfois, elle devient imprudente quand elle sort de ses gonds.

— Cette femme, forcément, elle avait lu mes lettres, forcément à travers le judas elle avait vu le fils de son mari, c'était net que j'étais son sosie. Elle a vu son mari tel qu'il était plus jeune, ça a dû lui faire un sacré choc, c'est pour ça qu'elle a pas ouvert.

Je me suis demandé si « judas » était le mot approprié pour décrire la porte derrière laquelle l'histoire du père de Fox était confinée, si « judas » ne racontait pas, en filigrane, l'histoire d'un fils qui se sent toujours un peu responsable de n'avoir pas su attirer l'attention de son père, de l'avoir cherché trop tard. La voix de Fox creusait en moi une brèche, il fallait que je me défende. Je devais édifier un mur de pierre haut, solide, épais, étanche si je ne voulais pas être envahie. Je me suis sentie lasse. J'ai eu envie de tout lâcher. De dire aux autres que j'en avais marre. Que je retournais à la solitude où mon drôle de pouvoir m'avait confinée. Que ça recommençait, que rien ne guérissait, jamais, qu'on était condamné, chacun, à supporter ses tares, qu'on ne pouvait rien partager, que tout partage rendait vulnérable. J'ai voulu crier. Mais comme je suis une personne raisonnable, je me suis tue et j'ai fait ce qu'il fallait. J'ai construit le mur dont j'avais besoin pour me protéger de Fox. Au début, j'ai eu du mal à jointer les pierres. Certaines n'avaient pas la forme requise. D'autres s'emboîtaient mal. Mais petit à petit, j'ai manié la truelle avec plus d'adresse, mes gestes se sont affermis, le mur a grandi, il s'est élevé, il m'a mise à l'abri de Fox et lui de moi. On était de part et d'autre de ce mur. Je voyais encore le grand corps de mon ami au-dessus, son cou, sa tête, son front dégarni, ses lèvres qui bougeaient et tout son visage qui remuait. Mais grâce au mur, je pouvais me tenir à distance de lui. Je pouvais l'observer sans participer à son chagrin et à sa colère.

Je l'ai regardé, j'ai contemplé sa haute stature, ses yeux en amande, son rire nerveux et haut perché, et je me suis dit que son père aurait été fier de le voir aussi grand, aussi fin et aussi racé.

— J'aurais dû, j'aurais dû, j'aurais dû, c'est ce que Fox murmurait presque pour lui-même.

— T'as fait ce que t'as pu, a dit Clarisse, tu peux pas réparer les erreurs que d'autres que toi ont commises.

— L'erreur, c'est moi, je suis l'erreur, a ajouté Fox.

Full a fait non de la tête. Il se manifeste si peu que sa réaction est plus visible que toutes nos protestations. Mais Fox a beaucoup trop de choses à se reprocher pour prêter attention à Full ou à Gell ou à Macha.

— Je m'y suis pris trop tard.

Ça sonnait un peu comme une conclusion parce qu'aucun de nous n'avait de quoi lui répondre. Pourtant on sentait bien qu'il n'était pas encore allé au bout. Alors Filasse s'est un peu énervé.

— C'est quand même les adultes qui doivent s'occuper des enfants et pas l'inverse, il a dit.

— J'ai passé mon temps à différer, j'ai toujours remis à plus tard. Si j'avais été plus courageux, je l'aurais connu, cet homme, a dit Fox. Mais pendant des années, j'ai préféré faire le mort. Et quand enfin, je vais chez lui et qu'une femme, qui devait sûrement être sa femme, se tient à quelques mètres, derrière une porte, j'insiste pas pour en savoir plus, je continue à faire le mort.

— Ça te permettait d'être dans le même état que ton père, ironise Macha.

Les autres paraissent étonnés qu'à ce stade du récit elle se désolidarise. Macha voit notre réprobation muette, elle passe la main sur son visage, et son sourire trop blanc s'efface.

— J'étais pas serein, j'ai continué à y penser, ça tournait dans ma tête. Sans souvenir de lui je me retrouvais plongé dans l'imaginaire. Si au moins j'avais possédé une photo, une lettre, quelque chose, mais j'avais absolument rien et avec rien tu malaxes tes questions et tu t'étouffes avec. Je lui en ai voulu d'avoir pas même livré un signe, c'est comme si les pères se taisaient exprès pour qu'on les oublie jamais.

— C'est pas vrai ! Tu mens !

Sturm a hurlé avec ferveur alors que jusque-là on parlait tous à voix basse pour ne pas attirer l'attention du voisinage. C'était un peu inattendu, ce cri, au milieu du récit de Fox, ça n'avait rien à faire là, c'était comme une nouvelle histoire accrochée à l'autre, qui venait la lester et la déformer. En plus, on ne comprenait pas bien l'accusation de Sturm, c'était clair que Fox ne mentait pas. Oscar, Gell, Macha et Filasse ont manifesté leur incompréhension de sorte que Sturm s'est retrouvé tout seul. Moi, je me sentais enfin au calme, confortablement installée derrière mon petit mur de pierre, alors je trouvais pratique qu'un autre que moi soit exposé aux quatre vents.

Sturm a admis qu'il avait réagi trop vite. Il a cherché à argumenter.

— Il arrive que les pères aient raison.

— On n'a jamais dit le contraire, a répondu Oscar.

On s'est tous rangés derrière Oscar. On s'est accordés pour suivre Fox dans son débat intérieur, on a choisi de ne pas le laisser en plan avec ce cri de Sturm qui l'accusait presque. On a voulu montrer qu'on était à ses côtés quand ses pères putatifs se glissaient dans sa bouche et sous sa langue. Alors l'un de nous, je ne sais plus lequel, a dit qu'on a bien le droit, tous, d'être traversés par le doute et d'être crus et d'être réconfortés même quand hâtivement on généralise.

— Vous savez comme l'administration se renfrogne quand on veut la solliciter, quand on demande des preuves. L'administration conserve traîtreusement nos identités, je suppose que vous le savez ? a dit Fox. Et il s'est tourné vers moi puisque je suis préposée aux paperasses, c'est moi qui cherche dans les registres, les archives, les cadastres, il sait bien, Fox, et tous le savent, que j'ai le goût de la trace, que je suis appelée par les disparitions, et que dès qu'un des habitants de la ville s'enfuit ou est chassé, je garde son nom et les dates de son séjour ici dans un de mes petits carnets avec les raisons supposées de son départ. C'est mon boulot d'aller gratter les textes, les empreintes, les sites, pour leur faire rendre gorge et d'informer ensuite les populations en pratiquant la publication délictueuse de contenus privés. Alors Fox s'adresse à moi pour demander mon soutien, je le lui donne.

— Quelques années après cette rencontre ratée, je finis par admettre que le père doit être mort mais je veux en avoir le cœur net. J'envoie une nouvelle lettre, mais cette fois je l'adresse aux services administratifs. Mon but, c'est de demander des preuves matérielles de l'existence de mon père, de voir sa date et son lieu de sa naissance, de pouvoir aller sur sa tombe, d'entrer en relation avec lui, même si c'est un peu post mortem. Comme je suis pas le fils légitime, je dois trouver des arguments pour expliquer ma démarche. Je me doute que l'administration ne considère pas les fils naturels, les fils cachés, les fils non reconnus, comme des interlocuteurs valables. Je sais bien que rien ne me lie légalement au père. Donc j'essaye d'expliquer aux services d'état civil ce que je cherche. Bonjour, je m'appelle Fox, j'ai attendu mon père biologique pendant une vingtaine d'années, chambre 22, hôtel de Valence, il est jamais venu, je pense qu'il est mort maintenant, je voudrais par simple curiosité savoir où il est né et où il est enterré, je n'ai aucune exigence, je ne souhaite pas obtenir un quelconque héritage, je veux seulement lui rendre un dernier hommage, pourriez-vous s'il vous plaît m'envoyer ses actes de naissance et de décès ainsi que des informations sur le lieu de sa sépulture ? Voilà à peu près ce que je demande tout en restant le plus factuel possible pour ne pas effrayer les autorités. Et en retour, je reçois un drôle de document, l'acte de naissance de mon père avec toutes les mentions et indications dont j'ai besoin entièrement raturées pour bien montrer que j'ai pas le droit d'y avoir accès et cette précision écrite en travers : *l'absence de lien de parenté et de lien civil avec la personne dont vous demandez l'extrait de naissance ne permet pas de répondre à votre demande*.

Fox n'est pas encore remis de sa découverte.

— Tu mettais le papier à la lumière et toutes les informations apparaissaient, par transparence, j'en croyais pas mes yeux.

Je pense à ce que Fox raconte. Oui, il y a de petites mains anonymes qui contreviennent aux règles, au droit, à la hiérarchie, il y a de petites mains qui reçoivent les lettres et apprennent à reconnaître sous les mots un tremblement, et le tremblement se propage jusqu'à elles, elles tiennent une flamme vacillante qu'elles protègent contre le vent. Personne ne sait à qui appartiennent ces petites mains mais elles font leur ouvrage, c'est elles qui grippent les engrenages, qui humanisent les machines. Le plus difficile c'est d'y accéder mais quand on les trouve, souvent par hasard, on se dit que l'existence tout entière inscrite dans les lois échappe à la normalisation généralisée, qu'il y a un interstice par où s'enfuir.

— Vous voyez, je dis, y a moyen de rallier des administratifs à notre cause, je suis sûre qu'on peut étendre nos réseaux.

— Peut-être, mais d'abord laisse-le finir, a dit Gell. Et si Gell, blessé comme il l'est par le vent froid qui traverse son feuillage et bruisse dans la cabane qu'il s'est confectionnée à l'extrême nord du territoire, si Gell prend le parti de Fox et accepte de rétropédaler vers notre existence d'avant, alors on a gagné quelque chose à rester ensemble. La parole de Fox nous harmonise.

— Dessous la rature, le nom du père était tout à fait lisible, Ferenczi ou quelque chose comme ça, origine hongroise. Le père né en Europe du Centre avait par faiblesse, c'est-à-dire par amour, engrossé ma mère. Déjà marié, le bougre, déjà régi par la bourgeoisie européenne dont il était issu. Il avait refusé de s'en extraire pour ma mère qui était une simple aide-soignante, une femme un rien catholique, aimante mais négligeable, une femme pas assez bien pour lui.

— La lutte des classes est sans fin, a chuchoté Sturm.

— Exit les mésalliances, a dit Clarisse.

— Et les mariages mixtes, a ajouté Macha.

— J'ai fait plein de recherches, j'ai envoyé des lettres aux États-Unis et ailleurs, chez des Ferenczi de toutes sortes, a poursuivi Fox. À un moment, je suis tombé sur une femme à qui j'ai écrit bille en tête, je ne porte pas le nom de Ferenczi mais mon père biologique porte ce nom. Je me suis dit après – c'est toujours après que je me rendais compte – que c'était idiot parce que si c'était vraiment sa fille, elle s'est peut-être dit qu'il allait y avoir des problèmes d'héritage. En tout cas, elle a mis du temps à me répondre et la lettre qu'elle m'a envoyée ne portait pas sur ce terrain-là. Elle m'a juste précisé qu'elle savait très peu de choses sur l'histoire familiale, elle m'a faxé la page qu'elle avait elle-même reçue par le biais de Yad Vashem, le musée des archives à Jérusalem. Elle me donnait un indice, elle ne fermait pas complètement la porte, il suffisait de tirer doucement ce fil pour remonter jusqu'à elle et jusqu'aux Ferenczi mais au lieu de ça je l'ai rompu, par manque de délicatesse.

— On a l'impression que t'es toujours fautif, a dit Clarisse, mais t'es pas tout-puissant, les autres aussi prennent des décisions, t'y peux pas grand-chose.

— C'est vrai mais j'ai fait les mêmes erreurs qu'avec mon père. J'ai réécrit pour savoir si elle était ma sœur, elle m'a pas répondu. J'ai senti qu'il y avait un hic. Que j'aurais pas dû être aussi direct en lui demandant si elle était ma sœur, que le mot même avait dû la crisper.

— T'es un impatient, a dit Gell, mais il n'y avait aucun reproche dans sa voix.

— C'est drôle, parce que toute mon enfance j'ai souffert de la solitude, j'aurais adoré avoir des frères et sœurs autour de moi et quand ça se présente enfin, je fais tout foirer parce que je supporte pas d'attendre. Comme quoi l'impatience est mauvaise conseillère, t'as bien raison, et Fox s'est tourné vers moi.

— Ça sert à rien de courir quand en même temps tu freines des quatre fers, a dit Sturm.

Et Fox a fait oui de la tête.

— Fox, c'est un nom qui me va, parce que mon autre nom, celui que j'ai sur mes papiers, c'est celui d'un gars virtuel, quelqu'un qui est à côté de moi. C'est l'idée que les gens se font de moi mais c'est pas vraiment moi.

Y a eu un silence, peut-être qu'on n'avait pas mesuré à quel point Fox était deux. On était en train de découvrir quelqu'un d'autre et ça nous faisait tout drôle d'être mis dans la confidence. On ne savait pas quoi faire de ses révélations et de sa confiance. Finalement, ça ne changeait pas immédiatement nos liens, ça permettait seulement de redoubler d'attention. Oui, on développait, grâce au récit de Fox, de l'attention pour l'enfant qu'il avait été. D'ailleurs on pouvait voir encore cet enfant en lui et je suppose que ça aurait été vrai pour n'importe lequel d'entre nous si on s'était mis à raconter les points de départ. Mais on n'avait jamais osé se tourner vers le passé, Fox était le premier. Moi, j'avais érigé mon gentil petit mur de pierre, je ne m'étais pas laissé emporter par sa voix, je ne m'étais pas engouffrée avant lui dans ses nœuds de famille, j'étais assez fière et tranquille, saine et sauve à côté de lui, de Sturm et des autres, entourée sans être menacée, sourire aux lèvres. J'étais tellement détendue que j'ai poussé un peu la confidence, j'ai demandé si Fox le Hongrois lui convenait, si ça rétablissait quelque chose de sa véritable identité.

— Je crois que mon père aimerait pas que la Hongrie s'invite dans mon récit et dans mon nom, a dit Fox.

— Ton père ? Tu veux dire lequel ?

Là, on était tous éberlués.

— Celui qui m'a adopté.

On a tous nos contradictions, y a toujours des lièvres cachés dans les fougères qui demandent qu'à sortir quand on marche dans leur direction mais là, on ne croyait pas que Fox sortirait du bois devancé par autant de bêtes courant dans tous les sens à l'aveuglette.

— Je croyais que tu le considérais comme un tocard ?

Fox remuait bizarrement sur sa chaise.

— Y a un truc qu'il faut absolument que je dise et c'est presque plus important que le père biologique, je m'en rends compte avec les années. En vieillissant les priorités changent, je suis plus le même.

La phrase est restée suspendue, personne n'a relancé. Mais Fox s'en fichait bien, il lâcherait plus l'affaire.

— Je voudrais pas, cette fois encore, comme j'ai fait jusqu'ici, je voudrais pas sous-estimer le père. J'ai trop tardé à le considérer, je suis son fils malgré tout.

Il manquait plus que ça. Je savais pas que ça serait aussi

compliqué, chercher le père, je pensais qu'une fois désignée l'origine, ça mettrait un terme au sentiment d'illégitimité, mais quand les choses ont été pliées dans un certain sens, les déplier laisse forcément des traces. Et si le père est plusieurs personnes à la fois, ça aide pas à ce que le fils soit un et indivisible.

— Tu veux parler de ton beau-père ? j'ai demandé, dans l'incertitude.

— Oui, si tu préfères.

— Je préfère rien du tout, j'essaye de clarifier. Ça m'est égal comment tu l'appelles, je veux juste distinguer.

— Quand j'y pense maintenant, un drôle de type, ce beau-père, a dit Fox. Non seulement il a épousé ma mère alors qu'elle avait déjà un enfant, ce qui à l'époque était courageux, mais en plus il était déjà le beau-père d'un autre enfant. Il a passé sa vie à adopter des petits et on ne lui en a même pas été reconnaissants.

Sturm a dit qu'il croyait pas aux réconciliations posthumes mais ça avait l'air de le galvaniser, la réhabilitation du beau-père.

— Alors allons à l'oraison funèbre, a dit Macha, et ses cheveux frisés ont frémi.

— Mon beau-père venait faire sa cour à l'hôtel, après que ma mère l'a quitté. Et à la fin, elle a fini par craquer, elle est retournée avec lui. C'est à ce moment-là que je suis définitivement séparé de ma grand-mère, que je m'installe avec eux. Ça a été terrible, je ne voulais pas partir, je ne voulais pas faire comme si cet homme, mon beau-père, et sa fille allaient devenir ma famille.

Là, Clarisse a levé la main, elle était suffisamment jeune pour garder quelques vieux réflexes d'école. Et comme personne ne lui donnait la permission, elle s'est donné la permission à elle-même.

— T'as une sœur ?

Chaque fois qu'elle découvre quelque chose d'inattendu, Clarisse écarquille ses yeux pâles, on a l'impression qu'elle simule l'étonnement ou qu'elle a été fabriquée sur le modèle d'un personnage de BD pour adolescents. On la verrait bien en couple avec Filasse, tous deux à la fois naïfs, obstinés, pleins d'allant, mais on ne sait pas du tout s'il y a quelque chose entre eux, on ne les voit jamais partir ensemble.

Fox a marqué son agacement par une sorte de grimace qu'on ne lui connaissait pas et qui donnait à son visage un petit air féroce.

— C'est pas ma sœur, c'est la fille adoptée par mon beau-père.

C'est à ce moment-là que les motos ont recommencé à vrombir comme les mouches d'été autour de l'œil d'un cheval. On les entendait distinctement s'enfoncer dans les cours intérieures et sous les porches, prendre leur élan au rond-point avant de s'engouffrer sur les dalles juste pour faire résonner toute la cité, fissurer la nuit et rétablir un espace vacant et bruissant entre le sol et le ciel saturé d'appartements minuscules. Et au milieu du vrombissement, alors que rien ne préparait à une quelconque réaction des habitants, terrés chez eux si on peut dire pour des hommes qui vivent parfois à plus de cent mètres du sol, ramassés chez eux et sur leurs minuscules possessions, alors que rien ne laissait penser que quelque chose allait se produire ou que quelqu'un pouvait avoir l'audace et le désir de freiner la pétaradante jeunesse de ces motards casqués, alors que la nuit était si profonde que Fox devait se repérer à l'odorat et à la trace (presque effacée) d'un père absent, alors donc que rien ne le présageait et qu'on était tous blafards et affalés sous mes lampes, un hululement lugubre s'est élevé plus haut que la plus haute des tours, on a cru d'abord à une grande chouette effraie – mais ça faisait bien longtemps qu'aucune chouette ne nichait plus ici, trop gênée par les émanations chimiques et les pollutions humaines – et puis on n'y a plus cru, d'où sortait ce hululement-là, de quelle gorge désespérée, ce chant lugubre, mélopée d'un loup, plainte d'un chien délaissé ou d'un humain, une expression si inhabituelle dans la cité où chacun avait pris l'habitude de cacher à tous ses états, où chacun essayait d'être le plus discret possible, qu'on est tous restés suspendus à ce cri et que même les motards ont interrompu leurs virées et ont fui de l'autre côté de la cité, poursuivis par la grande faux de ce hululement non identifié.

Fox a levé la tête, encore sous le choc de son propre récit et de sa découverte, en parlant il venait d'aller sur un chemin qu'il n'avait pas prévu, il venait de défricher une terre nouvelle, il venait d'ouvrir une voie d'accès à lui-même. Le beau-père, cet homme qu'il avait raté à force de suivre la trace d'un autre dont tout montrait qu'il ne voulait pas de lui, s'invitait in extremis dans son souvenir. Fox devait sûrement se questionner sur la dissymétrie des sentiments, sur la non-réciprocité, sur l'injustice. Ses yeux en amande se sont étrécis, peut-être que c'est grâce à ce plissement spécifique qu'il pensait pouvoir percer le sens de ce cri nouveau.

— Peut-être que quelqu'un cherche à nous rallier, a dit Clarisse.

— Alors faut qu'il soit plus explicite, a dit Gell, on va pas pouvoir interpréter à notre avantage tous les cris de la planète.

Ils se sont tous tournés vers moi, je suis préposée à l'interprétation des signes, c'est rarement moi qui les vois parce que Fox ou Sturm ou Oscar sont beaucoup plus sensibles que moi au bruissement indistinct des choses, mais ensuite ils me les apportent et me les décrivent, regarde ce qui s'est passé, et je dois trouver un sens ou un ordre, c'est ce qu'ils me demandent. Mais là, j'ai calé.

— Un administrateur plein de remords qui a retourné sa veste ? ai-je proposé sans vraiment y croire.

— Une femme qui hurle sa réprobation ?

— Une femme, et pourquoi une femme ? Tu crois qu'une femme hurlerait comme ça ? ou c'est parce que tu as décidé dans ta petite tête que seules les femmes hurlent ? a demandé Macha.

Sturm n'a pas répondu, il allait quand même pas expliquer ce qui le tenait à distance des femmes.

Fox a interrompu nos élucubrations, il était pressé de finir. Son débit est devenu plus fluide. On n'avait même plus la place de l'interrompre et de toute façon on ne le souhaitait pas. On avait encore le hululement dans les oreilles et on espérait que la voix de Fox nous en ferait passer le souvenir.

— Mon beau-père est tombé très malade, cancer du poumon. Il était perdu. Mais comme il avait une constitution forte, il a résisté plus longtemps que prévu et pendant tout le temps de sa maladie il lisait *L'Archipel du goulag* de Soljenitsyne ou des livres de guerre. C'est étrange, tu es malade, tu sais que tu vas mourir et tu lis des atrocités. Il faut dire, il avait eu une enfance très violente. Pour échapper à son propre père, il s'était tiré dans l'armée à sa majorité, il avait fait l'Indochine et l'Algérie, sans doute pas que des bons souvenirs. Avec le recul, je lui trouve des excuses et même des qualités, il avait quand même adopté deux enfants qui n'étaient pas les siens, sans doute quelque chose qui venait de sa jeunesse. J'ai su bien après que sa sœur aînée avait été virée de chez elle à dix-sept ans parce qu'elle était enceinte. Alors lui, sans doute par respect pour l'homme qui avait épousé sa sœur quand elle attendait un enfant, il a voulu faire pareil.

Je crois que c'est à partir de ce moment-là que j'ai commencé à comprendre pourquoi Fox aime les romans, les mélodrames et les comédies musicales. Pourquoi *Les Parapluies de Cherbourg*, un film où un homme mûr, élégant, énigmatique et mélancolique, Roland Cassard, s'éprend follement d'une jeune fille, Geneviève, et l'épouse alors qu'elle attend l'enfant d'un autre, pourquoi un film comme celui-là, échevelé et lyrique, pouvait lui tirer des larmes. Pas seulement parce qu'il admire Jacques Demy et son art, non, mais aussi parce que son beau-père les a recueillis, lui et sa mère, et parce que ce geste initial, aussi puissant qu'il soit, n'a pas suffi. Ni Roland Cassard ni personne ne peuvent faire naître ce qui n'existe pas, l'écart entre la reconnaissance et l'amour demeure infranchissable.

— Bref, mon beau-père avait un cancer et il allait mourir. Ma mère s'inquiétait beaucoup parce que notre appartement était trop cher pour elle toute seule. Je sais pas ce qui lui a pris mais elle a pas attendu qu'il meure pour demander un appartement de fonction plus petit et il se trouve qu'elle l'a obtenu plus vite que prévu. Elle a donc déménagé quelques semaines avant sa mort et il a pas voulu nous suivre. Peut-être parce qu'il était un peu blessé qu'elle ait autant anticipé, c'est vrai que c'était pas trop respectueux de son agonie. Et peut-être aussi qu'il tenait pas à être un poids pour nous et qu'il savait qu'il allait pas durer, il voulait pas qu'on garde l'empreinte d'un mort dans notre nouveau foyer. Donc il est parti finir ses jours chez ses parents. Dans sa brutalité y avait beaucoup de délicatesse. Moi, sa maladie ne m'intéressait pas, j'étais assez indifférent, je faisais ma petite vie d'adolescent, j'étais complètement autonome. Je lui faisais sentir qu'il était pas mon père et qu'il avait pas intérêt à se mêler de mon éducation. J'essayais de l'ignorer de toutes mes forces, je le méprisais. De toute façon on s'était jamais entendus, on n'avait aucun intérêt commun et il me trouvait trop frêle et trop féminin pour devenir un homme, forcément pour lui un homme ressemblait à un manutentionnaire ravalant ses émotions et montrant ses muscles. Mais à la fin, je suis quand même allé le voir dans un service ultraglauque de soins palliatifs.

Y avait des portes anticourant d'air en plastique, vous voyez, un peu comme dans les abattoirs, et il était là, affaibli, il avait pas l'air si fier et si gueulard qu'il était avant. Il m'a regardé avec une expression que je lui connaissais pas, avec une douceur que je lui connaissais pas, et il m'a fait une déclaration hyper-gênante sur l'amour qu'il me portait et qu'il portait à ma mère. J'ai pas su quoi répondre, j'avais la gorge toute serrée, je m'en souviens encore, il m'a demandé de bien le répéter à ma mère et je crois bien, maintenant je peux le dire, je crois bien que j'ai pas transmis le message, oui, je crois bien que j'ai mangé la commission.

Le hululement lugubre s'est éteint, la pièce était à nouveau silencieuse. On était assis, immobiles, et on a laissé tout cela, la nourriture et le reste, descendre le long de nos viscères. On n'avait pas imaginé que Fox oserait tout déballer, qu'il se mettrait à table à ce point. On l'admirait, je crois, on admirait sa capacité à montrer devant nous ses faiblesses. Et on lui était reconnaissants parce qu'on découvrait qu'écouter un des membres du groupe nous aiderait, non seulement à le laver, lui, de tout soupçon, mais par ricochet à nous laver chacun, à nettoyer notre intérieur. On baignait dans une douceur nouvelle, on avait l'impression qu'on allait pouvoir utiliser toute cette connaissance accumulée dans la nuit, la vie d'un autre, proche mais presque inconnu, pour nous consoler.

Malgré le mur que j'avais érigé à la va-vite pour ne pas être emportée par Fox, je me sentais définitivement attachée à lui. J'étais devenue moi aussi l'enfant abandonné de la chambre 22, je flairais, je courais, je me cachais et j'évitais les pièges. On me posait des questions auxquelles je ne pouvais pas répondre, on me montrait du doigt, on me traitait de tous les noms, mon visage parlait contre mon gré, j'étais un sale Juif, un enculé, un fils de pute, je ne comprenais aucune de ces désignations, j'étais secoué par le verbe et sa puissance d'exclusion. Je ne pouvais pas m'empêcher de reprendre à mon compte ces injures lâchées contre moi, ces quelques signes envoyés de l'extérieur par des camarades de classe, je ne pouvais pas m'empêcher d'y souscrire, de les relayer, de leur attribuer de la valeur. Je poursuivais désespérément, à travers eux, ce passé auquel je n'avais pas accès. Plus je m'en approchais, plus il reculait et ça me rendait fou de ne rien saisir, de devoir avancer encore et encore en arrière de moi sans connaître ce qui m'avait fondé, sans avoir idée des gènes que je pouvais transmettre, des tares héréditaires que je véhiculais. Je m'enfonçais dans la poix, le brouillard et la fumée, j'avais du mal à respirer. Entre le passé et moi la même épaisseur grise, uniforme, métallisée s'interposait, aucune trouée, aucune éclaircie, j'allais devoir vieillir et m'éteindre sans savoir.

Là je me suis mise à angoisser. Si ça recommençait. Si mon petit mur bien construit était en train de se fissurer. Toutes ces histoires, vécues ou racontées, font un bruit de cloche à l'intérieur, je n'arrive pas à m'en débarrasser. Ça résonne dans ma tête, des voix me parlent, elles me demandent d'agir, de prendre fait et cause pour elles, de ne pas les laisser tomber. Qui sont-elles ? Où sont-elles nées ? Pourquoi faudrait-il que j'obéisse à ce qu'elles exigent ?

Ça m'a rappelé une rencontre que j'avais faite dans une soirée, quelques mois plus tôt. J'étais tombée sur un jeune gars qui portait des vêtements trop amples pour lui, c'est comme ça que je l'avais remarqué. Un ancien gros, je m'étais dit et je m'étais aussi demandé pourquoi il n'achetait pas des vêtements plus adaptés à sa corpulence. Il restait un peu à l'écart, il avait l'air concentré. Je me suis assise à côté de lui, il s'est tourné vers moi et avant même que je lui fasse un signe quelconque il m'a raconté comment il avait fait pour se débarrasser des voix qu'il entendait. J'aurais voulu l'interrompre. Lui expliquer que je n'avais pas la patience d'accueillir son récit à un moment où j'essayais précisément de faire glisser hors de moi toutes les identités d'emprunt, les corps et les esprits qui grouillent dans ma tête et qui me chuchotent des phrases auxquelles je n'arrive pas à me soustraire. Mais il était tellement sincère, tellement intense, je n'ai pas eu le courage de le laisser en plan. Je suis restée collée à lui presque toute la soirée, et lui à moi. Sans doute que je lui inspirais confiance ou qu'il avait peur, s'il se retrouvait seul, d'être à nouveau investi et transpercé. Il m'a raconté ses années d'hôpitaux psychiatriques, les médecins qui cherchent à poser un diagnostic parce qu'ils ne savent pas soigner sans classifier, le nom de schizophrène censé tout expliquer, les médicaments qui vont avec, les dizaines de kilos pris, le corps qui ne répond plus, les traitements qui abrutissent et annihilent non seulement les voix mais soi tout entier.

J'allais tout lâcher, m'avait-il dit, je voulais mourir, on ne me prenait pas au sérieux, on me demandait seulement de suivre mon traitement et que cela me stabiliserait. J'avais beau leur expliquer que les voix étaient plus puissantes, ils ne comprenaient pas. Et puis un jour, à force de chercher, j'ai rencontré un groupe de gens avec qui partager cette expérience, un groupe ami, un groupe d'entendeurs de voix. Je sais que ça paraît un peu bizarre, il avait dit, je sais qu'on pourrait imaginer une secte d'illuminés. Mais en fait pas du tout, au contraire, ils avaient une approche pragmatique, ils n'étaient pas croyants ou mystiques, c'étaient seulement des anciens schizos qui avaient décidé de se réunir pour s'entraider, et eux savaient exactement de quoi je parlais.

Au lieu de donner un nom à sa folie et de le soigner en conséquence, les membres de ce groupe lui avaient d'abord demandé ce qu'il entendait, le lieu et les heures où les voix se manifestaient, ce qu'elles disaient exactement et qui elles étaient. Pour la première fois il avait pu parler des voix qui l'habitaient de manière très concrète. L'une d'elles se collait à son oreille, en haut à droite, et il m'avait montré par gestes le lieu exact où la voix s'installait. C'était la voix principale, une voix masculine d'homme mûr, la cheffe, c'est ce qu'il m'avait dit. Et cette voix le traitait de moins-que-rien, l'humiliait, tu es une nullité, tu ne mérites pas de vivre, tu n'as rien à faire là, c'est comme ça qu'elle me parlait, avait-il dit. Cette voix faisait écran, elle lui interdisait d'interagir avec le monde, elle se tenait derrière son oreille droite comme une sentinelle, et dès qu'il essayait de parler à quelqu'un ou de faire quelque chose elle lui soufflait des horreurs, il n'arrivait pas à s'en libérer.

Alors les membres du groupe lui avaient conseillé de ne pas sous-estimer la voix mais de ne pas non plus la surestimer, ils lui avaient appris à la considérer d'égal à égal, parce que si tu la considères, tu peux te mettre à sa hauteur et si tu te mets à sa hauteur tu peux dialoguer avec elle, le dialogue c'est le début du désinvestissement, du désensorcellement, c'est ce que les entendeurs lui avaient suggéré. Et il avait suivi leur conseil. Il avait commencé à répondre aux voix. Quand elles l'insultaient, il leur demandait pourquoi et aussi il parlait plus fort qu'elles. Pour ne pas paraître fou aux yeux de l'extérieur, quand il avait besoin de crier pour qu'elles comprennent qu'il ne se laisserait pas faire, le groupe des entendeurs lui avait conseillé de sortir son téléphone et de hurler dedans comme s'il parlait à un interlocuteur, et c'est ce qu'il avait fait. S'il y avait des gens autour, il sortait son téléphone, on le regardait, on pensait qu'il se disputait avec quelqu'un de chair et d'os, invisible mais présent. C'est comme ça qu'elles étaient, les voix, invisibles mais présentes, aussi présentes que des personnes réelles. Et il m'avait montré d'un geste vague le salon où nous étions assis.

Grâce aux entendeurs, il avait commencé à cesser d'être esclave des voix, il avait commencé à leur répondre, il avait commencé à contester le pouvoir qu'elles exerçaient sur lui, et c'est comme ça qu'il avait appris à les domestiquer. Mais avant de les domestiquer il avait appris à les circonscrire. Et avant de les circonscrire, il avait appris à les identifier. Et d'étape en étape, il s'était distingué d'elles, comme chacun de nous apprend à se distinguer de ceux qui, bien qu'intimes, nous sont extérieurs. Au début j'ai gagné de très petits combats, m'avait-il expliqué. Quand je réussissais, ne serait-ce que quelques secondes, ne serait-ce qu'une minute, à en faire taire une, ou à couvrir son bruit ou à lui expliquer qu'elle avait tort, c'était une victoire dont je pouvais me féliciter. J'ai appris à me féliciter, m'avait-il dit, j'ai accumulé de petites victoires l'une après l'autre, j'ai appris à passer une minute puis deux et parfois trois dans le silence, à faire taire une minute ou deux ou parfois trois la voix principale qui venait me parler à l'oreille.

Les entendeurs lui avaient suggéré de négocier avec les voix, d'établir des règles, de les empêcher d'envahir tout son espace mental en prenant des rendez-vous fixes avec elles. Je sais, ça paraît fou, m'avait-il dit. Et effectivement ça l'était. Chaque jour il leur avait donné rendez-vous à dix-huit heures dans sa chambre. Il n'avait pas intérêt à arriver en retard sinon les voix s'énervaient si fort que ses oreilles étaient sur le point d'exploser. Il se rendait donc ponctuellement au rendez-vous fixé, ce qui lui permettait d'être un peu tranquille avant l'heure fatidique et de préparer des arguments contre elles. Le problème, c'est que les voix lui donnaient des ordres et menaçaient de s'en prendre à sa famille s'il ne les exécutait pas. Et quand il l'avait raconté aux entendeurs, les entendeurs avaient demandé si les voix avaient déjà mis leur menace à exécution et il avait été obligé d'admettre que non. Alors les entendeurs avaient dit, ça prouve que les voix peuvent mentir, qu'on peut résister à ce qu'elles demandent. Et lors du rendez-vous suivant, quand les voix avaient exigé des choses terribles de lui, il avait tremblé pour sa famille, il avait eu très peur que les voix ne tuent tout le monde comme elles disaient qu'elles allaient faire, mais il s'était concentré le plus possible et il avait réussi à résister à leur chantage. Et même s'il était épuisé, il avait remporté une nouvelle victoire car rien n'était arrivé à sa famille. Il m'avait dit qu'après il suffisait d'appliquer la logique, de raisonner en termes statistiques. Si les voix avaient failli une fois, c'est qu'elles pouvaient faillir une autre fois, donc les voix n'étaient pas infaillibles, on ne pouvait plus leur faire confiance aveuglément. Et c'est comme ça que de jour en jour, de désobéissance en désobéissance, de dialogue en dialogue et de petit répit en petit répit, il avait fini, avec beaucoup d'efforts et avec des rechutes et avec, en lui, cette présence bruyante qui l'empêchait de penser et qui cherchait à le rabaisser, c'est comme ça qu'il était parvenu à les réduire au silence.

Il avait passé en revue les convives autour de nous, et il avait dit, maintenant tout est dehors, j'ai vaincu les démons, je suis un homme libre.

Je le regardais. C'était un garçon rond, souriant, affable, avide de contacts. On n'aurait pas imaginé à le voir si ouvert qu'il avait été possédé par des voix. J'ai pensé que le groupe des entendeurs l'avait sauvé en le considérant comme digne d'être écouté. J'ai pensé que c'est ce que nous avions appris ce soir, avec Fox. J'ai pensé aux dents blanches de Macha, à la bouche édentée de Gell, aux cheveux pâles à force d'être blonds de Clarisse, je me suis dit que nous devions chercher de ce côté-là, qu'il y avait des secrets à percer. J'ai pensé aux miens, à mes propres secrets. J'ai frissonné, je n'étais pas prête à parler.

Sturm était tranquillement assis en face de Fox et il le fixait sans aucune animosité. Ses yeux brillaient, des larmes sans doute. Il se taisait et restait immobile, en signe d'assentiment ou de reconnaissance, c'est du moins comme ça que j'ai interprété son attitude. Oscar et Full étaient eux aussi tournés vers Fox et semblaient chercher quelle phrase ou quel mot ils pourraient ajouter à ce qu'ils venaient d'entendre. Macha et Gell ont levé leur verre en direction de Fox et ont trinqué en son honneur. Clarisse et Filasse se sont joints à eux et ont bu d'un trait. Toute la tension initiale s'était évanouie. J'ai pensé que provisoirement nous pouvions être satisfaits même si nous étions toujours aussi petits, aussi faibles, même si nos bras pouvaient si peu face aux moyens déployés par les services de la ville.

Alors Clarisse s'est levée. C'est l'heure d'aller se coucher, a-t-elle dit. Les autres ont souri, c'était une expression qui nous rappelait notre enfance et qu'on n'avait pas entendue depuis bien longtemps. Pour nous, la nuit était rarement un moment du repos. Oscar a proposé une date et une heure pour une nouvelle réunion, Macha et Filasse ont acquiescé. Clarisse a suggéré qu'on change de lieu, elle a dit que chez elle c'était un bon endroit pour voir à la fois le ciel et l'étendue de notre sol alentour. On devait encore se mettre d'accord sur la teneur de nos prochaines actions. J'ai demandé si on les programmait ou si on remettait à plus tard. Oscar a dit qu'il n'y avait aucune raison de différer, on continuait à mettre la pression. Tout le monde a opiné. On avait écrit nos propositions au crayon sur de minuscules papiers. On les a distribués.

On saturerait la ville de signes invisibles.

On ferait pleuvoir des plumes du haut des tours de la cité.

On déposerait des nids géants devant la gare centrale.

On mettrait des sachets d'herbe sous enveloppe et on les enverrait à tous les habitants de la ville.

On clouterait les sabots de très gros sangliers sous nos semelles et on piétinerait de nuit les abords du nouveau chantier jusqu'à ce que les autorités, craignant une attaque de bêtes sauvages, interrompent provisoirement les opérations de construction.

On défilerait de midi à quinze heures avec des pancartes sur lesquelles il n'y aurait rien d'écrit et avec des porte-voix placés devant nos bouches muettes.

On a annoté les papiers, on les a classés, commentés, on a échangé les dernières recommandations, on a fixé les dates, on a réparti les tâches, puis on a tout brûlé.

J'ai insisté pour que chacun parte séparément, qu'il y en ait un qui se glisse hors de la maison puis un autre puis un autre, toutes les dix minutes environ pour ne pas attirer l'attention. Et même si ça rétrécissait encore le temps qu'on allait consacrer au sommeil, c'est ce qu'on a fait.

Fox est resté après le départ des autres, je crois qu'il voulait qu'on discute un peu tous les deux. On s'est affalés dans mes vieux fauteuils. On s'est souri. J'ai fermé les yeux un instant. J'ai vu la bouche de Gell s'ouvrir et m'engloutir. Dans cette bouche en forme de caverne, j'ai appelé Fox, Fox le Hongrois. Je lui demandais de venir me chercher parce que j'avais froid. Le nom de Fox résonnait dans la bouche caverneuse de Gell mais personne ne m'a répondu. Fox n'était pas là ou alors il ne reconnaissait pas son nom ou alors il ne reconnaissait pas ma voix. J'ai appelé encore. Je grelottais. Gell avait une bouche humide, froide, pleine de recoins obscurs et je me tenais là, sans espoir. J'ai fini par voir tout au fond un point plus clair. Ce point grossissait. J'ai compris qu'il s'approchait de moi. C'était Macha. Plutôt, les dents de Macha. Les dents blanches de Macha éclairaient la caverne. Je les voyais de mieux en mieux. Je me suis dit que Macha avait des dents trop blanches, pourquoi Macha avait-elle des dents si blanches que ça ? Je me suis promis de lui poser la question quand nous serions hors de la caverne mais la bouche de Gell s'est refermée, à moins que ce ne soit la bouche de Macha. Toujours est-il que le point clair a disparu et qu'il n'y a rien eu d'autre que les ténèbres et ma voix tendue vers Fox, vers Gell et vers Macha.

Deuxième nuit

Macha

Ce soir-là, on s'est retrouvés chez Clarisse au 33e étage d'une tour qui donne sur une autre tour qui donne sur une autre tour qui donne sur une autre tour. Fox a dit que le lieu nous aiderait à prendre de la hauteur, qu'on avait besoin d'y voir plus clair. Il avait pris de l'ascendant sur nous depuis qu'il nous avait parlé, on l'a tout de suite constaté. Les larmes qu'il avait versées lui conféraient un certain charisme. Nous l'admirions, nous étions prêts à en faire notre chef. J'ai proposé qu'on vote pour l'élire, mais Oscar, Gell et Sturm trouvaient que ça n'avait aucun sens. Depuis le début on avait spécifié qu'il n'y aurait pas de chef. C'était trop facile, quelqu'un qui commande et à qui on obéit.

Malgré nos erreurs, notre méthode jusqu'à présent nous avait plutôt réussi. On avait lâché des millions de plumes du haut d'une immense tour à l'est de la dalle, on avait fabriqué des nids en plastique, papier, brindilles et mégots, qu'on avait déposés en grand secret devant les principaux accès piétons du centre. On n'avait pas été découverts, on était des combattants de l'ombre. La ville oscillait et tremblait, on faisait vaciller ses frontières, on contestait en mode mineur toutes les réglementations. Sturm a proposé qu'on passe à la vitesse supérieure. Il fallait plus de violence si on voulait être pris au sérieux, c'est ce qu'il préconisait. Je n'étais pas d'accord avec sa manière de voir. En même temps, je ne voulais pas que notre différend prenne trop d'ampleur. Je sentais bien que pour l'apaiser il aurait suffi que je m'explique, qu'on s'explique tous, comme Fox l'avait fait. Mais je n'étais pas prête. L'idée de parler des voix qui m'avaient si souvent investie me paniquait. Je craignais que cet aveu ne me fasse perdre tout crédit auprès de mes compagnons et qu'ils me bannissent. J'avais besoin d'eux, un besoin maladif, viscéral, le groupe était quasiment mon seul recours.

Clarisse a fait remarquer qu'on devrait attendre Macha avant de s'engager plus avant dans la discussion. On a eu un moment de doute, peut-être qu'elle n'allait pas venir. Macha n'est pas si fiable, elle nous met, parfois, en porte à faux. On l'a déjà avertie, on lui a demandé de la jouer un peu plus collectif mais elle nous a ignorés. Macha est une rétive, une vraie rebelle. En attendant qu'elle arrive, on a fait le point. Matériel à l'abri, état des troupes, transformation de la voirie en cours, projets à accomplir, aucune perte. Je pensais au rêve que j'avais fait, avec les dents blanches de Macha s'avançant vers moi dans la nuit caverneuse. Je me suis un peu relâchée et j'ai presque entendu la voix de Macha en moi, sa voix éraillée prête à s'emparer de mes résistances. Alors il a fallu que je recoure au petit mur de pierre qui était devenu, depuis la soirée avec Fox, mon bouclier.

L'appartement de Clarisse est à son image, c'est un parallélépipède blanc, il ne réserve aucune surprise. On n'avait pas tiré les rideaux ni descendu les stores, il était encore un peu tôt, ça aurait attisé la curiosité des résidents. Les voisins pouvaient plonger leur regard à l'intérieur de la pièce principale et nous, en retour, on avait vue sur les rectangles lumineux des logements tout autour. Fox a dit que la dernière soirée passée ensemble l'avait épuisé parce qu'à la fois on doute de l'intérêt de sa propre histoire et à la fois on a peur que les autres ne soient pas assez réceptifs. On a l'impression d'avoir un truc spécial à exprimer, un truc un peu exceptionnel, un truc qui nous engage, alors si les autres intègrent trop vite notre histoire, on se sent banalisé, arasé et englouti. On veut bien être comme tout le monde à condition d'abord que les membres du groupe reconnaissent qu'on sort de l'ordinaire.

Personne n'a relevé le paradoxe parce que personne ne voulait prendre la suite de Fox. On souhaitait revenir à l'essentiel, reléguer sa nuit dans le passé. On se protégeait. J'ai failli mettre sur le tapis les dents de Macha, ses dents trop blanches, pour essayer de dévier l'attention du groupe vers elle, j'avais peur, moi aussi, qu'on me propose de parler pour combler le vide. Heureusement elle est arrivée avant que je ne m'engage sur cette voie. Elle a tout de suite précisé qu'elle ne pourrait pas rester longtemps, elle avait prévu d'aller coller des affiches aux abords de la rivière, elle avait repéré sur les quais un mur qui lui plaisait.

— C'est quoi le texte que tu projettes ? a demandé Oscar.

Elle a haussé les épaules.

— Je veux pas vous mêler à des interventions qui sont pas liées à nos objectifs.

— Ben, en même temps, écrire dans la ville, ça fait bien partie d'un plan global d'aménagement du territoire, a dit Gell.

On ne pouvait pas savoir si la réponse de Gell était sérieuse ou s'il avait prévu de titiller Macha pour la faire sortir de ses gonds. Parce que Macha peut vite se mettre en rogne, elle a gardé une sauvagerie qui doit venir d'il y a très longtemps. Et comme Gell continue à nicher dans sa cabane, il est au moins aussi sauvage qu'elle. Tous les deux ont dû dormir dehors plus d'une fois et ils se sont forgé pour le supporter une carapace bien épaisse. Ils ont les mêmes stratégies de défense, ils tiennent à distance les importuns, mais au lieu de les rapprocher l'un de l'autre, ça les oppose.

Sturm a dit qu'elle nous avait déjà mis en danger une fois avec ses projets de bancs publics, elle pouvait plus nous tenir à l'écart.

Macha s'est énervée, elle n'aime pas qu'on lui rappelle ses manquements.

— OK, j'ai commis une erreur, vous allez me le reprocher longtemps ?

— Tant que tu ne nous montreras pas que t'as changé, a dit Gell.

La tension était montée d'un cran.

— Bon, les amis on se recoiffe un peu pour la circonstance et on redescend, j'ai dit.

Je voulais que Gell et Macha soient tous les deux présentables, pas échevelés comme ils sont, chacun à leur manière, je me disais que ce petit effort sur l'apparence adoucirait aussi leur langue, mon petit côté bien-pensant. L'éducation bourgeoise que je traîne depuis l'enfance me fait croire que le maintien et la posture peuvent parfois lisser nos pulsions.

Macha a reconnu que lors des repérages il lui arrivait de ne pas porter la cagoule. À cause de sa tignasse, ça lui prenait trop de temps d'en mettre une, alors elle préférait parfois agir à découvert pour gagner en rapidité. J'ai pensé que même avec la cagoule les dents de Macha brillant dans la nuit auraient pu la trahir. Mais je n'ai rien dit.

— T'es notre mouton noir, a dit Gell.

J'ai pensé que pour nous ressouder, on devrait se trouver une signature collective. Étrangement, après tout ce temps, on n'y avait jamais songé. Je sais bien que mes amis ne croient ni aux cérémonies ni aux symboles mais j'étais prête à leur prouver qu'un nom commun pourrait renforcer nos liens. J'ai essayé d'y faire allusion, j'ai parlé de notre collectif, j'ai expliqué qu'on avait prévu de revoir un peu nos statuts et notre organisation et que ça passait par la mise en place de certaines règles, mais les autres n'étaient pas réceptifs à mon programme. J'ai insisté, j'ai dit que l'aveu de Macha sur la cagoule nous obligeait à plus de précautions.

Macha n'a pas aimé le mot aveu, elle a jeté sa tignasse brune et frisée en arrière, elle a dit qu'elle n'allait pas renier la laine sur son front. Je me suis rendu compte que comme avec Fox, le visage, le crâne, la qualité du poil et son implantation, tout pouvait avoir de l'importance, c'étaient parfois les seuls signes d'une véritable appartenance, une maigre assurance, les traces d'une lignée.

Filasse, notre page italien, a proposé qu'on s'intéresse un peu au mouton noir qui porte cette laine et il a touché les cheveux de Macha. Alors Macha a ri, et elle a dit, en effet, le mouton noir, c'est bien moi, et ça a détendu l'atmosphère.

— Mais c'est pas mouton que j'étais quand j'étais jeune, c'est melon.

Les autres n'ont pas très bien compris. Fox a rappelé qu'on était réunis pour y voir plus clair. Il a montré l'appartement de Clarisse, si simple, blanc et tout en angle. Je suppose qu'il avait prévu un petit débriefing sur nos opérations en cours. Mais Macha a pris la remarque de Fox pour elle et, contre toute attente, elle s'est lancée dans une explication sur sa chevelure, sur sa couleur de peau et sur son apparence.

— En fin de compte, moi ma mère, je l'ai vue deux ou trois fois pas plus, alors c'est difficile de se souvenir mais soi-disant qu'elle avait je sais pas quelle origine, elle était plus foncée que moi, elle était basanée, à l'époque on disait métisse. Et y avait aussi un autre terme mais je m'en souviens plus. Sauf que moi je me rendais pas compte, j'avais pas l'impression d'être spécialement sombre ou quoi. C'est surtout mes frères et sœurs qui ont un peu plus fréquenté ma mère que moi, et apparemment ma mère disait que sa propre mère l'aurait eue avec un aviateur noir américain mais on a fait des recherches et des Noirs américains aviateurs y en a eu qu'un seul à cette époque et c'était pas le nom de son père.

Là, j'ai eu un choc. Macha nous plongeait direct dans le magma des ascendances, un magma encore plus brûlant et visqueux que celui de Fox. J'ai remballé mon projet de nom, le nom du groupe pouvait attendre. Si Macha se lançait dans le récit de son enfance, ça allait révolutionner notre petite communauté, en tout cas ça lui donnerait un autre relief. J'ai eu envie de démolir mon petit mur de protection et d'aller voir à l'intérieur de mes compagnons, d'aller sonder les manques dont ils souffrent, de me les approprier. Je me suis ravisée parce que je les aime. Je les aime tous. Je ne veux pas les dépouiller de ce qu'ils ont en eux et qu'ils me cachent. Je suis capable de faire des efforts pour eux, pour nous, pour la survie de notre troupe.

Pendant que je me livre à mes pensées, les autres s'excitent parce qu'ils ont pas saisi les sous-entendus et les ellipses. Gell demande quel rapport avec le melon, Sturm si Macha est une fille de l'Assistance publique, Clarisse d'où sortent tous ces frères et sœurs, Fox pourquoi Macha a vu sa mère que trois fois et dans quelles circonstances.

— Revenons à nos moutons, dit Filasse.

Et il pense sans doute à la tignasse laineuse de Macha dont il a envie de percer l'épaisseur. Parce que dans le physique de Macha, y a plein de petits signes qui attendent leur déchiffrement. Moi, c'est plutôt ses dents blanches auxquelles je pense mais Filasse, lui, a un goût prononcé pour son poil emmêlé. Et le poil renvoie Macha à son passé.

Elle est en train de s'y engouffrer. Tous, curieusement, la soutiennent. Même Sturm. Pour l'instant, il n'a peut-être pas en tête que si on suit Macha dans les méandres de ses épisodes anciens, il faudra qu'on y passe tous. Lui. Moi. Tous.

— Y a eu au moins deux fois où j'ai compris ce qui nous différenciait physiquement des Français ma mère et moi, en fin de compte c'est quand elle est venue me voir un jour et qu'on a pris le train ensemble. Il faut préciser que ma mère s'arrêtait dans les bars et les cafés et que c'était une saoularde. Alors entre le pensionnat et la gare elle avait déjà emmagasiné pas mal d'alcool. Donc on prend le train et là on voit le contrôleur. Je m'en souviens trop, ça m'a marquée, le contrôleur lui demande son billet et elle le lui donne et en fin de compte elle s'est trompée d'horaire donc il lui met une amende et elle, elle est bourrée, elle gueule, elle dit comme ça, mais moi je suis française, je suis pas noire, je suis pas une Algérienne, elle pensait qu'on lui mettait une amende à cause de la couleur de sa peau, ça m'est resté. Beaucoup plus tard, je vais dans un bistrot moi aussi, je buvais pas d'alcool mais à la sortie de l'usine ça m'arrivait d'aller prendre un café, et là les mecs me traitent de melon et je leur demande ce que ça veut dire et ils me disent que je suis pas française et je leur dis que si, tu veux voir ma carte d'identité, j'ai beau me défendre j'ai honte, c'est là que j'ai pris conscience qu'il y avait quelque chose qui n'allait pas. Et comme je sais pas bien si je suis arabe ou noire, quand on me demande je dis que je suis pied-noir, c'est pratique.

Je ne m'étais pas aperçue que Macha avait une peau plus foncée que les autres, sans doute que je me fixais plutôt sur son regard mobile, ardent, sa bouche pleine de dents trop blanches. Les autres n'ont pas l'air moins troublés que moi, les bifurcations et les ramifications dans la vie de Macha nous bousculent, on reste cois. Heureusement, Full a pointé un détail sur lequel il peut rebondir. Ça fait jaillir le dialogue.

— Tu sais que moi aussi, je suis pied-noir.

— Ça y est, voilà qu'on s'applique des identités, on se tombe dans les bras, on se congratule.

Sturm a repris son rôle d'empêcheur de tourner en rond et étrangement, ça me rassure.

— C'est du Molière, a dit Filasse.

Personne n'a saisi l'allusion, on n'imaginait sans doute pas que Filasse, notre jeune pâtre, ait étudié ce vieil auteur en classe.

— Tu veux parler des retrouvailles à la fin des pièces ? a demandé Clarisse. Notre pâle et blonde, presque aussi jeune que Filasse, voulait sans doute marquer sa complicité avec lui, en montrant qu'elle aussi avait lu les auteurs d'un vieux répertoire oublié.

— On n'est pas obligés de rayer tout ce qu'on a été, a dit Full.

— C'est pas nous qui rayons, je te le rappelle. C'est pas notre faute s'ils détruisent à grande échelle, a répondu Sturm. Et Gell est allé dans son sens.

— Tu devrais te rebeller contre ce qu'ils t'ont fait, quand même.

— Justement, a dit Full, je ne veux pas que la destruction de mon logement emporte le reste, je veux consolider mes souvenirs, et apprendre à les réparer par moi-même.

J'ai pensé qu'à Hong Kong ils montent des échafaudages géants avec des tiges de bambou, de la construction manuelle à très grande échelle. Et j'ai pensé qu'en bas de ces immenses tours presque collées les unes aux autres et fines comme des allumettes, dans les petits corridors crasseux qui les séparent, des vies minuscules s'invitent, des gestes et des objets à échelle humaine s'accumulent, négligeables et presque invisibles. Je me suis souvenue du travail photographique que Michael Wolf a consacré aux chaises installées en bas de ces immeubles, des chaises blessées, amputées, mais rafistolées et solides, faites de fil, de corde, de bois et de plastique. L'artiste les collectionnait. Un jour qu'il préparait sa prise de vue, un passant lui avait demandé pourquoi il prenait en photo une chaise aussi vieille et laide. Et l'artiste avait répondu qu'il ne voyait pas là une chaise laide mais une chaise au caractère bien trempé, qui malgré ses quatre-vingts ans d'âge n'avait pas abandonné l'idée de vivre même si la vie était très dure. Au pays de la production de masse, chacune de ces chaises bâtardes avait une histoire unique à raconter, c'est ce que Michael Wolf avait dit. J'ai pensé que j'aimais ces chaises résistantes, ces petits jalons offerts aux passants pour qu'ils s'arrêtent, contemplent, ne se laissent pas happer entièrement par la mégalopole. Et j'ai vu en Macha, en Gell, en Fox, des héritiers de ceux qui avaient réparé ces chaises, des bricoleurs et des survivants.

— Finalement melon ou pied-noir, ça me parle pas tant

que ça, a dit Macha. En fin de compte j'ai découvert le mot sans comprendre la chose. Et c'est quand j'ai été enceinte que je me suis sensibilisée à mon origine. À l'hôpital, au moment de l'accouchement, on m'a demandé comment j'allais appeler mon fils et j'ai répondu que non, je reconnaîtrai pas cet enfant.

Nous regardons Macha avec stupéfaction. Ni Clarisse, ni Fox, ni moi ne savions que Macha avait eu un enfant. On n'arrive pas à imaginer cette femme intense, pleine de colère et d'ardeur, en train d'élever un petit, on n'ose pas lui demander si elle l'a gardé, si elle l'a abandonné, si elle le voit encore, on est tétanisés.

— Ce que je veux dire, j'insiste auprès de la sage-femme, c'est qu'il faut que mon fils porte pas mon nom, il faut qu'il ait le nom de son père. Ça m'aurait fait trop mal, je voulais que mon fils sache qu'il avait un père, même si je sentais bien que je resterais pas avec cet homme-là. La naissance de mon fils, ça m'a déclenché quelque chose. Et même si je me suis séparée du père assez vite, je pense que j'ai réussi à pas mettre au monde un bâtard.

— Je voudrais pas gâcher tes illusions mais porter le nom du père ne donne aucune assurance, dit Oscar.

J'aurais envie de défendre l'idée que l'indifférence à l'égard de nos ascendants offre une sacrée liberté, qu'on n'a pas intérêt à triturer le passé, que ressasser les états révolus de notre enfance ne sert à rien. Mais peut-être que l'absence initiale d'amour est un puits sans fond, une source inépuisable de doutes et de questions. Alors, même si aucun d'entre nous n'est préparé à entrer dans la vie de Macha et encore moins par les épisodes maternels, même si on préférerait plutôt discuter des dessins qu'elle installe sur les murs et les palissades, lui reprocher ses actions non concertées et voir comment améliorer nos performances clandestines, personne ne la recadre. Sa rage intacte nous est précieuse, elle nourrit notre indignation.

— Bref, j'ai compris que je pouvais pas faire naître un enfant qui aurait pas de père. Et je sais de quoi je parle, a dit Macha.

— Toi aussi ? La voix de Fox tremble.

— C'est pas le règne du désordre, dit Sturm, en s'adressant directement à Fox, c'est le règne des bâtards.

Et il lui envoie une grande tape dans le dos, entre la caresse et le coup.

Fox encaisse.

— Je suis pas un bâtard. Et je pouvais pas savoir, pour Macha.

Je crois bien qu'aucun des membres du groupe n'aurait le courage de se définir comme bâtard, aucun n'aurait la force de revendiquer cette appellation, aucun ne voudrait se l'appliquer avec la joie de celui dont la stigmatisation décuple la force. Non. Aucun. Mais moi je pense à ce mot, *bâtard*, je le rumine et il m'inspire. Le groupe que nous formons est en train de prendre une épaisseur insoupçonnée.

Macha corrige.

— Attention, je suis pas née sous X, ma mère m'a reconnue. D'accord elle m'a mise direct à la DDASS, mais c'est parce qu'elle était toute seule et qu'elle avait déjà quatre enfants de quatre mecs différents. Comme elle travaillait dans des bouibouis du côté de la place Clichy, c'était impossible pour elle de nous nourrir. On a tous été placés à la DDASS dès qu'on est nés. Elle nous a pas vraiment abandonnés parce que pour rester à la DDASS il faut faire un courrier tous les trimestres qui dit que ton enfant, tu l'abandonnes pas, et admettons que la mère ou le père fasse pas ce courrier, alors là, oui, t'es abandonné. Pour moi, visiblement, ma mère envoyait régulièrement la lettre. Donc elle m'a pas abandonnée. Mais c'était quand même très dur. Parce que là-bas, on est tous habillés pareil, on t'enlève le peu de choses que t'as au départ, on te déshabille, on te passe le corps au jet et la tête au vinaigre, on te décape, on te coupe les cheveux, on te peigne et après t'as un petit baluchon, tu portes une blouse et tu réponds à un numéro, on t'appelle pas par ton nom mais on t'appelle par ton numéro, c'est horrible. En plus, y a toujours quelqu'un pour te reprocher que tu vis aux crochets de l'État et toi tu comprends pas. Dès que t'as besoin de quelque chose, on va te dire comme ça, ah ouais, et c'est avec nos impôts qu'on paye, alors que moi je savais pas ce que c'était, les impôts. En fin de compte, t'apprends à avoir honte, t'as honte de coûter de l'argent, t'as honte de demander, t'as honte d'exister. J'ai été placée dans beaucoup de familles d'accueil et je me sauvais, parce que tu t'aperçois que c'est jamais gratuit pour les gens, ils sont payés, ils accueillent pour leur service, tout est calculé. Si la mère d'accueil demandait un drap ou des chaussures, elle écrivait à la DDASS pour l'obtenir. Elle aurait jamais acheté des chaussures pour moi. Par contre je mangeais bien mais je travaillais dur, je gardais les vaches, les brebis, je lavais la laine des moutons.

Le retour des moutons fait plaisir à Filasse, et il le manifeste. Mais nous autres, on ne voit pas comment faire sortir Macha de son ornière, ses souvenirs de fille et de mère s'entortillent autour d'elle, on l'imagine toute ficelée dans des fils de laine, entravée, prisonnière et on la voit aussi en bergère, c'est comme une petite pastorale ancienne qui s'invite au 33e étage d'une tour qui donne sur une autre tour. Je ne crois pas que dans nos régions il y ait encore des troupeaux qui circulent librement sur des pâtures. Les naissances sont génétiquement régulées et les prés ont laissé place depuis bien longtemps à de grands ensembles. Il y a beaucoup de corps humains et beaucoup de familles et beaucoup de linge et beaucoup de drames sur un espace très étroit. On le voit bien ici, chez Clarisse, des milliers d'yeux sont tournés vers nous. Comme dans l'élevage industriel, nous sommes enfermés, engraissés et tondus dans un jour éternellement gris.

— T'as toujours aimé les moutons noirs, pas vrai ? a dit Filasse.

— J'aurais préféré être comme les autres, a répondu Macha.

— Si on était comme les autres, on n'en serait pas là, a dit Fox.

— J'étais quelqu'un d'assez dur, a répondu Macha. Je me sauvais et on me rattrapait. Et quand j'avais une nourrice et que je m'y attachais, ensuite on me l'enlevait.

— Ils nous regardent, a dit Clarisse.

On ne savait pas si ce ils visait ceux qui nous entouraient, voisins, riverains, agents de la force publique ou s'il désignait les membres fantômes de la famille de Macha, ses frères et sœurs, sa mère, son père américain, qui, comme dans une danse macabre, gesticulaient autour de notre table. Clarisse les accueillait avec son innocence habituelle sans se sentir particulièrement menacée. Mais moi, je ne voulais pas être bousculée par des êtres sans chair dont l'esprit pouvait me hanter. J'en avais déjà trop en moi, trop de passé, trop de voix, je voulais faire le vide. Contrairement à Macha, je crois que j'étais incapable de parler en mon nom propre, d'employer la première personne, ça m'aurait trop violemment retranchée des autres et m'aurait ramenée à une époque que je préférais oublier. Je revoyais mon appartement, le marché adjacent et les rues animées qui le bordaient, les vendeurs ambulants coincés entre les hauts immeubles, le meuglement de leurs annonces se répercutant sur les piles des ponts, et toute l'agitation née de la foule, employés, cadres, ouvriers, commerçants s'invectivant et se saluant et se frôlant à travers les ruelles étroites et humides du centre.

J'ai fermé les yeux et j'ai serré les dents pour ne pas être emportée dans ce tourbillon avec toutes ces voix et ces souvenirs qui rôdent. J'ai pensé qu'à la place je devais insister pour qu'on se cherche un nom de groupe. Si on se trouvait un nom je pourrais me fondre dans son doux chantonnement et gazouiller avec.

— Alors ta mère t'a pas du tout élevée ? a demandé Clarisse.

— En fin de compte, je l'ai rencontrée que deux ou trois fois, a répondu Macha. La première fois, j'avais à peu près dix ans, ma mère m'avait retirée de la DDASS pour me mettre en pension parce que l'homme avec qui elle vivait, ça lui plaisait pas que les enfants de sa femme soient à la DDASS. Elle m'avait transférée chez les sœurs, mais moi, je les détestais, elles étaient affreuses. Elles nous martyrisaient. Par exemple elles surveillaient nos culottes, on était obligées de les garder pendant huit jours, on en changeait une fois par semaine et t'avais un lit en fer, le soir il fallait mettre ta culotte à l'envers pour faire voir qu'elle était propre. Si ta culotte était sale on t'envoyait dans le couloir sans lumière et tu y restais. Et si la bonne sœur t'oubliait, ce qui arrivait souvent, c'est toi qui allais au lit vite fait, tu te disais, elle m'a oubliée faut que j'aille au lit toute seule, c'était triste. Le seul truc positif, c'est qu'elles croyaient à la prière. Elles disaient que si tu pries très fort tu peux obtenir ce que tu demandes. Alors je demandais au bon Dieu de m'envoyer ma maman. Je me cachais dans un préau et je disais comme ça, mon dieu mon dieu je veux voir ma maman, je veux voir ma maman.

— Tu l'as vue ?

Fox est tendu, il écoute l'histoire de cette attente un peu comme si c'était la sienne. Chambres d'hôtel, internats, tous ces lieux anonymes bruissent des désirs secrets d'enfants perdus.

Alors, en esprit, pendant que Macha cherche à aimer, en vain, une mère qu'elle connaît à peine, je récite pour me calmer les trousseaux qu'on demande aux pensionnaires quand ils arrivent, 1 drap, 1 taie d'oreiller, 1 housse de couette, 1 serviette de bain, 1 gant de toilette, 1 brosse à dents, et j'y ajoute les extraits de règlements où sont précisées toutes les interdictions, il est interdit de fumer dans les chambres, d'utiliser des aérosols, d'introduire une personne étrangère à l'établissement, de stocker des denrées périssables ou des animaux vivants, d'utiliser des punaises à une dent ou du papier adhésif sur les murs peints, de demander à sortir au motif qu'on veut effectuer des achats dans les magasins. Et je suis sur le point de relancer ma litanie, c'est une nouvelle forme de prière que je m'offre, mais Macha n'entend pas les mots qui se bousculent dans ma tête, elle parle par-dessus ma voix.

— Les sœurs me préviennent que ma mère est là et j'ai du mal à cacher comme je suis contente. Moi, je suis timide, on m'emmène dans une salle, ma mère est debout. Je regarde cette femme, je l'imaginais pas comme ça. Elle me serre pas dans ses bras, elle m'embrasse pas, rien ne se passe, y a rien, je la sens pas. C'est pas une question de physique ou de beauté mais je la sens pas. On se retrouve à aller se promener en ville et là elle boit de la bière et de la bière et de la bière, elle me raconte des choses sans intérêt pour moi, que je dois faire attention de pas tomber enceinte, j'ai dix ans alors je comprends pas bien. Je ne sais même pas si elle m'a embrassée quand on se quitte. Je calcule pas sur le moment mais après je me rends compte que j'ai plus envie de la voir, j'arrête de prier pour qu'elle revienne.

Pendant que Macha raconte ses rencontres avec sa mère je continue à litaniser les règlements dans les pensionnats de jeune fille, des trucs que j'ai appris sans doute en regardant sur Internet et que je n'ai pas réussi à oublier depuis. Les chambres sont des lieux de sommeil, l'usage des bougies est strictement interdit, tout appareil électroménager est proscrit, il est souhaitable que les parents prennent régulièrement contact avec les responsables de l'internat et avec leurs enfants, la détention de toute arme et a fortiori son usage sont formellement interdits, le centre met en place des activités pour les internes qui n'ont pas rejoint leur famille pendant les vacances de Noël et ces activités sont obligatoires, tout manquement ou dégradation du système de sécurité peut être considéré comme un délit et sanctionné comme tel. Je n'arrive plus à arrêter en moi la petite voix qui se superpose à celle de Macha. Je me dis que je devrais peut-être moi aussi consulter les entendeurs de voix. En même temps, celles qui m'habitent ne me menacent pas. Elles ne me donnent pas d'ordre, je n'ai pas à agir sous leur contrôle. C'est déjà ça. Sans doute aussi que cette voix-là, qui égrène les articles des règlements dans les pensionnats, me permet de surmonter toutes les autres, qui pourraient se manifester n'importe quand. De toute façon, même si je m'absente, Macha ne se laisse pas intimider, c'est une guerrière.

— Je la revois une deuxième fois, quand je me fais virer de chez les sœurs. Je m'y sentais pas bien, j'étais pas comme tout le monde, j'apprenais pas. On me mettait au fond de la classe et on m'ignorait. Et moi, c'est tout le contraire que je recherchais, il fallait tout le temps que je fasse mon intéressante. Par exemple j'adorais être malade même si à chaque fois j'avais peur de mourir, j'adorais quand j'étais malade parce que là, au moins, y avait une infirmière qui venait faire un tour à mon chevet pour voir si tout allait bien. Au final on m'a virée parce que soi-disant, je sais plus ce que j'ai fait. On m'a attrapée par les cheveux, on m'a fait descendre les escaliers, on m'a donné des coups de ceinturon. Ma mère a été obligée de venir me chercher.

Je pense à cette petite fille, Macha, une petite fille que je n'ai pas connue parce que la Macha d'aujourd'hui ne se laisserait pas frapper sans réagir, la Macha d'aujourd'hui aurait utilisé des mots bien à elle pour se défendre, je pense à ce petit animal apeuré dont la douleur ne trouve aucun exutoire, aucun mode d'expression, qui ne sait même pas vraiment ce que c'est que la douleur et qui se couche pour que quelqu'un, enfin, se penche sur elle.

— Et après ?

— Ma mère m'a gardée un temps dans sa petite chambre à Paris. Mais ce qu'elle avait en tête, c'était de récupérer ses enfants pour les faire bosser, et moi je lui ai dit que je voulais pas rester avec elle, donc je suis retournée à la DDASS. Et après, je l'ai plus jamais revue, sauf sur son lit de mort. J'étais toujours à la DDASS, j'allais avoir vingt et un ans, on m'a annoncé que ma mère était morte. J'ai pleuré. Je sais pas pourquoi mais j'ai pleuré.

— Comme quoi t'avais quand même un cœur ? a dit Sturm.

— Oui et non. J'étais pas aimée, et quand t'as un enfant après, c'est un peu bizarre, t'as du mal à lui transmettre l'affection. Tu t'en aperçois trop tard. Mon fils, il a été gâté mais je pense que je lui ai pas donné de l'affection comme je pourrais donner à ma petite-fille. Y a une erreur dans cette chose-là.

— Alors là t'y vas fort, a dit Sturm. T'es vraiment grand-mère ou quoi ?

— Oui, a dit Macha. Je suis grand-mère.

Elle n'a rien ajouté et nous autres, on a gardé le silence. On digérait la nouvelle. Macha devait cuire des confitures et tricoter des babygros ? Elle allait mettre ses cheveux frisés et noirs en chignon ? Elle allait raconter le conte du Petit Poucet, du Chaperon rouge et des trois petits cochons ? Macha était une vieille femme alors ?

Oscar lui a demandé si elle connaissait *L'Armée des ombres* de Jean-Pierre Melville et Macha a pas compris l'allusion. Parce qu'à la fin du film, a dit Oscar, Simone Signoret, la cheffe du groupe de résistants, ils sont obligés de la tuer parce que les Allemands ont découvert qu'elle a une fille. Ils comprennent qu'elle pourra pas résister à la torture, qu'elle préférera vendre ses compagnons de lutte plutôt que de sacrifier son enfant alors ils longent le trottoir en Traction Avant noire et quand ils arrivent à sa hauteur, ils ralentissent, ils s'arrêtent, elle les voit, elle se fige, son visage manifeste un drôle de sentiment, un sentiment un peu difficile à déchiffrer, les visages ne parlent pas toujours très clair, c'est de l'étonnement ou de l'incompréhension, en tout cas ils essayent de ne pas trop y faire attention sinon ils n'arriveront pas à remplir leur mission, ils lui logent une balle, elle tombe, ils redémarrent.

— Pourquoi tu me racontes ça ? Vous croyez encore que

je vais vous poser des problèmes, c'est ça ? Vous me faites plus confiance ?

— Les familles, c'est le maillon faible, on serait capable de n'importe quoi pour les sauver, a dit Fox.

Et Gell s'est un peu moqué.

— T'es drôlement lyrique depuis que t'as redécouvert ton beau-père d'entre les morts.

Clarisse, malgré ses yeux étonnés, ses cheveux pâles et sa peau lisse de très jeune fille, paraissait inquiète.

— Ils nous regardent, a-t-elle répété.

Cette fois-ci c'était sans ambiguïté, elle parlait de notre environnement immédiat, pas de la famille de Macha. Sturm a suggéré qu'on ferme les rideaux. Fox a dit que si on le faisait maintenant ils comprendraient qu'on avait quelque chose à cacher, il valait mieux les laisser regarder.

— Tant qu'on reste à découvert, on est en sécurité. Ils pourront pas imaginer qu'on complote en restant assis derrière des vitres transparentes, a dit Fox.

— Peut-être qu'ils lisent sur nos lèvres ? a dit Oscar sans qu'on sache s'il le pensait vraiment ou si c'était une boutade.

— Dans ce cas, je leur offre mon passé, a dit Macha en riant et on a tous vu ses dents blanches, peut-être que ses dents, plus que ses paroles et plus que notre réunion, auraient pu éveiller les soupçons.

Clarisse s'est levée, a tourné le dos à la baie vitrée à travers laquelle des yeux agiles et perçants nous dévisageaient peut-être.

— On ne se met pas au-dessus des lois, on cherche les failles, a-t-elle dit tout doucement.

Et Clarisse s'est tournée vers moi puisque c'est moi qui vérifie comment les terrains sont préemptés, si les promoteurs respectent les procédures, si les administrations recourent aux appels d'offres. On repère les ventes qui débouchent sur des extensions commerciales et si possible on les invalide. Après c'est toujours compliqué parce que les résidences géantes qu'ils ont construites à côté de la voie ferrée ne sont pas seulement criblées de supermarchés et de magasins d'électronique, ce sont aussi des lieux d'habitation, alors c'est vraiment difficile de travailler contre. Ils se sont débrouillés pour que le commerce devienne un quasi-prolongement de l'habitat et qu'on n'arrive plus à discerner les fonctions. Ils ont troué le territoire de lieux de transaction au point que toutes les activités humaines se concentrent dans des espaces qui appartiennent à de grands groupes. Mais bon, on essaye de réagir, on pense que par capillarité et en minuscule on attirera les habitants hors des zones marchandes.

Pour ça, faut vraiment s'ancrer au sol et observer précisément toutes les manigances, les petites palissades ajoutées, la disparition d'un trottoir, la disposition des panneaux publicitaires, une rue barrée. Sturm est le plus doué d'entre nous parce que c'est le plus baladeur, le plus mobile. Alors que Clarisse, à la hauteur où elle se trouve, n'a que des contacts lointains avec le niveau de la mer, sans doute la raison pour laquelle elle paraît toujours un peu étonnée par ce qui se trame au sol. Ça lui donne d'autres avantages, elle est plus sensible aux variations infimes de la couleur, et elle voit mieux que nous les dangers venus du ciel. Les regards dans les tours, on ne sait pas si elle l'invente ou si elle le devine, on a l'impression que ses cheveux pâles lui permettent d'éclairer la nuit.

— Comment tu t'es sortie de tout ce merdier ? demande Gell.

— Avant d'en sortir, j'ai d'abord plongé, dit Macha. Et elle le répète comme pour s'immerger dans cette longue dérive. J'ai plongé. Je n'ai fait aucune recherche sur mes parents, non, pas du tout, ils n'existaient pas pour moi, non, ou alors je les imaginais, même ma mère que j'ai un tout petit peu connue, je l'imaginais. J'ai cru pendant longtemps qu'elle était enterrée au cimetière de Caulaincourt à Paris, un beau cimetière, un cimetière très joli et en fin de compte j'ai appris récemment qu'elle avait fini à la fosse commune en banlieue. Comme quoi je me trompais. Et mon père, moi je continue à croire que c'était un homme élégant, cultivé, par exemple à cause de l'importance que j'attache à de petites choses, la propreté du corps, j'ai des trucs un peu délicats, je fais attention à mon physique, ça m'étonne en moi, je me dis que ça vient de lui. Ouais, si ça se trouve, ça vient de mon père. Et c'est énorme, ça m'a permis au pire moment de pas sombrer, ça, avoir de l'attention pour mon corps. Si ça se trouve c'est grâce à lui que j'ai réussi à m'en sortir.

On regarde un peu autrement Macha, ses cheveux frisés paraissent moins broussailleux que de coutume ou alors on repère dans la manière dont elle les rejette en arrière un geste délicat qui la relie au père, l'unique aviateur noir de l'armée américaine. Macha a dit qu'après recherche le seul aviateur noir de l'armée américaine n'était pas son père. J'ai eu envie d'en savoir un peu plus, de faire un travail qu'elle n'avait pas fait ou dont elle n'avait pas voulu parler. Je me suis mise à sa place, j'ai agi à sa place, j'ai continué à entrer dans le corps des autres sans me préoccuper des conséquences pour eux et pour moi mais là, ça se passe après le récit de Macha, quand on s'est séparés à nouveau et que chacun a rejoint son domicile, après qu'on a regardé ensemble les étoiles et qu'on s'est amusés à leur donner des noms décalés, des Simone et des Marcel à qui on inventait des destins, là j'avance en accéléré pour introduire mes obsessions dans la biographie de Macha. Parce que cet homme noir hypothétique volant sous la bannière étoilée m'est resté dans l'esprit comme une grosse incertitude.

Plus tard, je m'en suis un peu voulu de ne pas lui avoir avoué que j'avais fait des recherches, de ne pas lui avoir donné la liste de noms que j'avais trouvés, cent cinquante noms de cent cinquante aviateurs noirs distingués en 2007 par George W. Bush pour bons et loyaux services rendus à la patrie. Parce que contrairement à ce que croyait Macha ou à ce qu'elle nous avait dit, il y avait eu des aviateurs noirs. En juillet 1941, le premier programme de formation de pilotes afro-américains avait été mis en place à Tuskegee (Alabama) et ces pilotes fraîchement formés avaient ensuite été envoyés en Méditerranée et en Europe et s'étaient battus dans les armées alliées. Quatre cent quarante-cinq pilotes afro-américains envoyés sur le front en Afrique du Nord en Méditerranée et en Europe en 1943, pour lesquels il y a encore quelques images, quelques traces et des noms, cent cinquante, que j'ai recopiés un à un sur un petit carnet à spirale. Des secrets, on en a tous plein les poches, on en distribue quelques-uns au groupe pour pouvoir se déplacer plus légers et rapides, mais y a quand même de petites pierres qu'on garde par-devers soi, histoire de pouvoir les jeter en arrière si on se perdait en chemin.

— Peut-être que si mon père avait pas existé, j'aurais pas eu idée de me préserver, a dit Macha. Je sais pas mais c'est un peu ce que je me raconte. Parce que j'ai plongé, oui, mais ça aurait pu être encore pire, j'aurais vraiment pu y passer. Je me suis enfuie de l'internat avant ma majorité et j'ai un peu erré avant de débarquer chez une copine. C'est là que j'ai commencé à mal tourner. J'ai rencontré un gars, il était toxico, il avait des amis qui fréquentaient que des gens comme ça, un mec bien par ailleurs, un fils d'instit, il m'a fait découvrir plein de choses, il me faisait avancer, j'ai toujours essayé de fréquenter des gens qui sont pas comme moi, qui me tirent vers le haut, qui m'apprennent des choses.

Oscar trouve que sniffer ou se shooter te tire pas forcément vers le haut. Fox dit, c'est pas pour chipoter mais un mec a beau avoir de l'instruction il peut quand même te garder la tête sous l'eau, la culture a jamais empêché personne d'être méchant, d'être bête, d'être mal intentionné, ça se saurait sinon, sinon on aurait eu que des ignares comme bourreaux. Macha défend un peu le gars, elle dit qu'il n'était pas méchant, il voulait partager son trip et il voulait gagner de l'argent. Et comme son frère était steward, il ramenait de la blanche. Un soir ils viennent chez elle, ils lui proposent d'en goûter, t'en veux, ils disent et elle, elle demande, ça fait quoi ? Tu vas avoir envie de parler, tu vas te sentir bien, tu vas te sentir supérieure. Et elle, elle dit qu'elle veut bien, c'est exactement ça qu'elle cherche, ne plus avoir honte, ne plus être complexée, la blanche devrait t'aider à sortir d'un sentiment d'infériorité, ils lui disent.

Fox a fait remarquer le contraste, la blanche c'est le mal et le père noir c'est le totem. Est-ce que t'as pensé à ça, il a demandé, est-ce que t'as pensé que tu partais dans le sens inverse de ta couleur de peau ?

Macha a ri et ses dents trop blanches ont tellement brillé que je me suis dit que ça allait choquer tout le monde.

— La poudre te donne une sorte de confiance provisoire dans tes capacités. Ça dure un temps, tu montes très haut dans ta propre estime puis ça retombe. Après c'est le bas-fond. Pour payer mes doses, je volais énormément, et une fois, je me suis fait prendre. De toute façon t'es obligée de te faire prendre quand tu voles tous les jours. Le mec m'emmène dans une petite pièce derrière, il me regarde et il me dit, si tu veux j'appelle pas la police. Il voyait bien que j'étais toxico, ça se voit, t'as maigri, t'as une sale tête, tu te shootes deux, trois fois par jour. Il s'est dit, elle direct elle va faire ce que je lui demande. Mais vendre mon corps, ça m'a toujours fait peur. Je critique pas, j'aurais pu finir comme ça mais mon corps, j'y attachais quand même de l'importance. J'avais une vigilance par rapport à ça, c'est là que je me dis que c'est peut-être un héritage, peut-être que mon père où qu'il soye me protégeait un peu quand même. En tout cas, j'ai refusé la proposition du vigile, et j'ai dit, vas-y, appelle les flics et voilà. Il a appelé, j'ai été au commissariat et au bout d'une heure ils m'ont laissée partir, après j'ai été faire un autre magasin et j'ai réussi à avoir ce que je voulais.

On avait définitivement quitté les pâtures et les bergères, on allait traîner avec Macha devant les halls d'immeuble et dans les squats, on changeait de décor et de perspective, Filasse se taisait, Gell voulait en savoir plus, Full, de toute façon, à part qu'il était pied-noir ne donnait presque aucune prise sur lui, et Clarisse distribuait des verres d'alcool à ceux qui en voulaient.

— Je suis rentrée dans un système où t'es obligée de faire attention à tout, tu penses qu'aux plans, aux shoots, tout le reste disparaît, la mère ou le père ou toutes ces velléités de les connaître ont plus de réalité. En fin de compte t'es bien en recherche mais t'as troqué la recherche de tes pseudo-parents contre la poudre. Ton monde se resserre, rien d'autre n'existe que la question de savoir comment tu vas te procurer ta dose, c'est presque rassurant parce que t'as que ça à penser, t'as qu'une seule idée en tête et c'est une idée pratique, limitée et en même temps géante, elle prend toute la place. Tes relations avec les autres deviennent très compliquées parce que tu n'as plus de liens qu'avec le milieu. Et dans ce monde-là y a ni pitié, ni compassion, ni attention, ni tendresse, ni amour. C'est assez cruel, c'est aussi cruel que quand t'es à la DDASS.

Macha a continué dans un grand flux que personne n'a interrompu et si bizarre que ça paraisse, on n'a pas du tout été dérangés comme avec Fox, pas de balises lumineuses, pas de visites, pas de coups contre les murs pour nous rappeler à l'ordre, rien que cette voix un peu éraillée, comme si son témoignage appelait le respect ou comme s'il suivait tranquillement le cours du fleuve en contrebas jusque vers l'ouest et plus loin encore vers l'embouchure. On s'est laissé mener sur sa barque, on donnait tous de la rame alternativement, ça faisait un petit bruit doux et régulier et on regardait l'étrave tracer derrière nous son triangle d'écume.

— Quand t'es toxico, tu te mets à mentir, a dit Macha. Même si tu veux pas, t'es obligé de mentir, tout ce que tu avances et tout ce que tu promets, c'est factice, tu jures que tu recommenceras pas, et le lendemain tu peux pas faire autrement, tu t'y remets. T'es réduit à un seul désir et ce désir-là pourrait te conduire à tuer père et mère.

Là, le groupe s'est esclaffé.

— Ça aurait pas été si scandaleux que ça, a lancé Sturm.

— Enfin vous voyez ce que je veux dire, on est prêt à couper avec tout ce à quoi on tient. Moi par exemple, j'ai énormément culpabilisé rapport à mon fils. Je passais parfois des nuits entières dehors ou au commissariat et il restait tout seul. Il avait à peine six ans, et sa mère n'était pas là. Des fois quand je rentrais très tard, j'allais dans sa chambre, je le mettais dans mon lit et je le serrais fort, je lui disais, je te jure que je recommencerai pas, je te le jure, mais une fois que j'avais promis, le lendemain c'était reparti. J'ai jamais fait ça devant lui mais il savait. Je me souviens quand il partait en colonie il aimait pas parce qu'il avait peur de plus jamais me revoir. Et il me posait des questions, et moi je lui ai expliqué que j'étais trop malheureuse, je sais pas s'il a compris.

Fox avait l'air très affecté par l'histoire esquissée de ce fils, témoin impuissant du désespoir de sa mère, trop engagée dans sa souffrance à elle pour écouter la sienne.

— Tu peux quand même pas demander à un enfant de six ans de comprendre pourquoi sa mère se shoote.

Je ne sais pas ce qui m'a pris, alors que je pensais depuis le début qu'à quitter l'intime et à baptiser enfin notre groupe, je ne sais pas mais j'ai pris direct la défense de Macha. J'ai dit qu'on ne devait pas aller de ce côté, on avait choisi notre camp et notre camp c'était son camp à elle. On ne pouvait pas trop s'attendrir sur le destin d'un enfant de six ans contraint de voir jour après jour sa mère se détruire, on devait laisser le fils en arrière sans quoi c'est la personne même de Macha qu'on allait perdre. J'ai dit qu'on devait lui faire confiance, la prendre au sérieux, c'était le contrat. Si on ne lui donnait pas notre assentiment, ça servait à quoi qu'elle parle ? Macha ne disait rien, sûr qu'elle n'était pas fière de son attitude à l'époque mais en même temps elle avait décidé de ne rien édulcorer, ça donnait du poids à sa présence, c'était sa manière à elle de nous assurer qu'elle ne mentirait plus.

Sturm s'est tourné vers la fenêtre et il a regardé les avions qui faisaient vibrer les vitres à chacun de leur passage.

— Y en a, on a l'impression qu'ils foncent droit sur nous, il a dit.

Et dans la nuit lumineuse et clignotante, il a montré du doigt le ballet incessant des vols.

Ensemble, on a admiré un moment les avions qui passaient devant les vitres, et aussi la vue sur les tours. Des familles se découpaient dans des carrés lumineux, elles se mouvaient silencieusement comme si elles étaient prises dans un écran plat et qu'elles s'agitaient pour de faux. Notre cité est devenue une immense termitière, nous regardons et nous sommes regardés par des milliers d'yeux. Peut-être que parmi ces yeux, il y en a quelques-uns, plus professionnels, qui se demandent si le récit de Macha, lu sur ses lèvres, appelle une vigilance particulière, si les trous béants de son existence pourraient être à l'origine d'actes caractérisés de délinquance. Peut-être que ces yeux professionnels nous observent l'un après l'autre, Gell l'hirsute, Fox le Hongrois, Sturm le puissant, Oscar le dandy, Full le silencieux, Filasse l'enfant bouclé, Clarisse la pâle et blonde, Macha aux dents blanches et moi la grande insatisfaite, peut-être qu'ils nous répertorient et nous classent, tout en se demandant ce qu'on trafique autour de la table, avec les sacs de chips ouverts et les bouteilles à moitié entamées au 33e étage d'une tour semblable à une autre tour.

— L'overdose, je l'ai évitée de justesse, elle vient quand tu changes de plan et quand tu sais pas trop ce que tu t'injectes, a dit Macha, mais moi j'avais une petite lumière, sans doute à cause que j'ai shooté tard et que je voulais pas complètement sombrer, et peut-être aussi rapport à mon père, je sais que c'est con à dire, j'imagine que mon père était quelqu'un de bien.

— Je comprends pas ce ressassement, a dit Filasse. Le père, essentiellement, il n'était pas là, t'as été négligée par le père. Je comprends pas que tu reviennes tout le temps aux qualités de cet homme soi-disant si formidable.

Macha n'était pas d'humeur à discuter avec les petits jeunes. Elle, c'était une grand-mère malgré son passé de toxico, c'était une survivante, et la grand-mère a des sagesses que les post ados n'ont pas encore.

— Ma mère, comme elle buvait, elle racontait n'importe quoi, alors impossible de savoir qui était mon père. Le plus vieux de mes frères a fait une recherche, il a retrouvé son père à lui. On était cinq enfants mais aucun du même père, ça aide pas pour les recherches. Et maintenant je suis carrément détachée, j'ai autre chose à penser et à faire que de chercher qui a pu être le mec qui a planté sa petite graine, c'est trop tard, ça m'est sorti de la tête.

Sturm a voulu remuer le couteau dans la plaie, c'était son genre de méthode.

— Ouais, n'empêche que t'imagines qu'il est beau, qu'il est élégant, que c'est un aviateur, donc ça se voit que tu te racontes des histoires pour combler le vide.

Je me suis dit qu'on formait une drôle de troupe quand même, qu'on passait notre temps à s'envoyer des piques et à se titiller pour se faire mal, je me suis dit que si on résistait à ces accrocs, coups de bec, c'était qu'on avait, derrière toutes les erreurs commises et répertoriées, on avait bien ensemble l'intention de déplacer caillou après caillou les voies d'accès et les chemins et les sentiers et même les routes qui sillonnaient et rayaient et abîmaient nos anciennes existences. On exposait le territoire de nos vies parce qu'on croyait non seulement à la puissance du verbe, mais à l'archéologie, à la géologie, à la spéléologie comme modes d'explication de la surface. Alors on passait notre temps à osciller entre des déambulations superficielles, légères, fines traces sur la neige, et des coups de pioche assénés avec une sorte de ferveur rageuse sur les vieilles souches ancrées et indéracinables.

— Le manque, oui, ça vient avec la dope et aussi avec l'absence d'éducation. J'ai surtout souffert de pas avoir d'éducation. À la DDASS, si tu travailles pas et si personne te suit, ils te laissent pas à l'école. Et moi, je foutais rien en classe. Je faisais des dépressions déjà quand j'étais petite, ils arrivaient pas à me gérer, ils avaient trop de monde, alors ils me donnaient des calmants, c'est tout ce qu'ils avaient trouvé pour soigner mes malheurs. Tu peux pas deviner que t'y es pour rien, les principaux de collège et les mères supérieures sont là pour te faire comprendre que si t'y arrives pas, c'est de ta faute. J'ai dû quitter l'école, et à quatorze ans j'ai commencé comme bonne. On te fait bien sentir que t'es là pour servir, que t'es bête parce que t'es pas instruite, on te traite mal. Tout ce que j'ai appris, je l'ai appris en cachette. Par exemple je savais pas lire et pas écrire mais toute seule le soir je déchiffrais les journaux, je recopiais les lettres. Maintenant, j'écris avec plein de fautes d'orthographe mais je sais lire.

— Ouais, ben sur ce point on n'est pas trop différents, a dit Fox, tous les enfants abandonnés trébuchent sur l'ordre des lettres. Et il était content d'avoir trouvé un point commun avec Macha, qu'il sentait sans doute un peu inaccessible, en raison de son parcours rompu et de toutes les dépendances dont elle avait dû s'extraire.

Macha a poursuivi sans même adresser un sourire ou un petit signe de reconnaissance à Fox.

— Pour compenser, j'ai toujours essayé de fréquenter des gens mieux éduqués que moi. Ça m'intéresse pas d'avoir en face de moi des gens qui sont comme moi, des gens qui font plein de fautes d'orthographe, ils peuvent pas m'apporter ce que je recherche. J'ai déjà retrouvé une fille de la DDASS ou quelqu'un comme ça, j'arrive pas à entrer en contact ou à lui téléphoner, je sais que ça vient de moi, y a une coupure. Dès que je sens que l'autre a vécu une expérience un peu comme la mienne, en fin de compte ça me bloque, je préfère m'attacher à des personnes qui sont plus que moi.

Je ne sais pas si Macha fait exprès pour blesser Fox ou Sturm ou même Full ou si elle s'est lancée sans penser que ses compagnons avaient peut-être le même genre de rapports qu'elle à la langue écrite, celle qu'on grave en majuscules sur les monuments, les contrats, les déclarations, les promesses, les lois.

— Moi, je les comprends, les détracteurs du participe passé, je lui dis.

J'aurais bien voulu préciser que je n'attache pas une importance aussi considérable qu'elle à l'orthographe, je me doute que ceux qui en ont un usage fantaisiste ne sont pas pour autant des demeurés ou des frustes. Mais Macha fait une drôle de moue et elle maintient sa déclaration.

— J'ai pas envie de perdre mon temps avec ceux qui ont aussi peu d'éducation que moi.

— Alors qu'est-ce que tu fabriques avec nous ? demande

Filasse. Tu vois bien qu'on est comme toi, des laissés-pour-compte.

Clarisse s'est levée, elle s'est accoudée à la fenêtre. Les vibrations assourdissantes des avions qui décollaient et atterrissaient à quelques kilomètres s'introduisaient entre nos phrases. Et il devait y avoir aussi de petites machines plus discrètes qui volaient entre les immeubles comme de fines libellules. Elles enregistraient des millions d'images privées qui étaient ensuite diffusées et retransmises quelque part dans un bureau étroit, sombre et bas de plafond. La ville était sillonnée d'yeux humains ou mécaniques. On pouvait compter sur l'inflation des vidéos récupérées pour ne pas être repérés comme on comptait jadis sur le nombre de livres dans les bibliothèques pour passer l'air de rien de petits messages fantomatiques entre les pages cornées d'un vieux dictionnaire. Quand les signaux lumineux se sont faits plus insistants autour du 33e étage, Clarisse a décidé de fermer les rideaux. Filasse l'a retenue. Pour une fois qu'on n'avait rien à cacher, on pouvait rester en ligne de mire. Mais Oscar, habitué des rez-de-chaussée et des sous-sols, a protesté.

— Moi, je préfère notre manière de nicher dans les cabanes et les grottes, et il s'est tourné vers Gell.

Sauf que Gell s'était endormi, la tête dans les mains, et sa chevelure répandue autour de lui sentait la forêt alors qu'il n'y a plus aucune forêt digne de ce nom à des centaines de kilomètres à la ronde. Filasse l'a secoué, c'est le rôle des pages de réveiller les princes déchus, d'offrir leur aide et leur escorte, Filasse ne rechigne pas à jouer ce rôle-là, il a le regard droit et la parole directe malgré le cheveu bouclé, sa sincérité parfois maladroite désarme. Oh hé, il lui a dit, va pas te défiler au moment de creuser nos origines.

Gell a souri pour s'excuser et sa face hirsute était toute froissée par le petit somme qu'il venait de voler au temps.

— Désolé, a-t-il dit un peu pâteux et éberlué. Hier, j'ai été obligé de batailler pour que ma toile s'envole pas et ça a entamé mes forces.

Macha lui a rendu son sourire.

On a pensé à la cabane de Gell, quelque part côté nord. Ça nous soudait. On inventerait de petites actions avec nos faiblesses. On mettrait des toiles de tente partout entre les tours, et on écouterait le drôle de bruit qu'elles font quand elles battent dans le vent du soir et ça serait comme des voiles ou le souvenir des chauves-souris qui venaient nicher autrefois sous les tuiles des toits.

Clarisse avait laissé ouverts les rideaux, on était tous visibles et colorés et clignotants au 33e étage de la tour 15, et elle se tenait debout en retrait, plus proche des vitres que nous. Elle était inquiète.

— Et comment t'as lâché la poudre, alors ? a demandé Filasse, qui s'était résigné à abandonner le mouton noir pour les substances chimiques.

— J'ai eu de la chance, de petites mains se sont tendues vers moi, y en a que j'ai pas saisies mais à la fin si, à la fin je me suis accrochée à l'une de ces mains et ça m'a sauvée.

Là, Sturm a franchement pouffé de rire.

— On n'a pas l'impression que la chance est venue se

pencher sur ton berceau quand même ! On a plutôt l'image d'une sale petite figure qui t'aurait regardée diaboliquement pour t'emporter vers le pire.

— Je t'assure, Sturm, j'ai eu de la chance. Y a toujours eu des gens prêts à m'aider. Simplement, quand t'es aussi profondément enfouie dans tes problèmes, tu le vois pas, tu préfères continuer à te repérer avec ce que tu connais déjà, ça demande presque moins d'efforts que de tout bouleverser.

— Tu peux nous la décrire ?

— Quoi ?

— La main. Pas toutes, juste celle que t'as prise.

— D'abord y a eu un de mes patrons, un mec super-intelligent, instruit et tout ça, il savait ce que je faisais et pourquoi, on a toujours discuté. Je lui téléphonais quand ça allait trop mal. Grâce à lui, j'ai trouvé un travail et j'ai décidé de m'en sortir. Je l'ai dit à un de mes frères, je touche plus à la dope, et je lui ai demandé de m'accueillir chez lui en attendant que je me remette en selle. Mais sa femme m'a pas crue. J'avais dû leur emprunter de l'argent, leur faire des promesses que j'avais pas tenues, alors ils ont pas voulu m'aider.

— J'arrive pas à croire que t'aies encore essayé de demander un truc à ta famille, tu sais bien que c'est pas là que les mains se tendent, pas pour nous en tout cas.

Et ce *nous* dans la bouche de Filasse nous a électrisés. On avait misé sur quelque chose qui n'existait pas encore mais là, notre équipe était vraiment en train de se former. Filasse, avec ses boucles de page et son obsession pastorale, devenait notre berger. Il nous emmenait en troupeau, il nous faisait traverser les avenues et toutes les autoroutes délaissées par les piétons, il nous faisait arpenter un chez-nous qu'on n'avait pas eu l'idée de considérer comme tel avant ces nuits passées ensemble à expliquer comment on avait été évincés de nos foyers.

— De toute façon, c'était mieux comme ça, je les aurais déçus vu que j'ai rechuté plusieurs fois.

Clarisse se tenait toujours debout, un peu en arrière, elle tournait la tête par moments vers le gouffre sous elle, trente-trois étages en dessous, et vers les tours, indénombrables tellement y en avait. Elle s'était mise en vigilance. On n'avait rien à cacher, c'est ce que Filasse avait dit, mais on savait bien, quand même, que c'était pas complètement vrai. On savait bien qu'on ne devait pas se faire remarquer. C'est vrai ici, c'est vrai partout, on n'a pas le droit à l'écart et ils font tout, sur le plan des aménagements du territoire, pour que ces écarts soient quasi impossibles. Matériellement on ne peut même pas quitter la route, y a des plots en béton, des tiges de fer, des rebords, des palissades, y a tout un mobilier urbain qui nous tient en respect. Heureusement, on apprend à contourner l'obstacle et même il arrive qu'on s'en serve, qu'on le détourne à notre usage. Mais jusqu'à présent, on l'a toujours fait en glissant muettement d'une passerelle à une autre, en traversant des zones interdites, en déplaçant une clôture, en nous déguisant, en affichant un slogan, en ridiculisant les ordres, en prenant des poses incongrues, en nous retrouvant furtivement pour de brefs bilans. Alors que là, avec Fox et avec Macha, on était en train de changer de stratégie, on se mettait à parler. S'ils lisaient encore sur nos lèvres, ils devaient être un peu déroutés par notre nouvelle méthode, ils devaient se demander quel rapport ces récits biographiques pouvaient bien avoir avec des activités clandestines. La parole, je ne sais pas si c'est considéré comme une activité subversive. Mais à mon avis, oui. À mon avis, ils ne doivent pas aimer nos analyses, même si elles n'ont rien à voir avec l'état du chantier et l'extension des zones commerciales. Ils doivent bien deviner, s'ils ont tablé sur nos divisions, que parler nous pacifie.

Clarisse était attentive à nos échanges, mais elle n'avait pas lâché l'idée qu'on était observés. Elle a remarqué que dans la tour d'en face, à une cinquantaine de mètres environ, y avait une fenêtre particulière, une fenêtre noire apparemment et vide apparemment, une fenêtre qui faisait tache dans l'ensemble de tous ces rectangles alternativement sombres et illuminés. Clarisse, parce qu'elle a l'habitude de la disposition des lumières après une certaine heure, a repéré une petite scorie dans les ténèbres, comme un noir plus profond, plus épais, plus noir que le noir. Et son œil et son cerveau ont dû faire le rapprochement avec la présence d'hommes qui se tiendraient là, derrière la vitre de ce carré profondément noir, des hommes qui malgré leurs efforts n'auraient pas la transparence si particulière de la nuit et y feraient obstacle.

Comment Clarisse, parmi les milliers de fenêtres qui nous entourent, a-t-elle pu repérer ça, à cinquante mètres de distance, je ne sais pas. J'ai déjà dit que Clarisse n'était pas vraiment une interventionniste, elle restait cantonnée au ciel. Mais justement. Ses observations des immeubles et de ce qui se passe à grande hauteur nous étaient précieuses. C'est elle qui a vu. Et de cette fenêtre presque en face de la nôtre et un peu en surplomb des éclairs très rapides et très puissants sont sortis comme des diables de leur boîte. On s'est un peu demandé s'il n'y avait pas des voyeurs embusqués là pour nous fixer sur leurs appareils ultrasensibles et grossissants, et pour envoyer notre portrait de groupe à je ne sais quelle organisation délatrice puis tout est redevenu si lisse ou plutôt si banal qu'on a négligé d'y attacher trop d'importance. Je me suis dit que ça ne servait à rien de paniquer, de toute façon tôt ou tard on saurait à quoi s'en tenir. Il valait mieux avant d'envoyer l'un d'entre nous grimper sur les façades ou frapper à des portes au 65e étage, il valait mieux entendre ce qu'on avait à entendre, c'était ce qui nous rendrait le plus fort.

— Et après y a eu Blaise.

— Blaise ? t'as jamais voulu le faire venir aux réunions, a dit Gell qui était maintenant tout à fait réveillé.

— Ça n'a rien à voir, je veux pas l'embarquer dans nos histoires.

— Facile d'être un héros quand on prend aucun risque, a dit Sturm. Il s'emportait contre Macha et Blaise sans doute parce que ces mains tendues qu'on prend ou qu'on ne prend pas le renvoyaient à ce qu'il avait vécu, ça résonnait sous sa carcasse.

Macha a dit qu'elle ne voyait pas le rapport. Elle avait

été sauvée mais ça ne changeait rien à l'ordre des priorités. Blaise savait parfaitement qu'il faisait pas partie de l'équipe, il la soutenait, c'est tout, il restait en dehors.

— C'est à cause des délations qu'on reste méfiants, a expliqué Clarisse.

Et elle a montré le ciel et la tour d'où les flashs étaient partis. Elle s'est tournée dos à la vitre et elle a dit qu'on allait les laisser s'introduire avec leurs machines dans notre réunion, qu'on n'allait pas se replier sinon ils allaient croire qu'on manigançait quelque chose. On avait opté ce soir-là pour la transparence et la visibilité, c'était trop tard pour revenir en arrière. Les bénéfices, de toute façon, y en avait aucun, il fallait bien qu'on soit convaincus qu'on agissait en pure perte.

— Avec Blaise on avait des potes communs et un jour j'étais sur un plan à Gennevilliers, je le rencontre, il me demande ce que je fabrique et il me prend mon numéro. Il savait que j'étais là-dedans et que le sevrage est un truc hyper-difficile. Le lendemain il m'appelle, on se voit, il me dit, si tu veux je peux t'aider, tu viens un peu chez moi le week-end, je te paye le cinéma, par contre faut que t'arrêtes. Je lui réponds que c'est trop dur et lui, il insiste, je t'aide mais tu prends pas de médicament, tu prends rien. Je l'ai regardé, j'avais l'impression que pour la première fois quelqu'un me tendait la main en connaissance de cause. Blaise était pas toxico lui-même mais il avait vécu ce genre de trucs avec sa mère. Alors j'ai commencé le sevrage. Ça a été très long, j'ai rechuté plusieurs fois, malgré les efforts de Blaise. Un jour, y a une copine qui me propose d'aller à Amsterdam, j'accepte sans trop réfléchir et là-bas, dans un garage, je fais le shoot le plus incroyable de ma vie. Je l'ai pas dit à Blaise pour pas le blesser et après il l'a appris, il m'a dit que je l'avais roulé dans la farine, mais il a continué à me voir, il a pas rompu, il s'est obstiné. J'ai tout fait pour le décourager mais lui, il est resté. Je venais le voir le week-end, on parlait, on fumait, on s'amusait un peu, il m'emmenait ici et là pour me distraire, et un jour on était à Paris, je suis pas près d'oublier ça, et il me dit, si tu veux qu'on sorte ensemble, il était très jeune, il était blond, il avait les cheveux longs et bouclés, et il me dit, si tu veux un homme jeune beau et riche je suis là. Et je l'ai regardé, et je lui ai dit oui.

— Arrête avec tes contes de fées, a dit Gell.

Et moi j'ai pensé que justement si, justement on avait besoin de la beauté de Blaise dans la vie de Macha.

— Ça a été une seconde naissance, tu découvres que la vie peut être belle, tu regardes tout comme si c'était la première fois, les plantes par exemple, avant tu t'en fichais complètement et là tu découvres, t'es comme un bébé qui reçoit une affection énorme, pas comme si Blaise était un parent, ça serait bizarre de dire ça, mais quand même, il m'a donné une affection comme si elle venait de très loin et qu'elle s'était construite pendant des années avant que je le connaisse, tellement forte que ça panse tes blessures parce que l'amour réciproque t'offre la possibilité de ne pas être tout le temps tourné sur toi-même, l'amour réciproque c'est le chemin vers ce qui est à voir, ce qui est intéressant, tout est intéressant si on a le temps et l'esprit suffisamment libre pour le voir et voilà ce que j'ai appris et que j'ai continué à apprendre en découvrant des choses tout à fait nouvelles pour moi. Parce que quand tu sors de la dope il faut tout réapprendre, les odeurs, les goûts, les couleurs, t'as tout oublié, tout, t'as plus aucune sensation à ta disposition, t'as rien en réserve, t'es inerte à l'intérieur, t'es endolori, t'es anesthésié. Alors Blaise a proposé qu'on se baigne et il a proposé qu'on s'allonge dans l'herbe et il a proposé qu'on observe le mouvement du soleil sur les cailloux et il a proposé qu'on mange des mûres qu'on cueillerait nous-mêmes et il a proposé qu'on écoute le vent bruisser dans les marronniers et il a proposé qu'on marche dans la ville et il a proposé qu'on aille au musée et il m'a montré une œuvre qu'il aimait, il m'en a fait une interprétation folle, et après il m'a dit, et toi qu'est-ce que tu en penses, vous vous rendez compte il m'a demandé mon avis alors que j'avais aucune culture et que je savais à peine écrire correctement, ça a été le déclic. C'est pour ça que je suis prête, je suis prête à travailler avec vous tous, je suis prête à proposer des actions et des occupations, je veux bien même me lancer dans la reconstruction de la passerelle au-dessus de l'autoroute, j'ai pas peur de la difficulté.

Macha venait de faire une vraie déclaration, elle se projetait dans la suite et Gell lui a souri et Fox lui a souri et Sturm, même lui, l'a prise dans ses bras et il l'a secouée un peu, sans doute, pour lui, une manière, maladroite, de manifester son affection, et moi, je n'ai pas réussi à répondre à Macha, je ne me sentais pas tout à fait légitime, je préférais rester en retrait, je me considérais plutôt comme un trait d'union que comme un pilier du groupe, quelqu'un qui assure entre tous un certain équilibre parce que j'avais la maîtrise de la langue écrite et que ça pouvait toujours servir.

Avant qu'on se sépare, Clarisse a voulu revenir sur les flashs qu'on avait aperçus dans la nuit, elle a demandé si l'un d'entre nous voulait grimper aux façades, personne savait grimper aux façades à part Filasse, donc c'était une question à la cantonade mais elle s'adressait en fait à un seul d'entre nous. Filasse avait déjà réussi deux fois à inonder le centre-ville de trucs qu'il faisait tomber du ciel, il avait le talent de se fondre, comme un caméléon, sur les murs. Il a demandé ce qu'on attendait de lui. On s'est un peu concertés sur ce qui allait advenir s'il prenait le risque d'aller voir, il fallait qu'il aille se pointer en bas de la tour 15, qu'il déplace son matériel, qu'il assure ses prises, d'autres fois ça avait donné de bons résultats mais là, on se doutait qu'il arriverait trop tard parce que les clichés, s'ils avaient été pris, circulaient peut-être déjà sur la Toile. Filasse a dit qu'il préférait travailler à des choses plus efficaces, il avait l'intention d'installer des mouchards dans les bureaux du service d'intervention régional qui agissait en accord avec les promoteurs privés. Oscar a dit que de chez lui il tenterait des interceptions informatiques et qu'il nous tiendrait au courant.

Le ciel était dégagé, les avions continuaient leur irrépressible et sourd ballet, on s'est tous mis à la fenêtre du salon, en ligne, comme si justement on posait pour la photo de classe, c'était sans doute pas prudent mais le ciel était beau. Et là, on a commencé à décrire les étoiles et à essayer de voir comment on pouvait les relier les unes aux autres, on leur a donné des noms désuets, des Simone, des Marcel, des Nathalie, des Josette et des Roger, et à chaque fois qu'on trouvait un nom plus désuet encore et plus ancien, un nom qui aurait pu être celui d'un père ou d'un grand-père ou d'une mère, on riait et on comptait les points. On avait placé nos grands-parents putatifs dans le firmament et on pouvait s'en choisir plusieurs au ciel faute d'en avoir eu un sur terre, c'était notre vengeance parce que comme disait Full, ils avaient tenu à rester anonymes et cachés et voilà que nous, leurs enfants, on les exposait aux yeux de la moitié de l'hémisphère en les associant à une étoile, on constituait sans leur consentement des carnets célestes d'un genre nouveau.

À ce petit jeu, Fox a gagné la première place, il a inventé plus de noms que n'importe lequel d'entre nous et il a avancé ses pions comme autant de belles figures sur la voûte au-dessus, puis Oscar a obtenu la deuxième place, puis Sturm. Macha est arrivée dernière, elle avait sans doute un peu trop donné d'elle-même dans la soirée pour réussir à se concentrer sur les clignotements du ciel. Quant à Clarisse, elle nous a dit qu'elle préférait ne pas participer. Plus de la moitié des étoiles sont des phares, des balises et des satellites, elle a dit, je ne veux pas tricher avec la vérité. Alors Fox a répondu qu'on ne trichait pas, on prenait acte, on insérait les fabrications humaines dans le lent processus de description du monde, on n'avait pas le choix, les humains avaient vraiment tout bouleversé et leurs interventions à petite et grande échelle faisaient désormais partie du paysage. Et

Clarisse a rétorqué qu'il y avait aussi des étoiles qui ne diffusaient aucune lumière, elle a dit, ça s'appelle les naines brunes et ce sont des étoiles avortées mais bel et bien là. Et Clarisse a dit que c'était un peu trop simple de s'arrêter à ce qui était immédiatement visible et qu'il y avait beaucoup de choses à considérer qui pourtant ne se voyaient pas. Le groupe est resté silencieux, la remarque de Clarisse ouvrait de grandes zones incertaines. Je lui ai dit qu'elle prenait le jeu trop au sérieux, on avait juste envie de se distraire pour achever la nuit. Gell, pour rire, a suggéré qu'on l'appelle la naine brune, elle qui est si blonde et si étirée. Et comme on allait relancer nos discussions, j'ai proposé qu'on se sépare parce que même parler devait avoir une fin. On est partis chacun de son côté, qui avec ses Marcel, ses Simone, ses Roger, ses Monique, ses Josette, ses Henri, ses Nathalie et ses Gaston, en remplacement de la constellation du Lion ou du Sagittaire, et cette réorganisation de l'univers étoilé à notre mesure et pour les besoins de notre cause a suffi à provisoirement nous combler.

En descendant les étages de la tour, je me suis retrouvée avec Macha et nous avons marché un moment côte à côte. Elle m'a raconté des choses qu'elle n'avait pas dites aux autres membres du groupe. J'ai essayé de me défiler, je ne voulais pas avoir à ma charge des confidences supplémentaires, je suis l'égale de tous ni plus ni moins, c'est ce que j'ai essayé de lui expliquer. Macha ne l'entendait pas de cette oreille, d'ailleurs je ne sais pas bien si elle s'adressait à moi ou à elle-même, toujours est-il qu'elle suivait le chemin qu'elle avait commencé à emprunter et qui s'enfonçait dans une broussaille épineuse, pleine de relations fraternelles avortées, de parents inconnus, d'enfants délaissés, d'amants d'un soir, de réveils ingrats sur des carrelages froids comme la mort. Elle défrichait énergique et rageuse, avec sa parole comme une fourche, ça aurait été brutal de l'interrompre, je ne m'en suis pas senti le courage. Elle m'a dit que quelques semaines auparavant, alors qu'elle allait distribuer des tracts dans les boîtes aux lettres, elle était tombée sur une ancienne camarade de l'Assistance publique, elle n'en revenait pas de cette rencontre, c'était une fille qu'elle n'avait pas vue depuis plus de trente ans et là, elles s'étaient tout de suite reconnues. Macha était pressée, pas le temps de s'arrêter, ça allait plutôt contre sa philosophie de revenir en arrière, à quoi cela pouvait bien lui servir de ressasser tous ces mauvais souvenirs. Macha nous avait bien expliqué qu'elle avait besoin de voir des gens différents, des gens qui avaient quelque chose à lui apprendre sur l'avenir et pas sur le passé, alors cette fille de la DDASS qui avait l'air de s'en être plutôt mal sortie, elle aurait dû tout juste la saluer puis la fuir.

Mais voilà, on n'est pas tout à fait comme on dit, ou comme on voudrait être, on n'est pas aussi méchant ou aussi insensible qu'on aime à se présenter, alors Macha avait eu un élan vers cette fille surgie de son enfance. Elle lui avait donné rendez-vous à l'un des cafés du centre commercial, en bas de la dalle 6, le lendemain en fin d'après-midi, et l'autre avait l'air d'en avoir envie et même besoin, il y avait dans les yeux de la fille une telle ferveur que ça avait un peu effrayé Macha. Elle s'était présentée au rendez-vous, elle avait attendu, la fille n'était pas venue. Au lieu de renoncer, comme elle pensait qu'elle allait le faire ou comme elle aurait dû le faire, Macha s'était obstinée. Tous les jours à la même heure elle était revenue dans le même café et elle avait regardé les milliers de passants traverser l'esplanade du centre commercial et se croiser, elle en avait le tournis. Tous les jours à la même heure elle s'était postée à une table bien en vue, elle avait scruté la grande foule pour essayer de découvrir à l'intérieur cette petite âme perdue, voisine et presque jumelle.

Macha m'a dit qu'elle avait passé beaucoup de temps à attendre. Qu'elle s'en voulait parce qu'elle aurait préféré penser et agir autrement. Qu'elle ne savait pas ce qu'elle pouvait espérer de telles retrouvailles, rien sans doute, mais qu'elle était là, chaque jour, et que chaque jour l'espoir se glissait par une petite fissure, ouvrait sa cuirasse, l'affaiblissait. Son énergie, oui, cette énergie que tout le monde lui reconnaissait, se dispersait, Macha était fatiguée, c'est ce qu'elle m'a dit. Elle avait joué le jeu cette nuit mais la fatigue pesait sur elle, elle ne savait pas comment se redresser, elle se rendait compte que l'apparition de cette fille oubliée, plus l'histoire de Fox, avait réveillé ses doutes. Peut-être que refuser de fouiller le passé était une erreur, peut-être qu'il n'était pas trop tard pour revenir en arrière. Tu en penses quoi ? m'a demandé Macha.

J'ai dit que la fille ne viendrait sûrement pas. Macha a précisé qu'elle attendrait encore une semaine, elle donnait une semaine à cette fille pour se manifester, après quoi elle lâcherait prise. Mais elle a bien vu que je ne répondais pas direct à sa question. Elle a un peu insisté. Tu ferais quoi à ma place ? J'ai tressailli, je me suis demandé si Macha avait deviné combien j'étais altérée par les récits qui m'arrivaient par poignées et en vrac, qui me parvenaient à travers toutes ces personnes, anonymes ou amies, croisées au hasard et que je connaissais presque intimement sans le vouloir. Si tu es aussi fatiguée, c'est peut-être parce que tu as envie de baisser la garde, j'ai dit, pour ne pas me dérober complètement à sa question. Macha m'a lancé un de ces regards qui vous fixent et vous paralysent et j'ai compris que nous n'irions pas plus loin. Elle a levé la main, je n'ai pas su si c'était pour m'arrêter ou pour me saluer. Puis elle a bifurqué vers le fleuve, et sa silhouette s'est perdue quand elle a franchi les palissades qui sont censées protéger les rives contre l'installation de nouveaux riverains. Là-bas était son territoire et je savais qu'elle trouverait moyen d'y inscrire ses marques.

On a déambulé dans la ville en portant des bâillons sur la bouche.

On a installé des miroirs sur le sol pour que les gens marchent sur le ciel.

On a construit des hamacs géants où les passants pouvaient se balancer à plusieurs avant de s'engouffrer dans les tunnels.

On a compté toutes les espèces d'oiseaux sur le territoire et toutes les espèces de chauves-souris et toutes les espèces d'insectes et on a placardé la liste complète dans les cages d'escalier des immeubles.

On est entrés par effraction au siège de la Banque mondiale pour distribuer des peluches aux employés.

On a planté des étiquettes permettant d'identifier toutes les herbes folles qui arrivent à percer la dalle.

On a publié sur les réseaux sociaux les portraits-robots des maître d'ouvrage, maître d'œuvre et architecte du chantier Charles-de-Gaulle pour faire croire aux internautes qu'ils étaient de dangereux fugitifs recherchés par les polices de tous les pays.

On a saturé la ville de signes invisibles.

Troisième nuit

Oscar

Cette nuit-là, on devait se retrouver chez Macha et j'appréhendais nos retrouvailles parce que je ne l'avais pas revue depuis que, dans un geste ambivalent ou équivoque, elle avait levé la main dans ma direction. Fox et Full ne voulaient pas qu'on se réunisse chez elle pour ne pas impliquer Blaise mais Macha a dit que c'était égal, Blaise se sentait impliqué de toute façon puisqu'il vivait avec elle.

À force, parler était devenu indispensable. Nous étions aimantés par la perspective de nous exposer les uns aux autres. Tout le reste refluait, devenait vaporeux et flou. Ça faisait une drôle d'impression, on avait des vies flottantes et ectoplasmiques qui se cristallisaient la nuit autour de nos discussions. Quelque chose était en train de naître et de nous lier. Jamais je n'aurais imaginé ça avant qu'on se projette presque par hasard dans la confidence et ça devenait un ciment puissant entre nous, cette manière troublée de venir au monde et de s'y insérer. Mais ça augmentait mes craintes. Je me demandais pourquoi j'étais là, moi qui n'avais pas été aussi torturée qu'eux. J'avais peur d'être rejetée, ça freinait sérieusement l'envie de m'épancher.

La seule chose que j'aurais pu raconter, c'était l'histoire de mes vies parallèles, celles qui viennent contre mon gré cogner et s'infiltrer sous ma peau, seulement, je me voyais mal en train de déballer ce qui se trame à l'intérieur de moi et me tourmente. J'admirais mes compagnons de route qui l'un après l'autre venaient bégayer et trembler en pleine lumière, mais je n'étais pas pressée d'exposer mes pathologies. Rien ne s'était encore produit avec eux, non, à aucun moment je n'avais éprouvé cette connaissance totale de Macha ou de Fox, cette sensation désagréable d'être propulsée à leur place, ne serait-ce qu'une fraction de seconde. Mais ça pouvait venir. Alors je cherchais comment m'y prendre pour me taire sur certains points sans leur donner l'impression que je les trahissais. Je me sentais vile et couarde.

Bien après le crépuscule, quand les rythmes et pulsations de la ville se sont distendus, j'ai rejoint le rond-point, j'ai piqué vers le fleuve en me repérant grâce aux grandes cheminées fumantes qui jaillissent par-dessus les résidences. Tout en bas, j'ai tourné à droite en m'éloignant du pont routier et j'ai trouvé la petite ouverture qui permet de se faufiler entre les palissades. Le bateau de Macha et Blaise est amarré en face de l'usine de retraitement. Il stationne rarement plusieurs jours à la même place, Blaise et Macha n'ont pas obtenu l'autorisation des voies navigables, ils sont obligés de dériver ici et là pour éviter les contrôles. Bizarrement, les autorités sont beaucoup moins regardantes sur les maisons flottantes que sur le reste, sans doute que les contrôleurs ont du mal à imaginer qu'on vive en bonne intelligence avec les ragondins et les castors. D'ailleurs c'est par voie d'eau que Gell nous a rejoints. Je lui ai demandé où il avait récupéré sa pirogue et s'il se prenait pour un des derniers Indiens du continent, il n'a pas daigné me donner des indications précises sur son mode de locomotion. Je me doutais qu'il avait développé avec le temps un art subtil du camouflage et j'aurais bien voulu qu'il m'enseigne quelques-unes de ses stratégies mais Gell reste sauvage et avare en paroles, il n'a pas le goût de la transmission. Quant à Oscar et les autres, ils sont arrivés par leurs propres moyens sans préciser lesquels. Quand on est là, on n'a pas besoin d'expliquer comment on a fait pour y parvenir, sauf que moi j'imagine plus naturellement les obstacles, les entraves et les empêchements que la libre circulation des corps, c'est une inquiétude qui m'est propre et que je ferais mieux de ne pas essayer de partager avec les autres.

On a passé la nuit au ras de l'eau, et au lieu de conjecturer sur les noms des étoiles, on écoutait le chuintement des embarcations qui venaient frôler notre coque. On n'a pas énoncé de règles ni décidé quoi que ce soit. On se doutait que, cette nuit-là, l'un d'entre nous se mettrait à parler en son nom, et ça n'a pas raté.

— Je suis pas un bâtard mais j'ai pas de parents, a dit Oscar.

On a été surpris malgré tout que ce soit Oscar qui prenne l'initiative. Et aussi qu'il utilise un terme aussi brutal, même en négatif, ça a choqué tout le monde. Oscar, avec ses chemises impeccables, faisait sortir le mot d'un placard sale et il nous l'offrait pour qu'on s'habille avec. Faut croire que la péniche de Macha, au ras de l'eau, le mettait en confiance. Je me suis dit que Macha ou Sturm ou Gell allaient peut-être sauter sur l'occasion, attraper le mot au passage et s'en affubler comme on le ferait d'un vêtement d'apparat. J'ai pensé que ce serait le moment, dans ce cas, de poser la question de notre nom, de notre nom commun, le nom de notre groupe. Mais comme personne n'a réagi, j'ai préféré me taire. Je ne voulais pas prendre le risque de troubler Oscar à l'instant même où il se décidait à parler.

Il a posé ses lunettes sur la table. Il s'est frotté les yeux et il a continué sans remettre ses verres, le flou devait l'aider à poser nos visages à la distance dont il avait besoin pour s'exprimer.

— Quand j'avais à peu près deux ans, ma mère et mon père ont divorcé. Je sais pas comment la décision a été prise, tacitement ou pas, mais mon frère aîné a été recueilli par ses grands-parents paternels et moi j'ai vécu chez mes grands-parents maternels, ce qui fait que la famille a été complètement dispersée. Je suis membre d'une grande fratrie et en même temps j'ai jamais rien partagé avec mes frères.

On ne pensait sûrement pas qu'Oscar pouvait parler de manière aussi tranchée, on le voyait comme un dandy élégant, fin, subtil, prêt à accepter toutes sortes d'arrangements, plus attaché à l'apparence et aux compromis qu'aux modes d'expression définitifs. Et cette manière si radicale de dire nous a d'abord laissés sans voix. Macha, elle, s'est sentie impliquée dans le phrasé d'Oscar et un peu aussi dans son allusion aux fratries, elle qui avait repoussé beaucoup de frères et sœurs dans l'ombre.

— Faut pas se laisser envahir par les membres fantômes, elle a dit, faut tailler à la serpe, c'est question de survie.

Si on comprenait bien la nécessité pour Macha de plonger les autres dans l'oubli, on n'avait sans doute pas imaginé Oscar, avec ses chemises impeccablement repassées, comme un des rejetons d'un abandon généralisé. Même dans notre groupe de proscrits, les préjugés ont la vie dure, on pensait sans doute qu'être bien habillé signifiait qu'on avait eu une enfance ordonnée. Les vêtements d'Oscar, le soin qu'il accordait à sa mise recouvraient une jeunesse foutraque. Fox ronchonnait un peu, lui qui aurait tellement voulu être pourvu d'une fratrie nombreuse et sans doute aussi de nombreux enfants.

— Moi, les membres fantômes, je trouve au contraire qu'on devrait se les laisser pousser tout le long du corps jusqu'à posséder plein de bras tentaculaires, je comprends pas vraiment pourquoi vous arrivez pas à profiter de ce que vous avez.

— On n'a rien, a rétorqué Macha, on n'a absolument rien. Les fantômes nous chatouillent mais dès qu'on les appelle ils répondent pas, ils font juste mal.

Au lieu de développer ce qu'elle entendait par là, elle n'a pas décroché un mot de plus et elle a pris son air de mouton noir. Oscar a considéré les remontrances de Fox, il a fixé son contradicteur de ses yeux troubles.

— Tu vois, la fratrie n'a aucun sens quand elle n'est pas ancrée sur un petit répertoire de jeux communs, de luttes intestines, de concurrences qu'on se forge entre zéro et douze ans. Après c'est un peu tard pour faire semblant d'avoir été élevés ensemble et recoller les morceaux. Moi, par exemple, j'ai trois frères, ils sont loin de moi. Ce sont moins des présences que de petits points noirs qui se déplacent sur le cristal de mon œil, juste devant. Si je fais un effort je ne les vois pas et quand je les vois ils me gênent.

Et Oscar a chaussé ses lunettes comme si cette seule phrase suffisait à mettre tout son passé au clair.

— Tu peux nous décliner tes trois frères ? a demandé Gell, comme ça on entrera en matière par les produits dérivés, et il a ri et on a vu les trous dans sa bouche, la vie sous la tente l'avait abîmé.

Oscar est resté complètement silencieux. On a entendu un bateau-pilote sillonner le fleuve et son phare avant a balayé l'eau profonde sans que rien de particulier n'apparaisse à la surface.

— Oui, je pourrais décrire mes frères, a fini par dire Oscar, ce sont de vrais personnages de roman.

J'ai pensé que tous les romans racontent des histoires de bâtards, parce que les bâtards sont des aventuriers insatiables, des obstinés, des durs à cuire, leur quête est sans fin.

— Aucune obligation, a précisé Clarisse.

Et Fox a rappelé qu'il avait une sœur quelque part, une sœur semi-hongroise, et quand il y pensait il imaginait le bénéfice qu'il aurait pu tirer d'une telle rencontre, d'un tel complément, une sœur, il aurait pu compter sur elle.

Macha a haussé les épaules.

— Tu sais pas de quoi tu parles, la fratrie c'est une plaie, un truc qui te tire vers l'arrière.

— Tu pourrais peut-être imaginer qu'il y a pas que des mauvais souvenirs, a proposé Filasse.

Macha a traité Filasse de petit jeune, comment pouvait-il trouver un intérêt à se remémorer alors que devant lui s'étendait la lande infinie des projets à accomplir.

— Tu verras avec l'âge, elle a dit, même les bons souvenirs, ça te rappelle juste ce que tu as perdu une bonne fois pour toutes.

— Merci, grand-mère, je ruminerai ta fable quand je serai grand.

— La dope au moins, ça t'oblige à pas te pencher en arrière, n'a pas pu s'empêcher d'ajouter Gell.

— Tu crois pas si bien dire, a répondu Macha. Grâce à ça, tu vas forcément de l'avant. Le monde noir que tu quittes te porte à apprécier avec beaucoup plus d'intensité les belles choses qui viennent après le sevrage.

— Si j'avais su, je me serais piqué, a dit Sturm. Encore un truc que j'ai loupé.

Et Gell et lui se sont tapé dans les mains comme s'ils venaient de remporter une manche.

C'était compliqué de mettre de l'ordre dans notre désordre sans réduire à néant notre désobéissance. Nous, ce qu'on voulait, c'était garder le désordre, mais un désordre fécond, quelque chose qui, par petites touches, déréglerait notre environnement pour le rendre plus habitable. Alors Sturm a rappelé qu'au lieu de bavasser on ferait mieux d'envisager nos futures actions et il a proposé que Filasse monte sur les plus hauts mâts, du côté de la préfecture, et échange les énormes lampes des projecteurs contre des lumières tournantes et bleues comme celles qu'on trouve sur les véhicules d'urgence. Filasse a dit qu'il préférerait qu'on couvre de gélatine rouge tous les réverbères de la ville. Oscar et Fox ont commencé à envisager les deux propositions en calculant le nombre de minutes que ça pourrait prendre en fonction du nombre de lampes, de la distance entre chaque réverbère et de la zone qu'on pouvait impacter.

Pendant que le groupe échafaudait des plans, je me suis vue telle que j'aurais pu avancer doucement en âge si des sœurs ou des frères m'avaient accompagnée, et j'ai pensé, comme Fox, que cela m'aurait un peu complétée, que cette existence parallèle cousue à la mienne par des fils très ténus aurait apaisé certaines petites terreurs à la fois persistantes et bien difficiles à nommer. Fox avait compensé par son astuce, sa rapidité, son sens pratique, il réagissait très vite à n'importe quelle situation de sorte qu'il arrivait à se faufiler dans les interstices et à multiplier les points d'accroche, les amis, les projets, les perspectives. Mais moi, je ne savais pas m'arranger du désordre aussi bien que lui, il fallait d'abord que je range, que je fasse des listes, que je calcule, que je classifie. J'étais inadéquate au perpétuel mouvement, et j'ai compris en écoutant notre controverse que c'était une des choses que j'admirais chez lui, chez Macha et chez Sturm : leur capacité à ne rien considérer, jamais, comme acquis.

On avait quitté la parole pour l'action. Gell a montré une grande entaille qu'il s'était faite sur la cuisse en découpant du métal lors d'une intervention. Il a expliqué qu'il n'avait pas voulu aller aux urgences de peur qu'on le remarque. Filasse et Clarisse ont mis au jour sa blessure, ils ont demandé à Macha si elle avait gardé des bandes et de l'antiseptique, puis ils ont changé son pansement. Oscar s'était comme absenté, il dessinait des mots et des drapeaux imaginaires sur des feuilles blanches. Fox lui a donné un coup de coude ami et Oscar est sorti de ses lettrines. On ne l'a pas relancé sur ses frères à moitié perdus mais pour lui des enchaînements de descendance se sont mis à faire sens.

— C'est drôle, mes parents m'ont donné onze noms parce qu'ils n'arrivaient pas à choisir et je me souviens que du premier sur la liste, un nom que j'ai abandonné par la suite, c'est le nom d'un gars qui était détesté par ses frères parce qu'il était un peu meilleur qu'eux, alors les frères l'emmènent dans le désert pour le zigouiller, finalement ils n'ont pas le courage de le tuer, ils pensent qu'il va gentiment crever de soif tout seul. Sauf que le gars arrive à s'en sortir, se retrouve en Égypte, devient un des premiers conseillers du pharaon, s'embrouille avec la femme de son protecteur, passe un petit moment en taule avant d'être réhabilité et, pour finir, invite sa famille à la cour pour montrer qu'il n'est pas mort, qu'il a réussi plein de choses et qu'il est capable, malgré le sale tour que ses frères lui ont joué, de se réconcilier. C'est la première fois que je me dis que ce nom-là, c'est un nom de frère, c'est le nom du frère qui a fui contre son gré sa fratrie et qui s'en est finalement bien sorti.

— Et c'est quoi le nom du fils prodigue ? demande Macha. Je suis pas experte ès Égypte.

— Tout est écrit dans la Bible, a dit Oscar en riant.

— C'est à cause de tes frères que t'as voulu changer de nom ?

— Non, c'est pour faire chier ma mère, a répondu Oscar sans hésiter.

— Et ton père ? a demandé Macha. Sans doute qu'elle continuait à être obsédée par son géniteur, l'aviateur noir de l'armée américaine.

— Il s'est tiré quand j'avais deux ans, alors j'avais aucune idée du rôle qu'il aurait pu prendre, a dit Oscar. Je peux même pas lui en vouloir ou considérer qu'il m'a manqué puisqu'il n'a jamais été présent. Il n'a pas compté pour moi, pas du tout. Une fois je devais avoir dix-huit ans, ma grand-mère paternelle a organisé un grand dîner et elle a invité son fils. Il n'aurait pas dû être là, il avait été banni et renié par son propre père des années auparavant mais comme mon grand-père avait Alzheimer, il reconnaissait pas bien le type qui était en bout de table. Donc je vois mon père pour la première et dernière fois et ça me fait ni chaud ni froid. Je suis resté à distance, j'ai pas essayé d'aller plus loin et lui non plus. Je lui en veux pas d'ailleurs, j'ai un sentiment de dépit et de colère vis-à-vis de ma mère mais pas vis-à-vis de lui parce qu'il représente absolument rien pour moi.

Fox a dit que cette manière de voir était belle mais que le père, même inconnu, pouvait aussi être un truc sans nom et sans contour, un truc absent qui te fait souffrir et qui se rappelle à toi dans les moments où tu te sens vulnérable.

— On n'est pas obligé d'avoir possédé pour regretter de ne pas avoir.

La sentence a scotché tout le monde. Macha a émis un petit sifflement, ironie ou admiration, allez savoir.

— On attache trop d'importance au regard des autres, elle a dit, c'est à cause de ça qu'on veut être comme tout le monde.

Oscar s'est adressé à Fox.

— Ça n'a rien à voir avec ton histoire, il lui a dit, parce que mon père, je l'ai vu, c'était un grand type assez classe d'ailleurs, il m'a pas manqué parce que penser à lui ne me plongeait pas dans un trou noir, je pouvais me représenter son visage, et son visage me renvoyait au mien.

J'avais peur qu'on en reste aux sentences et qu'on se les envoie à la cantonade pour marquer des points. Qui serait l'arbitre d'un tel échange ? Heureusement, Full a brisé le cercle et on était tous ébahis parce qu'en général il passe nos soirées communes à noter des mélodies sur des feuilles froissées pendant que les autres se retournent les tripes, il prend rarement parti quand on se dispute. Les pieds-noirs sont les expulsés, il a dit, et ça suffisait, selon lui, à expliquer ses modes marginaux d'intervention dans le groupe.

— C'était quoi la raison de son bannissement ? il a demandé.

Oscar a sauté sur l'occasion pour enchaîner, ses lunettes semblaient définitivement vissées sur son nez, et tout devait être aussi clair pour lui que de l'eau de source.

— Mon grand-père avait fait entrer son fils au Crédit agricole et apparemment mon père avait un train de vie de ouf, toujours la dernière bagnole, il offrait des bijoux pas possibles à ma mère, des trucs énormes, il était complètement mytho. Il racontait des tas d'histoires aux clients, principalement des agriculteurs qui déposaient des bons de valeur à la banque. Mon père les récupérait et ensuite il faisait plein de kilomètres et il allait les toucher dans une autre agence. Bref, il les escroquait. Vous voyez comment ça se passe, on se prend au jeu, on commence avec cent balles puis deux cents, et à un moment on se fait rattraper. L'entreprise n'a pas voulu porter plainte par respect pour mon grand-père, qui était un notable de province, mais mon père se fait virer, les huissiers viennent tout saisir, la famille s'effondre d'un coup. Il paraît qu'en plus il a aussi essayé d'escroquer mes tantes. Mon grand-père l'apprend et décide de rompre complètement avec son fils, il veut plus le voir, il le congédie. Exit le pater, j'en entends plus parler. Ma grand-mère paternelle continue à le voir en cachette mais c'est un banni. Plus tard il récidive, il fait des chèques en bois en Normandie, et là il va en prison un an ou deux. Un petit scandale éclate autour de cette histoire qui divise les deux familles parce que chacune se refile la responsabilité de la débâcle. Est-ce que mon père avait été surprotégé par ses parents d'où son goût pour les conneries ou est-ce que c'est ma mère qui l'a poussé parce qu'elle aimait l'argent, vous voyez le truc. Ça se rajoute à la différence sociale, ma mère vient d'une famille modeste alors que mon père est un fils de petit-bourgeois, bref c'est la guerre. On conseille à ma mère de partir, et elle, au lieu de nous emmener, mon frère et moi, elle nous laisse chez les grands-parents, le grand frère chez les paternels et moi chez les maternels, un arrangement vraiment incompréhensible.

— Pour l'instant t'as qu'un seul frère ou je me trompe ? Clarisse ne quitte jamais sa pâleur, ses yeux sont presque constamment écarquillés, c'est grâce à sa candeur inébranlable qu'elle apprend tranquillement à nous connaître.

— Oui, mon frère aîné. Il a plutôt mal tourné.

— On s'apitoie pas, a dit Gell. Toi t'es avec nous, t'es bien habillé, tu sais dessiner, t'es malin, t'as du ressort. Alors si le frère a pas su rebondir, tant pis pour sa gueule.

Et Gell a cherché à taper dans les mains de Sturm mais cette fois-ci Sturm ne lui a pas offert cette possibilité. Gell est resté la main en l'air et personne n'a checké. On voulait sans doute pas acquiescer à l'idée que les perdants avaient bien mérité leur sort.

— Ma vraie vie commence chez ma grand-mère maternelle, une femme formidable, très belle. Dans le quartier on l'appelait la madone. On raconte que tous ses cheveux sont devenus blancs en une nuit quand elle a appris l'histoire de mon père.

— Fais gaffe avec la légende, a dit Macha. Faut pas lui accorder trop de crédit.

J'ai pensé qu'en même temps les légendes nous permettaient de détourner le discours officiel, de faire passer des informations minoritaires. Notre boulot consistait à en inventer de nouvelles pour remplacer celles qui année après année avaient été englouties avec les rues, les vieux immeubles, les passerelles, les marchés.

— Les paroles volent, les écrits restent, a dit Fox, et il a même cité ses sources, Homère ou Platon ou un autre Ancien de cette trempe.

J'avais en tête les petites fables joyeuses qu'on mettait en circulation lors de nos interventions, mais aussi les insultes qui s'accrochent à notre peau sans qu'on ait le moyen d'extirper complètement leurs griffes. Les anciens philosophes n'avaient pas pris suffisamment en compte l'effet de toutes ces méchantes phrases qui à force d'être répétées collent à la peau. On devait lutter à échelle locale contre ces phrases, en trouver d'autres. S'il y avait parmi nous des « drogués », des « bourgeois », des « profiteurs », des « fraudeurs », des « artistes », des « femmes », des « étrangers », à quoi ça nous menait de les désigner comme tels ? On avait besoin de s'inventer d'autres appellations. Et ça faisait pointer en moi cette envie de trouver un nom commun pour nous tous, il fallait que j'en touche un mot au groupe. Mais avant que j'aie pu introduire mon idée, Oscar est revenu à toute vitesse à ses sensations d'enfant.

— Y a un lieu qui a compté énorme, c'était l'appartement de ma grand-mère. À l'époque, la campagne commençait juste derrière, il y avait des jardins ouvriers, des champs de patates et de betteraves. Je passais mon temps dans la nature, à brûler les herbes, à exploser des grenouilles, à voler des cerises chez les voisins, et quand je traînais pas dans les labours, je regardais par la fenêtre, ma chambre donnait sur les jardins, c'était hyper-beau. Je me souviens aussi que les champs ont petit à petit rétréci, ils ont construit une zone industrielle avec un premier supermarché. Avec ma grand-mère une fois on a décidé d'y aller et on n'a pas réussi à se retrouver dans le labyrinthe des nouveaux accès, on est rentrés bredouilles. Mes parents m'avaient abandonné mais j'ai eu une enfance très heureuse.

J'ai pensé, les grands-mères jouent des rôles de premier plan. Elles se substituent aux mères, elles rendent service, ce sont des ogresses bienveillantes, monstrueuses, que les mères craignent. La gratitude est un cadeau bien encombrant.

— Une fois tous les quinze jours, mon frère allait chez les grands-parents maternels et moi chez les paternels, on échangeait, a dit Oscar. Et ma mère se pointe un week-end sur deux, elle passe deux jours avec nous puis elle repart. C'est une situation réglée mais les membres de la famille habitent chacun dans des lieux différents, on n'est pas élevés ensemble, on a quasi rien en commun.

Fox, qui lui aussi avait été élevé par sa grand-mère, a demandé des détails pour se conforter dans l'amour qu'il avait porté à une vieille dame en lieu et place de la mère attitrée. Il a questionné Oscar sur cette femme, sur ses qualités, sur ses origines, et ça a donné à Oscar l'occasion de dresser le portrait d'une personne qu'il avait affectionnée plus que toutes les autres.

— Ma grand-mère avait une famille assez incroyable parce que ses propres grands-parents étaient sourds-muets. C'était pas génétique, donc ma grand-mère n'a pas hérité du handicap mais pour communiquer avec ses parents elle avait appris le langage des signes. Adulte, elle était régulièrement appelée devant les tribunaux, quand il y avait des prévenus sourds-muets, c'est elle qui assurait la traduction. Donc j'étais entouré, tout petit, par cette communauté, des gens assez formidables et très bruyants, tous les amis proches de ma grand-mère étaient sourds-muets.

Oscar a ajouté qu'en plus de son lien avec les sourds-muets il avait aussi, grâce à sa grand-mère, une connivence spéciale avec les animaux empaillés. Sa grand-mère travaillait dans une armurerie où on fabriquait des cartouches de chasse. Il allait la voir dans son bureau et elle l'emmenait toujours dans la pièce du fond, où un taxidermiste entreposait des bêtes sauvages figées dans des postures remarquables, c'était jamais les mêmes bêtes.

— Vous voyez, je suis un spécialiste du mutisme, a dit Oscar, j'ai passé beaucoup de temps à observer sans parler. C'est comme ça que je me suis formé.

J'ai pensé à l'élégance d'Oscar, à son goût pour les beaux vêtements. Malgré ses vestes parfaitement coupées, il n'a aucune attirance pour le devant de la scène. C'est un dandy de deuxième ligne, il n'aime pas se faire remarquer. Il cause moins par phrases que par signes, des signes que la plupart du temps il griffonne en silence sur du papier. Il ne se départ jamais de sa discrétion même si sa curiosité est ramifiée et insatiable. Peut-être que l'abandon dont il a été victime l'a obligé à s'intéresser à autre chose qu'à ses parents, à ne pas leur accorder un amour exclusif. Par contraste l'attention monomaniaque que j'ai portée à mes père et mère avec la terreur immense de les perdre m'a empêchée d'être aussi multiple qu'Oscar, Fox ou Macha. Peut-être que la tranquillité d'enfance qu'offre l'amour partagé m'a rendue inadéquate aux richesses de l'inconnu, de l'imprévu et de l'aléatoire dont la vie peut être faite. Peut-être que j'aurais été plus débrouillarde si j'avais été moins aimée et si j'avais moins aimé en retour. Peut-être que si j'avais dû me frotter à des résistances, j'aurais su être plus métissée. Je n'ai jamais dû m'adapter, ni tergiverser, ni négocier pour obtenir. Je me suis faite d'un seul bloc. C'est plus tard que je me suis fissurée. Et à force de penser à ça, j'ai senti monter en moi quelque chose qu'il fallait absolument que je retienne. Oui, j'ai à nouveau failli être emportée parce que je n'avais pas été assez prudente. La fissure ancienne n'était pas colmatée, la vie d'Oscar pouvait encore s'engouffrer dans la mienne et me submerger. Heureusement j'avais en réserve quelque part dans ma tête le petit mur de pierre qui m'était désormais familier, alors je n'ai pas hésité, je l'ai fait monter très vite, le plus vite possible, pour me séparer d'Oscar et faire barrage à la puissance douce de sa voix.

Filasse a proposé qu'on n'interrompe plus du tout Oscar jusqu'à la fin de son histoire. Sturm a précisé que nos réactions, c'était pour le soutenir mais qu'on pouvait aussi bien se taire si ça pouvait aider son accouchement. Oscar a eu un rire gêné, sans doute que le mot accouchement dégageait, dans la bouche de Sturm, quelque chose d'un peu sale, qui ne l'inspirait guère.

— Je ne suis pas contre l'interruption, a dit Oscar, on n'est pas là pour énoncer mais pour entreprendre.

Ça nous a rappelé à tous qu'on n'avait toujours pas d'organisation avérée ni de chef déclaré, qu'on n'était pas à l'abri d'une nouvelle erreur de Macha ou d'un autre, qu'on n'avait rien amélioré, rien réglé, qu'on était fragiles et exposés, qu'on continuait nuit après nuit à improviser.

— T'inquiète, a dit Macha, on sera de toute façon interrompus à un moment ou à un autre, ils vont pas nous laisser passer la nuit sans se manifester.

Alors, au lieu que cette assurance et cette menace nous déplacent vers des débats sur notre futur proche, nous, on a continué à aller caresser notre passé. Ça devenait un baume magique, une addiction, un nectar, une ambroisie, on ne pouvait plus s'arrêter.

— La deuxième chose importante dans mon parcours, a dit Oscar, après la fuite de mon père et l'adoption par ma grand-mère, c'est que ma mère rencontre un nouveau mec, très sympa mais totalement alcoolique, avec qui elle a un enfant. Je reste chez ma grand-mère mais je rejoins ma mère le week-end. Son mec tient un bistrot dans le Nord, ma mère y travaille, elle fait la bouffe. Le seul bon souvenir que j'aie de cette période, c'est les deux Anglais qui débarquaient dans le bistrot tous les ans, ils avaient fait la guerre de 14 et ils revenaient sur les lieux chaque année pour fleurir la tombe de leurs copains.

— Ça nous rajeunit pas, t'es presque né au XIXe siècle, a dit Filasse, et il a posé sa main sur sa bouche parce qu'il venait d'être pris en faute. On avait dit qu'on n'interrompait pas.

— Le mec meurt assez vite d'une cirrhose, a dit Oscar, ma mère part avec mon petit frère dans un appartement. Ah oui, j'ai oublié de préciser qu'elle n'a rien trouvé de mieux que de renouveler l'expérience déjà pas mal ratée d'être à nouveau mère. C'est Chris, mon second frère. Et après, je ne sais pas comment, elle rencontre son troisième mec, le pire de tous. Et là, ma mère, qui a pourtant pas la fibre maternelle, a une idée géniale. Elle décide de réunir sa famille autour d'elle, mon grand frère, moi, mon petit frère et les quatre filles du mec. Elle en parle aux grands-mères qui n'ont pas trop le choix, elles sont obligées d'accepter. On part rejoindre ma mère dans le Nord. Le nouveau mec de ma mère est un représentant de commerce en aluminium, il a une énorme baraque dans la cambrousse. On se retrouve coincés tous ensemble alors qu'on se connaît à peine et il s'avère que ce mec est un xénophobe ultraviolent, il est complètement dingue. Il pique des colères, il prend en grippe mon petit frère. Il l'insulte, il le traite d'incapable, il nous fait travailler au jardin. On doit tondre la pelouse, enlever les mauvaises herbes et quand il reste un pissenlit ou un chardon il nous engueule. Il fout des torgnoles à mon frère, ma mère laisse faire. Mon petit frère et moi on imagine un plan pour le buter. Comme il passe beaucoup de temps à rouler avec des coupés sport et que c'est un vrai flambeur, on se dit qu'on pourrait dérégler un truc dans sa bagnole. Je crois qu'on avait vu un film d'Otto Preminger, un vieux film en noir et blanc où un gars, pour se venger, trifouille la voiture de son ennemi, ce qui fait qu'au démarrage la voiture, au lieu d'avancer, part en arrière et dévale toute la falaise avec son occupant dedans, ça nous avait inspirés.

— Décidément, tu flirtes avec les antiquités, dit Filasse pour détendre l'atmosphère, ça fait longtemps qu'on regarde plus des films en noir et blanc.

— Et qu'on lit plus de Molière, fait Clarisse en clignant de l'œil.

On est trop pris par le destin d'Oscar et de ses frères pour relever leurs traits d'humour.

— Ce mec vient d'une grande famille, un peu comme mon père, des gens aisés, je crois que la grande bourgeoisie a toujours fasciné ma mère. Lui, c'est le vilain petit canard, comme mon père a dû être, il n'entre pas dans le cadre. Il s'est engagé dans la marine au lieu de faire des études, il a séjourné au Maroc, il a dû faire des trucs pas cool pendant cette période, ça reste assez confus. Mais comme ma mère est une insondable midinette, elle n'est pas inquiétée par la violence qu'il porte en lui, elle adore ses grosses bagnoles, son espèce de virilité assez vulgaire et démonstrative, bref ils ont encore un enfant, et c'est mon dernier frère, John. Tous des sacrifiés, mes frangins.

Y a un silence et personne, pas même Filasse, ne le remplit. On reste là, à écouter le petit clapotis de l'eau sur la coque du navire et à imaginer quatre frères de trois pères différents prenant le large dans une pirogue et se laissant porter par les courants de la rivière. Moi aussi, comme Oscar, j'ai des souvenirs en noir et blanc. Je revois une scène fameuse de *La Nuit du chasseur*, alors que j'ai jamais rien fui parce que j'avais rien précisément à fuir, quand les deux enfants partent au clair de lune terrorisés par la fureur démoniaque de leur beau-père. Là encore, je ne dis rien aux autres, je m'assure juste que mon petit mur de pierre tient le choc et qu'il ne sera pas ébranlé par mes hallucinations cinématographiques. Chacun rumine avec ses images, on ne met pas absolument tout dans le pot commun, on trie, on sélectionne, on se montre nu mais c'est une nudité scénique parce que devant un public y a toujours une petite retenue.

— Heureusement, je ne vis pas longtemps avec eux, dit Oscar, et sa voix un peu hésitante me fait quitter les cauchemars vrais ou faux de l'enfance. Parce que ma prof de dessin me repère et elle propose à ma mère de m'envoyer dans une école où je devrais être interne. Je pars, ouf, j'échappe à ce gros con, je ne rentre que le week-end. J'en veux beaucoup à ma mère, je me demande pourquoi elle quitte pas ce taré, et encore aujourd'hui c'est pas passé, ça me mine. Quand j'y retourne en fin de semaine, il regarde la télé et il se plaint qu'il y a trop de Juifs dans les médias ou qu'il y a trop de bougnoules dans la ville ou que le pays appartient aux musulmans et qu'on devrait tous les buter. Je baigne tellement dans cette atmosphère que sans m'en rendre compte je reproduis certains discours. Des potes de l'école m'alertent, apparemment ça m'est arrivé de tenir des propos un peu limites. Mais j'ai de la chance. Je découvre l'histoire de l'art, ça me fait sortir du bois, ça m'ouvre des perspectives très éloignées de mon beau-père. Même si ça fait un peu grandiloquent, je peux dire que l'art m'a sauvé.

C'est drôle comme on a parfois l'impression que les patrouilles attendent la fin d'une période pour se manifester, ils ont un certain sens de la politesse ou alors ce sont des esthètes, ils respectent l'éloge de l'art. Parce que là, après cette phrase presque conclusive, alors que je pensais que Macha allait acquiescer, elle qui est entrée en dissidence grâce à la visite de musées, là, au lieu de chuchoter son approbation, elle a poussé un cri qu'on a tous entendu.

— À terre, elle a crié, ce qui était pour le moins étrange puisque notre bateau était posé sur la rivière.

N'empêche qu'on a tous compris et on s'est couchés sur le plancher mouvant qui fait office de terre ferme. Une lumière blanche a balayé la table à travers l'ouverture vitrée de la pièce. On voyait bien que des gens y avaient mangé et bu, des assiettes, des verres à moitié pleins, des reliefs tapissaient la nappe, comme les preuves d'un banquet en cours qui aurait été brusquement interrompu. C'est sans doute ce qu'ils ont constaté, et ils ont dû se demander où étaient passés les convives. Je ne comprends pas qu'ils n'aient pas conclu qu'on était sous la table, allongés. Peut-être qu'ils n'avaient pas encore saisi et admis que selon nous, c'était eux qu'on devait fuir. En tout cas, ils n'ont pas rapproché les traces qu'on avait laissées avec le fait qu'on devait bien être planqués quelque part. Ou alors ils voulaient juste nous signaler leur présence. Quoi qu'il en soit, on était suspendus à leur prochaine visite, c'est ce qu'on s'est dit après, ils allaient sûrement revenir. J'ai même pensé qu'on allait devoir rejouer la scène de *La Nuit du chasseur*, on monterait dans une chaloupe le long du fleuve et, comme les enfants du film, on glisserait lentement entre les roseaux sous l'œil ému ou réprobateur des chouettes. On était prêts.

— Un jour, a repris Oscar, je dois avoir seize ou dix-sept ans, y a un repas avec mon petit frère et ma grand-mère chez mon beau-père, il recommence avec les Arabes, les Noirs, toute cette racaille étrangère. Et là devant tout le monde je me lève carrément, je lui dis que je ne veux plus entendre parler de lui, et je me casse. Ma grand-mère et ma mère me suivent, je dis à ma mère, tu peux pas continuer comme ça, elle se défend, et puis quand même elle finit par le quitter. Elle se retrouve dans un petit appartement tout pourri avec mon dernier petit frère, John. Déjà qu'il était en échec scolaire, pour lui c'est le début de la fin.

— Ça y est, tous tes frères sont dans le paysage, dit Filasse à voix basse, comme si les patrouilles étaient en train de nous écouter. Et il ajoute pour faire le malin, Joseph a eu trois frères.

— Pourquoi tu cites ce nom-là ?

Il y a, ce qui est très rare, une certaine agressivité dans la voix d'Oscar.

— Je voulais m'assurer que j'avais deviné ton premier nom, celui que tu nous caches. Pile dans la cible.

— En plein dans le mille, a crié Sturm, et il a levé la main, a cherché la main ouverte de Gell avec laquelle il a checké. Ils n'ont même pas remercié Filasse de leur faire connaître les aventures égyptiennes de frères mal accordés qui sont racontées dans la Bible.

— Dernière manche, a proclamé Gell, bouche joyeusement ouverte sur son absence de dents.

Filasse a éprouvé le besoin de s'excuser comme s'il avait commis une erreur.

— C'est pas une erreur de trouver le nom qui manque, a dit Fox et on a senti qu'il n'en aurait jamais fini avec celui qui était mort avant même qu'il le connaisse et qui traînait dans son esprit comme une case vide. Avant les frères, tu veux pas revenir un peu sur ton père absent ? a-t-il demandé timidement.

— Si ça peut te faire plaisir, a dit Oscar. Mais comme j'ai dit, je l'ai jamais revu et j'ai jamais cherché à le revoir. Je sais comment il s'appelle, et si j'avais voulu j'aurais même su où il habitait mais j'ai pas eu l'idée de faire la démarche. J'ai rien à voir avec cet homme-là, son existence ne compte pas pour moi, en fait, il m'est inutile.

Fox le regardait de ses yeux allongés et on sentait qu'il aurait voulu pouvoir prendre ces paroles pour lui, il aurait voulu pouvoir les énoncer en son propre nom.

— Je te crois pas, il a dit. Je crois que tu fais semblant.

On les a laissés s'expliquer, on ne voulait pas interférer dans leur duel. En même temps, Fox et Oscar sont vraiment pas des violents, y a peu de risques qu'entre eux ça dégénère. Ils avaient seulement à s'ajuster parce que les images de père qu'ils traînaient derrière eux avaient du mal à s'harmoniser. On pouvait leur faire confiance pour composer et s'entendre même si, sur le fond, ils ne seraient jamais d'accord.

Full a dit qu'on n'allait pas essayer de définir ce que devrait être le rôle d'un père, ça n'avait aucun sens de généraliser. Encore une fois, on a été surpris qu'il s'exprime. On ne sait même pas comment il s'y prend depuis qu'il n'a plus de chez-lui, il reste extrêmement discret sur les conditions matérielles de son éternel transfert. C'est un expulsé qui garde ses galères pour lui et qui a l'air de considérer ses mésaventures comme des fatalités. Ça vient sûrement de plus loin que lui, quand ses parents ont dû quitter l'Algérie en laissant tous leurs biens sur place.

Les patrouilles sont revenues. Macha n'a pas eu le temps

de nous ordonner de nous allonger, alors on a reçu les projecteurs en pleine face. On est restés totalement immobiles, comme si on s'était métamorphosés en statues de cire pour un musée, et qu'on devait représenter un groupe de révolutionnaires pris en flagrant délit de complot. Les projecteurs se sont un peu attardés, sans doute qu'ils ne comprenaient pas bien pourquoi tous ces corps de chair et de sang refusaient de se mettre en mouvement. Ils ont même illuminé nos yeux en espérant qu'on battrait des paupières et que ce signe de vie nous trahirait mais on a préféré pleurer plutôt que de céder, on est devenus des statues pleurantes, c'était sûrement un beau spectacle. Si on s'était admirés de l'extérieur on aurait pu être fiers de notre sens de la scénographie.

Quand les patrouilles sont reparties, on était pleins de larmes et on ne savait pas s'ils viendraient bientôt frapper à l'entrée du bateau pour nous arrêter ou s'ils nous éclairaient pour se distraire. On n'a même pas voulu en parler, on n'a pas voulu leur faire ce plaisir, les intégrer dans notre discussion, aucune chance. C'est notre force, ne pas se laisser intimider, continuer comme on avait prévu sans se démonter.

— Mon père est mort récemment, a dit Oscar, comme s'il racontait la fin attendue et implacable d'une vieille légende. Et juste avant j'ai reçu une lettre de je ne sais plus quelle juridiction qui me demandait de régler les impayés de sa maison de retraite.

— Pas possible, a dit Macha. Ils nous feront chier jusqu'au bout.

Je suppose qu'elle voulait parler des parents, elle était remontée contre eux pour toujours, mais moi j'ai pensé qu'elle causait des patrouilles. C'est leur boulot, j'ai dit, et personne n'a relevé parce que patrouille ou parents, le quiproquo était porteur de sens pour tout le monde.

— Donc ça passe dans les mains d'une juge qui me convoque au tribunal, a dit Oscar. Mon frère aîné, il est obligé de venir lui aussi, il n'a pas trop le choix.

— Quel nom pour l'aîné ? Sturm était drôlement obstiné. Il voulait absolument s'assurer qu'Oscar disait la vérité et il pensait que le nom en serait la preuve.

— Laisse-le, a dit Macha. Tu verras quand ça sera ton tour, tu seras bien content de pouvoir inventer. Parfois, il faut emprunter des détours.

Je n'avais pas l'impression que Macha ait détourné quoi que ce soit, alors comme les autres sûrement, je me suis demandé ce qui, dans son histoire à elle, n'était pas tout à fait vrai. Puis je me suis dit qu'on n'arrivait pas toujours à la vérité en empruntant une ligne droite. J'ai pensé aux villes qui redevenaient vivables quand, au lieu d'aller entre deux points par le plus court chemin, on se mettait à bifurquer. C'est là qu'on arrivait à installer quelque chose comme le hasard et le hasard était la condition d'une vie possible.

Je me suis souvenue qu'un jour j'avais rencontré une mathématicienne de haut vol. Son travail consistait à calculer le hasard, c'est ce qu'elle m'avait dit. Ça m'avait effrayée, est-ce que le hasard se calcule ? C'est un défi mathématique, m'avait dit la femme, de trouver les lois de l'aléatoire. Et vous avez trouvé ? Non, pas encore, avait-elle avoué.

— Je continue ? a demandé Oscar. Il y avait une pointe d'impatience dans sa voix.

Sturm lui a fait un signe et Clarisse, Fox et Filasse ont hoché la tête pour l'encourager.

— Mon frère aîné et moi, on a écouté la juge et c'est moi qui ai expliqué l'histoire de notre père. Je lui ai dit qu'on ne voyait pas pourquoi il faudrait payer pour quelqu'un qu'on ne connaissait pas. J'ai aussi découvert à cette occasion que j'avais une demi-sœur qui appelait mon père papa, cette nana, donc, était là elle aussi. Ça se voyait qu'elle était en détresse. J'étais assis à côté d'elle et elle faisait tout pour pas avoir à payer la pension de son père, elle galérait, elle était au chômage, ça n'avait pas l'air d'aller très bien. Le jugement est rendu, mon frère et moi on est dispensés de payer, la juge avait bien compris notre affaire. J'ai pris le numéro de ma sœur, je lui ai parlé un peu, mais on n'est pas allés plus loin et quand le père est mort, assez vite en fait, je ne suis pas allé à l'enterrement. Cet homme-là, c'était pas mon père.

Oscar a laissé passer un petit moment et il se rongeait l'intérieur des lèvres comme s'il n'avait pas dit l'essentiel. L'intérieur de soi contient des trésors si fragiles que les sortir à l'air libre risquerait de les effriter et de les dissoudre, c'est ce que je me suis dit. Et puis j'ai tâté mon petit mur de pierre pour voir s'il n'avait pas été ébranlé par tout ce que je venais d'entendre. Ça semblait solide.

— En fait, même si j'avais voulu, j'aurais pas pu aller à la mise en terre parce qu'au même moment j'étais à l'hôpital en soins intensifs, a dit Oscar.

Il a enlevé ses lunettes et ses yeux marron sont redevenus flous, j'imagine que nos visages aussi. Je me suis souvenue qu'il avait tout le temps du boulot à finir, il courait après les commandes et les paiements, il était constamment inquiet, alors quand il avait fait un AVC on avait mis ça sur le compte du burn-out. On n'aurait pas imaginé qu'au même moment et dans un autre hôpital son père était en train de mourir d'une attaque presque semblable.

— Pour pas aller à l'enterrement t'étais peut-être pas obligé de te faire aussi mal, a dit Macha.

Fox a ironisé.

— Ouais, t'avais pas besoin d'une démonstration aussi énorme pour nous montrer qu'on reste lié à son père biologique, quoi qu'on fasse.

— Cet homme ne compte pas pour moi, il n'est pas mon père, a corrigé Oscar. Il avait l'air très sûr de lui, personne n'a plus osé le contredire. Je me suis trouvé plein de pères de substitution, les pères de mes copains ou copines. Et puis y avait aussi mon grand-père paternel que je voyais une fois tous les quinze jours. Il parlait très peu et surtout pas de mon père, mais il dessinait très bien. Il m'emmenait faire de grandes balades et on fabriquait des arcs. Il construisait énormément, il m'a donné le goût du bricolage. En fait, j'avais pas vraiment d'interlocuteur mais grâce à lui, je me suis confectionné ma propre bulle, une cabane où me sentir chez moi.

J'ai pensé qu'Oscar, comme Fox et comme Macha, avait été sans protection. Ça l'avait contraint, comme eux, à se bricoler des abris avec les moyens du bord. Je me suis souvenue que c'est après les avoir rencontrés que j'avais décidé de rester dans ma maison pourtant attaquée et convoitée par les promoteurs. J'ai pensé que c'était grâce à Oscar, et aussi à Macha, à Fox et aux autres, que j'avais appris à me faufiler entre les obstacles au lieu de m'y heurter. Ils m'avaient enseigné l'acharnement et l'esquive. Tout ça, je ne leur avais jamais dit. J'avais encore jamais pris le temps de les remercier pour tout ce à quoi ils m'avaient initiée.

— Les cabanes, ce sont plutôt des habitats précaires, a dit Gell, qui avait pris racine quelque part, à l'ombre de l'autoroute et qui se cachait sous les glissières. Y a que les enfants qui croient que c'est un plaisir de vivre sous plastique. Je pourrais vous montrer.

Et sans doute que Gell voulait rappeler que la vie dure était sa spécialité, comme si, malgré l'absence de domicile fixe, il avait besoin de revendiquer ses branchages, ses planches et sa tôle ondulée plutôt que d'apparaître comme une victime du grand capital.

— Moi, je te fais confiance, t'es plus aguerri que moi. En fait je parlais par images, c'était pour dire que j'avais engrangé la connaissance des tentes, des grottes, des terriers, et que j'avais appris à m'y tenir pour échapper aux parents et à la fratrie.

— C'est peut-être le moment d'en parler, a essayé Filasse.

— Mes frères, Stef, Chris et John, j'y viens, a dit Oscar. Ils ont trois noms d'une seule syllabe. Ma mère avait sans doute pas envie que les noms de ses fils prennent trop de place, elle les évacuait vite fait, elle les crachait comme elle n'a cessé de les cracher de son existence.

Sturm et Gell et Fox ont hoché la tête parce qu'ils avaient bien conscience, eux aussi, de porter des noms qu'on crie, qu'on appelle dans l'urgence d'obtenir, pas des noms qu'on prononce doucement comme des caresses.

— Moins t'as de syllabes dans ton nom, plus tu peines, c'est ce que Sturm a dit, et il savait parfaitement de quoi il parlait.

— Tu t'inclus pas dans le lot, Oscar ? C'est vrai que toi, t'as un nom avec deux syllabes, t'es un privilégié.

Oscar avait déjà pensé à ça, ça se voyait, il avait déjà pensé et il pensait encore à ses frères, à la manière de les retrouver un jour, aux moyens qu'il pouvait mettre en œuvre pour recomposer une vraie fratrie.

— Oscar, c'est le nom que j'ai récupéré après coup parce que ma mère et tous mes beaux-pères m'appelaient plutôt Scar. J'avais onze noms et ils ont pas été foutus d'en choisir un dans la liste, non, ils en ont inventé un douzième, un pour me mettre mal à l'aise et sous-entendre que j'avais une tête qui leur revenait pas. J'ai adopté longtemps ce nom-là comme nom de guerre. Je me racontais des histoires, comme quoi j'étais un Sioux, un Apache ou un Comanche, que mes adversaires me redoutaient, que j'avais un nom d'homme à cicatrice et à balafre.

Là, il a fallu que je me concentre pour ne pas devancer Oscar et me remplir de sa voix, de son intonation et de toute son histoire. Le mur de pierre que j'avais érigé pour ne pas succomber à mes facultés télépathiques a salement vacillé, une partie s'est effondrée et j'ai bien cru que la vie d'Oscar allait m'assaillir.

J'ai pensé à l'intérêt que j'avais toujours porté à ces histoires d'enfants de Blancs enlevés à leur famille par des

Indiens de diverses tribus. Je me suis rappelé ma fascination pour ces adoptions forcées où les prisonniers finissent par épouser avec une innocence fougueuse les mœurs de leurs agresseurs. Je me suis demandé qui, à cette table, connaissait *La Prisonnière du désert* de John Ford, peut-être Macha, Oscar ou Fox. Mon univers est entièrement tissé de scènes en technicolor ou en noir et blanc. Elles ont macéré derrière mon front jusqu'à occuper ma mémoire à la place de souvenirs plus personnels qui, à force d'être tus, ont fini par s'estomper. Pourtant, je n'ai pas été adoptée mais les personnages que j'aime dans les films, oui. J'ai revu l'actrice Natalie Wood jouant Debbie, une ancienne enfant blanche enlevée dans sa toute petite enfance, inlassablement recherchée par son oncle John Wayne, retrouvée des années plus tard, trop tard pour que les retrouvailles prennent une autre forme que celle d'un nouvel enlèvement. J'ai compris que ce film avait un lien évident avec mon adhésion au groupe. J'ai pensé à tous ces enfants déracinés dont le visage, yeux bridés, peau noire ou blanche, était la dernière empreinte, difficile à effacer, d'une ancienne appartenance. J'ai considéré la peau sombre de Macha ou de Full, les yeux en amande et le long museau de Fox, comme des signes. J'ai vu Oscar comme le dernier des Mohicans même si son air perpétuellement étonné, sa bouche légèrement tombante n'en gardaient aucune trace.

— T'es le dernier des Mohicans, ai-je dit à haute voix pour donner le change.

Oscar n'a pas voulu me suivre.

— Je vis sans mes frères et je me passe bien d'eux. Mais c'est pas comme s'ils n'existaient pas, à aucun moment ils me laissent tranquilles.

Et là, on a tous su que l'histoire biblique qu'Oscar avait racontée au début allait perdre de son anachronisme.

— L'heure des frères a sonné, a dit Sturm, mi-solennel, mi-amusé. Et il a ajouté qu'on était tous prêts à entendre la vie et l'œuvre des hommes à une seule syllabe.

— L'aîné, c'est Stef, a dit Oscar, sans se froisser. Il a été en partie élevé par ma grand-mère paternelle. Et comme mon père, il a été surprotégé. Ça lui a pas trop réussi parce que quand il s'est retrouvé avec ma mère et mon premier beau-père, il a pas du tout supporté, il s'est mis à prendre de l'héroïne, il a erré chez les uns et les autres, il est revenu chez sa grand-mère paternelle et il a squatté chez elle, il prenait ses carnets de chèques et il imitait sa signature, vous voyez le genre.

Je me suis dit, sans rien en souffler à Oscar parce que je suppose qu'il le savait, que le grand frère avait suivi le modèle paternel, le vol lui avait paru une solution acceptable, il faut prendre quand on ne vous donne rien.

— Quand mes tantes s'en sont aperçues, elles l'ont viré, il est allé chez mon autre grand-mère, il dormait chez elle, il sortait le soir et il ne rentrait pas. Ma grand-mère s'inquiétait beaucoup pour lui. Il était difficile à choper, il passait sa vie dans les bistrots, à dealer, c'était un sacré fuyard. Alors un jour je lui ai dit que ça n'était plus possible, ma grand-mère commençait à perdre un peu la tête, je lui ai dit, t'es un grand mon gars, tu peux pas rester toute ta vie sur le canapé de la grand-mère, je l'ai viré de chez elle et on l'a perdu de vue un long moment.

— Qu'est-ce que ça pouvait te faire qu'il dorme chez sa grand-mère ? C'était pas à elle de décider ? a demandé Macha.

Oscar a eu un geste d'impuissance. Il était encore aujourd'hui couvert des petites cicatrices que le contact avec ses trois frères à une syllabe avait laissées et il n'arrivait pas complètement à les ôter. Ses frères étaient incrustés en lui comme des pointes et des épines. Malgré son visage doux, ses yeux marron, sa bouche bien dessinée et légèrement tombante, il y avait du Scar chez Oscar, c'était indéniable.

— Il y a eu des règlements de comptes dans l'ancien quartier mal famé, à l'ouest du centre-ville. À l'époque y avait un vieux bistrot qui était tenu par un mafieux, ce mec-là m'aimait bien parce qu'il m'avait demandé un jour de peindre pour lui une marionnette en bois toute ringarde à laquelle il tenait beaucoup et je l'avais fait par amitié pour lui. Il s'en servait comme mascotte dans son café et il était très fier de l'effet produit par sa marionnette, toute colorée et démantibulée, placée en vitrine, à l'entrée d'un des quartiers les plus pourris de la ville.

J'ai pensé qu'on devrait peut-être utiliser nous aussi des marionnettes pour imaginer des actions dans la ville et j'ai bien vu que les autres y pensaient aussi. On n'avait pas encore parlé de la suite mais chaque récit nous fournissait des armes, on était des Indiens à la recherche de nouvelles stratégies.

— Un jour, le mec en question me prévient, y a des gens

qui cherchent à buter ton frère, ils arrivent pas à l'attraper parce qu'il se cache, alors ils vont s'en prendre à toi, fais gaffe. Je dis, qu'est-ce que tu me racontes, et il me répond, pour l'instant t'es sous ma protection, ils te toucheront pas mais c'est pas du gâteau.

Filasse comprenait pas l'expression, alors il a fait la grimace. Il est sans doute trop jeune pour les vieilles façons.

— C'était chaud pour moi, a traduit Oscar, tout ça à cause de mon frère. Je lui en voulais beaucoup, il me rendait la vie impossible, il me mettait en danger. Je lui avais rien demandé, je lui avais rien fait, ce n'était pas de ma faute s'il avait été à ce point-là délaissé par ma mère.

— C'est dingue, t'as plein de cicatrices mais on les voit pas, a dit Macha.

Gell a prononcé l'ancien nom d'Oscar, il l'a chuchoté comme pour lui seul dans sa cabane. Scar.

— Ne prononce plus jamais ce nom-là.

— En même temps, c'est un joli nom de combat, tu trouves pas ?

— Peut-être, mais j'en veux pas.

Oscar devenait plus impérieux et presque vindicatif, ce qui n'était pas du tout son genre. On sentait que derrière ses yeux doux se cachaient beaucoup de mouvements internes et contradictoires, des rancœurs, des gestes d'amour contrariés, Oscar était plein de renfoncements et d'obscurités.

— Quelque temps après l'avertissement du patron de bistrot, j'ai su que mon grand frère s'était fait suriner dans un coin sombre. Je l'ai très peu revu depuis mais il a des marques. Je sais qu'il traîne ici et là, qu'il a essayé des petits boulots pour s'en sortir. La dernière fois que je l'ai vu, c'était au moment de ce remboursement que la maison de retraite nous demandait pour mon père, il était assez abîmé, il travaillait pour une entreprise de dératisation, il installait des piques contre les pigeons et ce genre de machins. Il m'a ramené à la gare en voiture de service, j'ai senti que c'était fragile. Et là, j'ai plus de nouvelles.

— T'en voudrais ?

— C'est que ma mère se fait vieille, j'aimerais bien ne pas être le seul mis à contribution. Alors je contacte mes frères pour qu'ils se chargent aussi un peu d'elle et personne ne répond à mes appels.

Oscar s'est tourné vers la vitre et pendant un moment il a observé les allées et venues des bateaux-pilotes sur le fleuve. On se sentait étrangement tranquilles malgré les balayages de projecteurs. Macha a proposé qu'on lève l'ancre et sur le coup on n'a pas compris si elle parlait par images ou si elle comptait larguer le mouillage et glisser vers l'ouest au rythme du courant.

— On partira quand on aura portraituré tes frères, a proposé Sturm. Sa méchanceté était émoussée comme si l'eau avait rouillé la lame de sa fureur.

— Et comment Blaise te retrouvera ? a demandé Clarisse.

— Il me retrouvera, a assuré Macha, je me perds plus, c'est du solide.

Alors Oscar a poursuivi la revue de ses frères, il fallait bien que le dernier des Mohicans raconte comment les autres avaient disparu de la généalogie et s'étaient extraits de la famille. Être le dernier pouvait avoir des vertus, on pouvait s'octroyer tout l'amour d'une mère quand les autres disparaissaient, on pouvait accaparer et recueillir et aspirer l'ensemble de ses désirs, de ses craintes, de ses espoirs, on pouvait devenir le seul référent et acquérir une importance capitale. C'est du moins ce que je ruminais dans mon coin pendant qu'Oscar ressassait ses rencontres épisodiques avec ses frères. Mais bien sûr j'avais tendance à projeter sur Oscar mes propres balafres parce que lui, il aurait surtout voulu partager le devoir de s'occuper de cette femme pour qui il n'avait pas d'affection et qui ne l'avait pas élevé, ni lui ni aucun de ses autres fils.

— Chris, c'est mon petit frère, il a quatre ans de moins que moi. Il a été livré à lui-même, il a vécu dans le bistrot avec son alcoolique de père, puis il est parti dans le Sud, il a pas mal déconné. Il s'est engagé dans les paras et il s'est cassé de partout, les jambes, les chevilles, les bras, les clavicules, en fait il s'est tout cassé. Je me souviens, j'ai été invité à son mariage, lotissement luxueux, grande maison. C'était un mariage surréaliste. Sa femme avait mal au dos, elle était prise dans un corset qui la tenait prisonnière. L'un des fils de cette femme m'a emmené dans sa chambre, il était fou de batailles médiévales, il fabriquait lui-même ses instruments, ses épées, ses cottes de mailles et il participait ensuite à des reconstitutions d'époque. Quant à mon frère, il avait changé de prénom pour devenir un juif pied-noir, ne me demandez pas pourquoi. Vous imaginez un peu, les médiévaux d'un côté et le mec qui simule l'accent pied-noir de l'autre, c'était complètement flippant. En fait, mon frère connaissait rien à la religion, il ne savait même pas ce qu'était une kippa et il se faisait appeler Samuel, si bien que mon cadeau, un tee-shirt sérigraphié à son nom et à celui de sa femme, est complètement tombé à l'eau.

— Chris-Samuel, ça au moins c'est œcuménique, a dit Full. Et alors, il est allé faire son *alyah* en Israël ?

Les autres ne savaient pas de quoi Full parlait et Oscar non plus.

— Samuel est redevenu Chris, et il a divorcé.

— Faut croire que devenir juif pour avoir plus de syllabes à son nom n'a pas été suffisant pour le tranquilliser, a dit Full.

— J'ai pas très bien compris ce qui lui était passé par la tête. Est-ce qu'il avait rencontré quelqu'un qu'il admirait, qui était juif et à qui il voulait ressembler, est-ce qu'il pensait se construire un nouveau personnage avec toute une smala autour, en fait j'ai pas pu en discuter avec lui. Mais je suppose que ce qui lui manquait le plus, c'était une mère, et peut-être qu'en devenant pied-noir il imaginait une mère juive qui lui collerait aux basques.

Full a poussé un soupir.

— M'en parle pas, il a dit, on veut toujours ce qu'on n'a pas. Et il est retombé dans le silence.

— C'est sûr que de ce côté-là, Chris n'a pas été gâté. Ma mère l'a laissé complètement en friche, a dit Oscar, elle était branchée sur son troisième homme et tout le reste lui était indifférent. Il a tout essayé, il a changé dix mille fois de métier, il a eu un camion à pizza, il a été représentant, artisan, communicant. Il me donne des nouvelles via Linkedin que je déteste, je lui dis, laisse-moi plutôt ton mail parce que ce truc des réseaux sociaux, je m'en sers pas. Mais il n'entend pas, il m'envoie des photos de sa nouvelle copine, je réponds, c'est super, bonne année, et j'en profite pour lui expliquer un petit peu la situation de sa mère, il faudrait qu'on s'occupe un peu d'elle, elle est malade. Depuis que je lui ai écrit ça, néant.

Cette fois, on a entendu distinctement une sorte de corne de brume, comme un appel venant d'il y a très longtemps qui aurait réussi à traverser les années par les voies fluviales, les transbordeurs et les péniches.

— Vous saisissez ? a demandé Filasse, qui était né après la bataille.

Gell a dit que ça ressemblait aux cors de la chasse à courre mais bien sûr impossible d'imaginer un tel rituel dans nos environs urbanisés.

— Ça existe encore ?

Personne n'en savait rien.

— Y a bien des chevreuils qui viennent traîner dans les lotissements. Une fois y en a un qui s'est pris dans les broussailles de mon jardin.

— Mais si c'était une chasse, on entendrait les chiens. Et puis, les hommes voient pas la nuit, ils sont pas nyctalopes, a dit Fox.

— Peut-être que maintenant ils s'arment de lunettes à infrarouge pour traquer tous les contrevenants.

Et Gell, qui en était un et qui s'introduisait, hirsute, sous les ponts autoroutiers et les ornières, avait l'air de savoir de quoi il parlait. On a entendu une deuxième plainte, égale à la première, même timbre, même intensité. Peut-être qu'un groupe s'était décidé à investir les rivières pour lutter contre la disparition des passerelles et des voies de halage, un groupe d'ici ou d'une ville mitoyenne, toutes les villes étaient collées les unes aux autres, séparées uniquement par des zones d'activité et des railparks.

— S'il y a d'autres groupes, faudrait qu'ils apprennent à nous rallier en utilisant des signaux plus clairs, a suggéré Sturm. On n'est peut-être pas seuls au monde, on devrait essayer de se renseigner.

J'ai proposé qu'on remette la discussion sur nos stratégies d'expansion à plus tard et Sturm a dit que j'étais toujours pressée de discuter mais jamais d'agir.

— T'as peur qu'ils te confisquent ta maison de famille ?

Je n'ai pas relevé, bien sûr que c'était pas une maison de famille, juste une vieille baraque en voie de démolition, mais je ne voulais pas envenimer les choses. Sturm ne supporte pas trop que j'aie bénéficié de parents et il ne manque pas une occasion de me rappeler qu'il me considère comme une pièce rapportée. Les cornes de brume se sont emballées comme si des collisions allaient avoir lieu entre deux vraquiers, mais on n'entendait aucune étrave, ni le frissonnement d'aucune quille le long des rives. On ne comprenait pas ce qui se passait et les berges restaient obscures. Pas de projecteurs, ni de patrouilles malgré le vacarme sourd et presque ininterrompu. Macha a suggéré qu'on déménage en chaloupe tout de suite, c'était peut-être les anciennes sirènes d'alerte de la Deuxième Guerre mondiale qu'on remettait en service pour cause de fuite chimique ou d'alerte nucléaire. On a tous ri, on ne croit pas à la catastrophe, on a plutôt l'impression que le mouvement de désintégration est lent et insidieux et que bientôt les derniers espaces vacants seront grignotés et assimilés, il n'y aura plus que des immeubles et des tours sur toute la surface du globe. Ça nous attriste d'imaginer notre planète comme une immense ville-dortoir mais notre lutte a des objectifs microscopiques, alors on ne se projette pas dans une vue d'ensemble, on se concentre sur le local.

Sturm, Gell et Fox se sont levés, ils s'apprêtaient à monter sur le pont pour détacher le canoë qui était comme la dépendance de Macha et Blaise. Alors les appels, alertes ou détresse, se sont arrêtés. On ne savait plus trop quelle attitude adopter, partir ou rester, s'offrir une petite excursion fluviale nous aurait tentés mais Macha a interrompu tout le processus.

— Tu nous as pas encore parlé de ton dernier frère.

On était étonnés qu'elle ait suivi le fil, d'habitude c'était plutôt Clarisse qui nous donnait la réplique.

— Le petit dernier, John, c'est pareil. Il est devenu un peu comme son père, il a un train de vie assez élevé, il est entré dans le business, il a une villa à Cannes avec piscine, il a vraiment beaucoup d'argent mais son environnement est assez pauvre, en fait. Il a épousé une Moscovite qui est obsédée par la propreté. Chez eux, tout est noir et blanc, même le chien. Ils sont complètement dingues. Ma mère y est allée mais le problème, c'est que sa belle-fille ne lui adresse pas la parole. De temps en temps John envoie un chèque pour que ma mère puisse se refaire une dent, la relation est comme ça, il n'a pas l'intention d'aller plus loin.

— S'il offre à ta mère la possibilité de mâcher et de sourire, c'est déjà pas si mal, a dit Gell. Avec sa bouche édentée il avait l'air de considérer le geste de John envers sa mère comme suffisamment démonstratif et tendre, une tendresse matérielle dont il avait été privé.

— J'arrive pas à avoir de liens avec mes frères, a dit Oscar, mais là il faut vraiment que je leur parle. Notre mère est en mauvais état et je veux pas tout porter sur mon dos, c'est pas non plus comme si j'avais eu des privilèges. En fait elle s'est intéressée à aucun de nous, y avait que ses hommes qui comptaient et ils ont tous été des imbéciles, des méchants ou des saoulards, donc exit les pères.

— Si t'étais aussi sûr de toi, t'aurais pas commis un enfant, a dit Sturm. Tu fais comme si t'étais de notre côté mais tu kiffes les pères, la preuve, t'en a pris le costume, l'allure et le rôle.

— C'est quoi, cette accusation ? a demandé Gell.

Cette seule remarque le désolidarisait de son pote Sturm, alors qu'ils avaient coutume d'être hirsutes ensemble, d'être brutaux ensemble, d'utiliser leur corpulence d'hommes râblés comme un signe de ralliement. Leur hargne était leur armure et leur protection.

— Le premier disque que j'ai acheté et que j'ai écouté en boucle quand j'étais ado, c'était *Wish you were here* des Pink Floyd, a dit Oscar, tout à coup pensif.

— Quel rapport ? a demandé Macha.

— Si tu parlais l'anglais, tu le saurais.

— À l'époque je chantais les paroles sans les comprendre. Depuis j'ai perfectionné mon rapport au punk-rock et à l'anglais. Et aussi aux vœux qui ne se réalisent pas.

Oscar a eu un sourire triste, sa bouche tombante s'est redressée, et il a lissé ses cheveux en arrière.

— J'ai pas voulu ressembler aux autres pères. Je peux pas dire si j'ai réussi mais en tout cas j'ai pas laissé mon fils en plan, il peut toujours me demander de l'aide. Alors que les trois lascars qui nous ont servi de père, à mes frères et à moi, ont tout simplement lâché leur progéniture, comme s'ils n'avaient aucune responsabilité dans notre venue au monde. En fait, le bilan paternel est très négatif. Ça a failli me faire renoncer à toute velléité familiale mais en fait on décide pas tout seul, l'amour se pratique souvent à deux, on est obligé de s'adoucir. Je le dis pas pour excuser mes frères parce que je suppose que moi aussi j'aurais pu mal tourner mais ils ont quand même gravement manqué d'affection.

Je me suis dit qu'Oscar espérait sans doute revoir ses trois frères au moins le jour des obsèques de sa mère, elle pourrait servir à ça, la matrone, ça lui donnerait un rôle de dernière minute, une fonction dans l'établissement in extremis d'un lien entre les quatre Indiens de la fratrie des Mohicans. Peut-être même qu'Oscar attendait impatiemment ce moment pour pouvoir, ne serait-ce qu'une seule fois, prononcer leur nom à une seule syllabe, Stef, Chris et John, les chuchoter tous les trois ensemble pour inverser le cours d'une histoire qui les avait séparés.

Macha s'est levée, elle a proposé qu'on finisse notre nuit

sur son canoë, qu'on descende une partie du fleuve, elle avait envie qu'on se lance ensemble dans cette virée, avec les rames en cadence, ça lui semblait un bon moyen de sceller nos échanges et de garder le rythme. Gell, Sturm, Clarisse, Filasse et Fox ont acquiescé. Full a dit qu'il préférait rentrer direct, il se mettait toujours un peu à l'écart et on ne savait pas trop où il créchait mais on ne voulait pas le brusquer, c'était un type très doux et solitaire. On est tous descendus dans le canoë, Macha a assuré la manœuvre, elle a distribué les rames, on les a plantées en alternance de sorte que le bateau a viré, la proue a filé dans la direction du courant et on voyait la lune en croissant au-dessus de nos ombres. On s'est tus. Quelques énormes péniches nous croisaient sans nous voir. Gell a dit qu'on était désormais des Indiens, des vrais. Et il a voulu que la voix d'Oscar s'élève à nouveau et soit notre conductrice et messagère comme elle l'avait été durant toute la soirée. Alors il l'a appelé une première fois. Oscar n'a pas répondu.

La nuit nous enveloppait, on était présents les uns aux autres grâce aux rames qu'on actionnait en cadence. Clarisse a chuchoté.

— Scar ? Tu es là ?

— Mes frères aussi m'appelaient comme ça, a murmuré Oscar.

On ne pouvait pas deviner si c'était un regret ou un reproche adressé à ses trois frères. Je me suis rendu compte, en enfonçant ma rame au même rythme que les autres, que mes amis étaient des déclassés d'origine. Ça amplifiait mes doutes : qu'est-ce que je faisais là, parmi eux ? J'ai serré les lèvres, et je me suis dit que je n'avais qu'à me caler sur leur cadence sans trop réfléchir.

On a dérivé jusqu'à la fin de la nuit, on a alterné les rameurs. Oscar n'a plus dit un seul mot, il avait repris son allure de dandy, il s'était enveloppé de son élégance mutique et les autres respectaient son maintien. On était redevenus des enfants, on était tous légitimes et unis comme des Indiens à plumes et à peaux de loutre qui se laisseraient dériver sur l'Amazone en scrutant les dangers possibles, les rapides, les alligators, les tribus ennemies. Scar et Macha nous guidaient, ils étaient fervents et silencieux. Constitués en groupuscule, on avait le sentiment de se déplacer dans les anfractuosités de territoires plus grands que nous, de nous lier aux paysages, d'y laisser nos empreintes, d'y graver nos hiéroglyphes, de marquer les trottoirs, les routes, les berges, les péniches, les transporteurs, les poteaux indicateurs, les entrées de résidence, les portails, les panneaux, perturbateurs minuscules et marginaux.

Pendant notre équipée, j'avais en tête un des récits que j'avais glanés sans le vouloir dans mes déambulations urbaines. Je me suis dit que je pourrais le raconter en pagayant sur le fleuve, ça me déchargerait d'un poids, un petit poids que je pourrais laisser aux autres et qui filerait avec nous rapide et furtif. Je voulais chuchoter l'histoire du Colombien, un homme traqué et pourchassé, né dans un village de la jungle, je voulais la transmettre pour m'en débarrasser, pour montrer aux autres à quel point j'étais possédée.

J'ai dit : « Je suis un Indien. »

Au début, j'étais hésitante, j'avais peur de me trahir, mais petit à petit j'ai pris confiance parce que j'ai senti comme la parole m'ouvrait le ventre et la poitrine, comme elle dégageait l'avenir. Les autres assis dans le canoë se sont tournés vers moi avant de reprendre leur rame. Et comme ils étaient de dos, c'est devenu beaucoup plus facile de parler, je n'avais pas leur regard planté dans mes yeux pour me fouiller.

« Je suis un Indien et le village de mon enfance, c'est un village de métis, j'ai dit. Mon père y attrapait des chevaux sauvages au lasso et ma mère les domptait. »

Personne n'a protesté, personne ne s'est moqué. Oscar, Macha, Sturm et les autres ont continué à pagayer sans rien répondre et leur rame battait un rythme dont je me suis servi pour continuer.

« Les Farc faisaient des incursions pour y prendre des femmes, on savait qu'on pouvait devenir leur proie. Un soir on a entendu des bruits inhabituels, mais comme le jour tombe à six heures, noir total, on ne voyait rien. Le village était secoué par la terreur, on savait que quand la guérilla arrivait, elle tuait. On a senti les odeurs de fumée qui montaient d'autres villages, on a compris qu'ils incendiaient. »

Sans se retourner, Oscar a fait remarquer que cette histoire de famille débutait plutôt mal. Et sans doute qu'il ressassait un peu la sienne, avec ses débuts chaotiques, ses grands-mères concurrentielles, ses pères évanescents. Son intervention m'est apparue comme un encouragement à poursuivre.

« Papa et maman ont décidé de partir, on a mis les ponchos, on a marché dans la forêt. »

J'avais prononcé les noms, papa et maman, pour préparer la suite, quand il me faudrait parler en mon propre nom. Ça m'a soulagée, de sortir ces mots-là hors de moi et en la présence de mes amis abandonnés.

— Rien que ça, a fait remarquer Sturm, papa et maman. Ça, c'est un truc qu'on s'était pas encore permis, hein Lily, tu y vas fort.

J'ai demandé aux autres s'ils voulaient que je me taise. Et ils ont dit non.

« Tout à coup ma mère se rend compte qu'elle a oublié de prendre la nourriture, alors elle nous demande à ma sœur, et moi, d'y retourner. Quand on arrive, les guérilleros sont déjà à l'intérieur, ils nous prennent, ils nous bâillonnent, ils nous mettent en pelote dans un gros sac de café et on est chargés sur une mule. »

Macha a grommelé et sans se retourner vers moi, elle a profité d'un petit temps que je prenais à scruter l'ancienne voie de halage et elle a dit qu'en fin de compte les parents étaient presque toujours de beaux salauds. « Attends la suite, j'ai dit, c'est pas toujours si définitif. »

On a croisé une péniche dont on a longé silencieusement le flanc, on a pris garde à ne pas froisser notre coque sur la sienne. Malgré notre attention à l'environnement, les clignotements de la ville, les signalisations, les réverbères, les faisceaux des projecteurs, les points rouges des caméras, on était partis du côté des montagnes andines et on se projetait là-bas, dans une nature et une humanité sauvages.

« Pendant des semaines ma sœur et moi, on est ballottés sur la même monture, de part et d'autre de la selle. On perd la notion du temps », j'ai dit, comme si cet Indien, c'était moi.

Et j'ai aimé pouvoir le dire, pouvoir m'offrir cette fratrie, même si j'étais enfermée dans un sac et que je risquais de ne jamais en sortir. Ni Filasse, ni Macha, ni Sturm n'ont repris la parole, ils ont continué à ramer, la régularité de leurs gestes ne laissait rien deviner de ce qu'ils pouvaient penser.

« Certains jours à travers le sac où ils m'ont enfermé, j'aperçois une phosphorescence. »

Filasse s'est tourné vers moi, il a montré le sillage de notre embarcation puis il a repris sa position Je n'ai pas compris son signe.

« Cette phosphorescence, c'est ma sœur dolente et triste qui se tient en position fœtale. Je la sens, sur l'autre flanc de la mule qui nous porte, comme moi elle est coincée dans un sac. À travers la toile où elle est recroquevillée, je sens sa respiration, je suis connecté à son corps. J'essaye d'oublier tout le reste, de prendre la même position qu'elle, deux petits ballots sur la même monture. On ne peut pas sortir du sac, on doit faire nos besoins dedans, on doit manger dedans, on est terrorisés, on est exténués, on est sales. Finalement nous arrivons, on nous extrait du ballot et nous devenons, avec plein d'autres enfants enlevés, des esclaves. Ça dure des semaines. Un soir, un silence terrible s'abat sur le campement, les oiseaux se taisent alors que la nuit n'est pas venue encore. Je vais chercher ma sœur, je lui dis que quelque chose va se produire. Je lui dis qu'on doit se cacher. Je me réfugie avec elle dans un arbre. Elle me fait monter plus haut, encore plus haut, encore plus haut, on se tient fort. Vers huit heures, un groupe de cavaliers arrive, on les entend, et aussi des cris sauvages. On est écrasés par la douleur de ces cris, on n'ose pas redescendre. Le matin est complètement muet, on se décide à quitter notre arbre. On découvre les corps de tous les autres enfants. On est complètement seuls avec les morts. »

Je crois que ni Sturm, ni Oscar, ni Macha, ni Fox, ni Filasse ne comprennent d'où je tire cette histoire et pourquoi je la raconte. Mais je crois que Clarisse, elle, le sait.

« On reste encore là, tous les deux, on ne sait pas ce qu'on va devenir. Beaucoup plus tard, j'entends un drôle de sifflement, un sifflement comme les oiseaux mais pas un sifflement d'oiseau. Ma sœur l'entend très bien aussi. Et on devine que c'est notre mère qui siffle pour annoncer son arrivée. Elle nous a recherchés à travers les montagnes, elle est partie à cheval. Des mois après notre enlèvement, elle siffle pour se faire connaître, pour nous redonner courage. Elle a galopé, elle a parcouru des centaines de kilomètres, elle nous a découverts. On monte avec elle sur sa jument et on marche pendant des mois en sens inverse le long de la cordillère. »

Cette histoire, je la porte en moi, je la rumine. C'est une histoire d'Indien retrouvé, une histoire de rescapé. Elle est arrivée par hasard mais ce n'est pas un hasard si je ne l'ai pas oubliée. Ça, je le pense mais je ne le dis pas aux autres.

À la poupe, Macha indique le chemin. Elle ne commente pas l'histoire ni le retour de la mère qui sauve ses enfants, elle nous guide. Le fleuve se sépare en deux branches. On laisse à bâbord une petite île transformée en carrière de gypse sur laquelle s'élèvent quatre tours de guet faites de poutrelles d'acier.

« Ma mère nous maintient sur la selle. Elle attend qu'on atteigne une cascade, elle crée un espace pour qu'on cause et qu'on puisse raconter nos chagrins. Elle nous dit que dans un moment de terreur, il ne faut pas imaginer l'autre parce que si on l'imagine on attire sa peur, et on communique avec lui, alors qu'il faut s'en séparer pour ne pas être surpris par la mort. Elle nous explique que la montagne est comme une nervure et un rideau. Quand on a peur, on doit s'approcher des volcans pour créer avec eux de l'intimité. Et quand on est sorti de la peur, on peut repousser un peu le décor pour dégager un horizon et on peut poser dessus des objets, des pépites brillantes. »

Là, ma voix hésite parce que le monde de l'Indien est beaucoup plus vaste que le mien. Je me demande si mes amis sont emportés dans la montagne avec moi ou s'ils laissent ma voix comme un bruit de fond bercer des douleurs qui n'ont rien à voir avec celle de l'Indien. Peut-être qu'ils n'aiment pas tant que ça le rôle que je donne à la mère. Ou peut-être que cet espace si étendu et quasi illimité que je décris comme s'il était mon espace est tellement éloigné de leurs horizons qu'ils n'arrivent pas à se le représenter.

Sur notre canoë, j'ai murmuré une chanson pour m'encourager à continuer ma route avec les autres, une chanson d'Amérique, qui n'est pas un continent mais un vaste pays.

Gracias a la vida
que me ha dado tanto

me dio dos luceros
que cuando los abro
perfecto distingo
lo negro del blanco
Y en el alto cielo
su fondo estrellado
Y en las multitudes
el hombre que yo amo.

J'ai dit aux autres que ça n'était pas une chanson colombienne mais que l'Indien la chantait et qu'il me l'avait apprise, même si ce n'est pas vrai. L'Indien ne m'a rien appris, j'ai volé son histoire, elle est venue direct en moi et je l'ai gardée. Les autres n'ont pas relevé. J'apercevais leurs dos penchés en avant dans l'effort et les plis de leurs vêtements parfois accrochaient un des mille reflets de notre ville. Je leur étais reconnaissante d'écouter ma mélopée sans me questionner. J'ai répété pour eux, pour moi, pour le fleuve sur lequel on glissait doucement : « Je suis l'Indien. »

« Au bord de la cascade, ma mère a murmuré un conte pour ma sœur et moi, un conte qu'elle tenait de son père. Regardez les trois points là-bas, a dit ma mère. Et pour lui faire plaisir, on a fait semblant de les voir. Le premier point que vous voyez est le plus défini, c'est la solitaire, elle n'a pas d'autre patrie que son cœur, c'est votre première compagne et elle ne vous quittera jamais. La deuxième fait écho à la première, grâce à elle vous connaîtrez la forme des mots, l'espace qu'il faut pour les recevoir, et cette deuxième femme s'appelle la silencieuse. Quant à la troisième, elle vient en sautillant, légère, elle prend la couleur du papillon, et c'est la mort. Ces trois compagnes se mettent derrière vous et à un moment elles vous donneront les mains, vous vous reposerez sur elles. Voilà le conte que ma mère a chanté comme une berceuse pendant qu'on retournait chez nous par les volcans. »

Fox a pris la parole, j'ai reconnu son intonation, cette manière nerveuse qu'il a parfois de faire monter sa voix dans les hauteurs même quand il chuchote. Il a dit qu'il ne comprenait pas trop le conte, et que sans doute les Amérindiens possédaient l'art de la parabole. Et il a demandé à Macha ce qu'elle en pensait. Hein, Macha, que tu connais des contes. Mais Macha était surtout occupée à faire en sorte qu'on ne devienne pas une cible pour un bateau-pilote qui n'aurait pas forcément saisi la portée philosophique et contemplative de notre équipée. On pourrait toujours leur opposer qu'on se préparait pour les prochains Jeux olympiques mais c'était pas trop le genre d'endroit pour accomplir des exploits sportifs.

« Ce n'est qu'en m'installant ici, très loin de mon pays, que j'ai compris le cadeau de ma mère », j'ai dit.

Là encore, personne n'a moufté, ils avaient carrément accepté l'idée que je devienne un Indien d'Amérique.

« Maintenant j'habite dans une tour, au 17e étage, je suis très loin de la cordillère, de la jungle et des Colombiens de mon enfance. Quand mon pays me manque, je sors ma main par la fenêtre, je regarde devant moi le ciel et les nuages, je m'éloigne en pensée de la ville, j'installe un rideau devant moi. Je pose dessus les objets dont j'ai besoin.

Et grâce à ça, ils sont tous là, mon village, mes collines, les miens. Je peux retrouver ma famille, ma sœur, les voisins, la disposition des maisons au pied du volcan, je suis avec tous les gens. Où que je sois, ils m'accompagnent, les vivants et les morts. Nous partons tous ensemble, nous descendons le grand fleuve, rien ne me sépare d'eux, mon pays est entré à l'intérieur de mes yeux. »

Cette histoire m'avait consolée. Je me sentais un peu plus liée, ici, à l'ensemble de la terre malgré les limites que les tours opposaient à mon champ de vision. Et aussi plus liée aux autres, un peu moins spectatrice, un peu plus proche.

— T'es une sacrée ventriloque, a dit Filasse, on pourrait tous raconter notre histoire par le filtre de ta voix.

Je n'ai pas répondu mais j'étais soulagée d'avoir partagé l'histoire de l'Indien, qui n'est pas tout à fait l'histoire d'un abandon et qui n'est pas non plus la mienne. Tout en naviguant avec le groupe, j'ai dit que le mot espagnol *ruña*, qui désigne en Amérique centrale les chiens bâtards, est le même mot que celui qu'utilisent les locuteurs indiens du quechua pour désigner la personne. Les chiens bâtards de la langue espagnole sont des personnes de la langue indienne. J'ai dit, dans beaucoup de langues, les bâtards et les Indiens appartiennent au bas d'une échelle humaine constituée il y a des siècles par les colons blancs.

L'histoire était achevée.

Sur le canoë à la lueur de la lune blanche qui effilochait les nuages, j'ai ramé avec Fox, Macha, Gell, Filasse, Clarisse, Oscar et Sturm, les chiens bâtards que j'ai choisis parce que, malgré l'extension infinie de la ville, ils sentent les respirations, les pépiements, les soupirs, ils savent repérer les interstices et les horizons. J'ai fredonné la petite chanson hispanique, j'ai scruté les berges au bord desquelles des guetteurs nous observaient peut-être, et je me suis promis sans en informer quiconque que, si un jour notre groupe désespérait, je répéterais les mots de l'Indien qui a su poser devant lui quelles que soient les circonstances le décor dont il avait besoin pour que personne n'ait le pouvoir de le bannir.

On allait susurrer nos secrets les plus intimes à l'oreille de parfaits inconnus.

On allait subtiliser les modes d'emploi des appareils électroniques et leur substituer des extraits du Kama Sutra.

On volerait des tonnes de portables avec lesquels on édifierait une formidable montagne et on proposerait aux gens de récupérer leur bien lors d'une cérémonie nocturne où ils pourraient composer leur numéro et regarder leur téléphone vibrer et s'illuminer dans ces ténèbres montagneuses.

On allait coudre ensemble tous les vêtements confiés au pressing de sorte que l'ensemble formerait un immense accordéon d'un seul tenant.

On allait déposer sur la voie ferrée des milliers de ballons qui exploseraient en une folle pétarade lors du passage des trains de marchandises.

On allait intercepter les images enregistrées par les caméras de vidéosurveillance et sur les écrans des PC et on allait diffuser à leur place des films animaliers.

On allait faire irruption dans la cantine de l'école primaire déguisés en superhéros et on distribuerait à tous les enfants le jeu des sept familles redessiné selon des critères de ressemblance plutôt fantaisistes.

On allait écrire en lettres majuscules sur le mur de la maternité : ORIGINE INCONNUE.

On allait saturer la ville de signes invisibles.

Quatrième nuit

Full

On a décidé de parler à tour de rôle. On ne sait pas si ça nous soudera ou nous séparera mais on pense que le jeu en vaut la chandelle. On a tiré au sort, c'est tombé sur Full. Il ne s'est pas défaussé, il a dit d'accord. Full, c'est le moins bavard d'entre nous et aussi le plus fuyant, il est tout le temps en mouvement, on ne sait pas où il loge. De temps à autre, il occupe le canapé d'Oscar, alors on s'est donné rendez-vous chez lui pour que Full ne se sente pas plus dépaysé qu'il ne l'est déjà à force d'être sans domicile fixe et de dormir tous azimuts.

Oscar habite au rez-de-chaussée d'une tour, il n'aime pas prendre de la hauteur, ça lui donne le vertige, c'est au sol qu'il est le plus efficace. Chez lui, ça sent la cave tellement il est terrien. Et au mur, il a tendu un panneau en liège exactement comme dans les commissariats de série B avec photos, dessins, schémas, généalogies et liste des suspects, sauf que lui il épingle nos plans, nos projets, des traces de nos actions, les quelques phrases qu'on dissémine dans les environs sous forme de graffitis ou d'affiches. La plupart du temps, il bosse dans son antre pour des tas d'entreprises qui lui demandent d'inventer des chartes graphiques ou des logos. Oscar, c'est notre agent double, il participe le jour à la création de panneaux publicitaires un peu partout le long des routes et la nuit il tourne avec nous en combinaison et en capuche pour coller dessus des contre-indications. Il se meut agile comme Fantômette, alors pour rire je l'appelle comme ça, il n'aime pas, il en a soupé des sobriquets, il veut revenir à l'essentiel. Et depuis notre dernière nuit de parole, il préfère qu'on l'appelle Scar.

L'atelier d'Oscar est séparé de la rue par une grande vitre opaque à travers laquelle on distingue les lumières de trottoir et les passants devant, en ombre. Il y a tempête dehors, alors on n'est pas surpris que Full ne fasse pas son apparition dans les temps, on se dit que c'est question de circonstances défavorables et qu'il va surgir, mince frisé et brun de peau, sauf que cette fois il ne sera pas aussi taciturne que de coutume. Et qu'il aura les cheveux mouillés. La pluie qui bat la vitre n'empêche pas les autres d'arriver, Clarisse, Macha, Filasse, Fox, Sturm et même Gell, qui a dû souffrir du vent sous ses plastiques. On attend Full en buvant des bières dans le canapé et en essayant de deviner à qui peut bien appartenir telle ou telle silhouette qui fuse derrière la vitre, homme femme cadre milicien, les lumières découpent de longues tiges et brindilles vivantes à la Giacometti et ça nous amuse de leur donner une épaisseur biographique. Je me dis que cette vitre-là me tiendra à distance, j'essaye de me concentrer sur sa texture particulière pour éviter d'être aspirée par tel ou tel passant qui pourrait se substituer à moi et investir mon enveloppe. Je suis encore un peu sur la défensive même si j'ai appris à reconnaître les signes avant-coureurs. Dès que ça frémit, je me retranche derrière mon mur de pierre. Jusque-là, ça a plutôt bien fonctionné, j'ai fait en sorte que mes compagnons ne se doutent de rien. L'Indien, j'ai bien voulu leur dire, mais le reste, je le garde pour moi.

On discute de la passerelle détruite au-dessus de Charles-de-Gaulle, c'est devenu notre obsession et notre point de ralliement, et on se décrit les uns les autres l'avancée des travaux d'aménagement.

— Qu'est-ce qu'il fout, le métèque ? finit par demander Sturm.

Clarisse dit que Full est toujours un peu en transit. Avant qu'elle n'ait achevé son raisonnement, Macha l'interrompt.

— Tu dis ça parce qu'il s'est fait expulser ou parce qu'il vient d'ailleurs ?

— Je comprends pas très bien ton alternative, dit Gell. T'es expulsé parce que tu viens d'ailleurs.

Et on pense tous à la cabane de Gell qu'on n'a jamais visitée parce qu'il ne veut pas la montrer, quelque part entre les tours et les derniers terrains vagues.

— Full vient de loin, plus loin que nous, dit Oscar comme pour l'excuser. Il a traversé la Méditerranée enfant, ses parents ont dû quitter l'Algérie. C'est pas évident de déménager d'un pays à un autre dans des bateaux affrétés par l'armée française et en urgence.

Il a l'air d'en savoir un peu plus que nous sur Full.

— Plus loin que la Hongrie, t'es sûr ? demande Filasse qui prend un petit air malicieux.

— Peut-être pas en kilomètres. Mais le teint buriné a toujours plus de mal à s'assimiler. Les habitants, même les plus excentrés de l'Europe orientale, ont beau pratiquer des langues barbares, on continue de les accueillir moins mal que les voisins plein sud. T'as qu'à voir, dit Fox, et il expose au groupe son visage émacié, ses yeux en amande et son museau. Personne ne me considère comme un étranger, dit-il.

On ne peut démêler à son ton s'il le déplore ou s'il en est fier.

— T'es un bâtard de l'intérieur, dit Oscar, alors que Full est quasi d'un autre continent.

— Tu m'insultes ? demande Fox. Et son visage manifeste de la réprobation.

Je saute sur l'occasion pour dire ce à quoi je pense depuis qu'on a commencé à se confier. Je me tourne vers Fox et je lui dis qu'il est mon ami, il est Fox le bâtard. Mon assurance en choque quelques-uns, ils ne sont pas prêts à être nommés et désignés comme tels.

— Comment tu peux dire ça ? demande Fox.

Alors je me lance dans une petite tirade, j'expose ce que j'ai engrangé dans ma tête, je le recrache tranquillement, sûre et certaine que les autres vont adhérer tellement j'y crois. Je leur dis que j'ai bien vu dans l'histoire de Fox et de Macha, et même dans celle d'Oscar, j'ai bien vu qu'il y avait un manque et que ce manque était notre point de départ.

Ils font un peu la moue mais ils ne m'interrompent pas,

alors je poursuis. Je leur explique que cette histoire de bâtardise nous lie.

Ils résistent encore, ils remuent, se balancent, froissent des papiers gras sur la table, mais ils ne m'interrompent pas.

Je leur dis que j'aime les bâtards, que je l'ai compris en les écoutant nuit après nuit. Je leur dis, c'est fou, vous me montrez en quoi consiste l'existence quand elle n'est pas préparée par des liens prévisibles, quand elle est vraiment nue. Je leur dis, vous êtes mes héros.

Je me prépare à profiter de mon avantage pour relancer l'idée qu'on se donne enfin un nom, *Les Bâtards*, ça serait magnifique, ça claquerait au vent comme une bonne gifle, mais je suis interrompue dans mon élan.

— Doucement, Lily, calme ton enthousiasme, on est juste des empêcheurs de tourner en rond et on gêne tout le monde, parents compris, dit Oscar. Et il tire sur les manches de sa chemise qui est blanche et très bien repassée.

Je réponds que justement, c'est le plus important, ça, multiplier les possibles, inventer des mondes parallèles, proposer des espaces alternatifs. Toute la littérature est travaillée par des histoires de bâtards, je leur dis, parce que les personnages de bâtards restent toujours en mouvement, ils avancent, ils bifurquent, ils trouvent de nouveaux chemins, ils soignent leurs blessures avec les moyens du bord, ce sont de magnifiques aventuriers.

Filasse me dit, t'oublies que c'est une injure. Et je réponds que non, j'oublie pas. Mais on devrait la retourner en notre faveur, je dis. La plupart du temps, c'est un truc qu'on cache, on n'a pas envie que ça se propage, mais on a tort, on devrait revendiquer la bâtardise comme une force, la force des réfractaires, de ceux qui savent faire vaciller les lois quand elles sont injustes.

Sturm prend la parole, il est méfiant, il pointe son index sur moi.

— Bâtarde, toi aussi ?

Là, il vient me cueillir à l'endroit de ma faiblesse. Je suis prise de court. J'essaye de garder l'avantage sans me confier, pas encore le moment.

— On devrait juste prendre ce nom-là, c'est ce que je propose.

— T'as pas répondu à ma question.

— Qu'est-ce que ça peut faire ? dit Macha. On n'est pas forcés d'être tous nés sous X.

Et elle arbore ce sourire trop blanc qui sans doute est lié à son histoire par des bouts qu'on ne connaît pas. Je scrute son visage, ses dents étincelantes, ses cheveux de laine. Un jour, il faudra bien que j'énumère pour elle la liste des cent cinquante patronymes d'aviateurs noirs américains parmi lesquels se cache peut-être le nom de son père légendaire.

Elle dit qu'il y a plein de manières d'être minoritaires. Bâtard peut-être, mais il y a aussi métis ou noir. Et elle pose la main sur ses cheveux de laine. Tout de suite, ça réveille Filasse qui n'aime rien tant que la pastorale.

— Full, lui aussi c'est un mouton noir. Mais s'il vient pas ici faire son coming out, on l'exfiltre.

Sturm acquiesce. Il n'aime pas quand l'un d'entre nous se défile. Je suis sûre qu'à un moment ou un autre il reviendra me titiller sur ma bâtardise mais pour l'instant il lâche l'affaire.

— Quand il était enfant à l'école, il portait les cheveux longs comme une fille et on se moquait de lui, dit Oscar. Il était très complexé parce que sa tignasse était frisée, alors il demandait à sa mère de les lui raidir au fer et elle le faisait.

— D'où tu tiens l'info ?

— En fait, j'aime bien reconsidérer nos enfances en fonction de nos pilosités, a dit Oscar.

Le groupe s'est esclaffé parce qu'Oscar est plutôt dégarni sur le dessus et qu'il compense en se laissant pousser des favoris comme dans les années 70. On peut mettre ça sur le compte de l'élégance décalée, sur le compte du souvenir ou de l'hommage. Peut-être que ces favoris sont une manière de rappeler les coupes à la mode du temps paternel, bien que pour Oscar, ce soit difficile d'être sûr, vu qu'il a dévisagé son père qu'une seule fois, et qu'il n'a pas trop voulu ou pu nous le décrire. Mais comme Oscar est un gars tranquille et calme, nos sarcasmes ne l'ont pas perturbé.

— Je crois qu'on peut classer nos rapports avec nos parents en fonction de la disposition de nos poils. Toi t'es le chauve (il a montré Fox), toi l'hirsute (il a pointé Gell), toi le barbu (il s'est tourné vers Sturm), et toi la frisée (il a désigné Macha).

— Et le berger à chèvres, tu l'as oublié ? a poursuivi Filasse, en levant l'index comme à l'école.

Et j'ai pensé qu'il n'avait qualifié ni Clarisse ni moi, peut-être qu'il attendait d'en savoir un peu plus sur nous, peut-être qu'il se doutait qu'on n'avait pas à notre disposition un récit aussi brisé que les autres. Bizarrement personne n'en a fait la remarque. Je me suis tournée vers Clarisse, elle avait le cheveu aussi blond que d'habitude et son visage était effaré et candide. Nos regards se sont croisés, je pouvais m'appuyer sur elle, sa naïveté était magnifique.

Oscar a dit que la mère de Full avait été coiffeuse, alors elle pratiquait le travail du poil.

— T'as l'air de connaître des trucs de son enfance, tu pourrais peut-être nous préparer le terrain avant son arrivée, a dit Sturm qui n'arrêtait pas de demander l'heure.

— On va pas se pencher sur son cas en son absence, si ? a dit Macha.

— En même temps, ça lui ferait les pieds. Et Gell a levé sa main pour checker mais personne n'a relevé.

On ne pouvait pas savoir si Full refusait l'épreuve ou s'il avait été retardé. Mais comme c'était pas un bavard on avait vraiment misé sur cette soirée, en particulier Macha, Sturm et Gell, qui étaient des rétifs patentés et qui s'étaient malgré tout pliés à notre règle. Ils avaient beaucoup de déception à évacuer. Gell a voulu savoir, en attendant le bonhomme, si on avait une idée de par où il participait à nos bâtardises, et Macha s'en est pris à nos méthodes, elle a dit qu'on n'avait pas à parler à sa place, c'était de la haute trahison, Full pourrait plus jamais nous faire confiance s'il découvrait qu'on avait essayé de défricher le terrain de sa vie en recoupant des bribes. C'est pas honnête, a dit Macha.

Et j'étais bien de son avis. J'aurais détesté que quelqu'un prenne la parole en mon nom et fasse comme s'il savait ce que j'avais en tête. Full, le taciturne, avait peut-être lui aussi des zones d'ombre. On devait le laisser élaborer son personnage comme il l'entendait, à sa manière et avec ses mots, on n'avait pas à le brusquer ou à le dessiner à sa place. J'ai donc pris le parti de Macha, j'ai défendu les métis et les pieds-noirs. La discussion s'est engagée sur le droit qu'on a à dévoiler la biographie d'un tiers, sur la connaissance qu'on a acquise de nos compagnons, sur les mots qu'on emploie pour dessiner leur portrait. Macha et moi on était résolument contre, elle sans doute parce qu'elle avait fait l'effort en personne et qu'elle voulait qu'on partage tous la même expérience, moi parce que je craignais par-dessus tout que quelqu'un me prenne en défaut et expose mes petites tares personnelles sans que j'aie pu rien retenir.

Il y avait les hésitants (Filasse, Gell, Fox et Sturm) et les résolus (Clarisse et Oscar). Je ne comprenais pas pourquoi Oscar tenait tellement à raconter Full et pourquoi Clarisse le soutenait. Je me suis même demandé si Full n'avait pas tout manigancé pour qu'Oscar fasse le boulot en son absence. Si ça se trouve, ça l'arrangeait de ne pas assister à sa propre vie, il déléguait, éternel touriste, déplacé notoire et existentiel. Mais après j'ai pensé que je faisais entrer le doute et c'était pas bon, alors j'ai mis cette hypothèse à distance de moi et j'ai essayé de comprendre le point de vue d'Oscar. On s'est lancés dans un débat philosophique à propos du discours indirect. Clarisse et Oscar y étaient favorables, ils ont dit qu'au moins ça permettrait de garder Full parmi nous, qu'on lui donnait un rôle dans le groupe, que sinon c'était une punition, et moi j'ai dit que parler à la place d'un absent, c'était la pire punition qu'on pouvait lui faire subir.

Fox a essayé un argument pour me convaincre. Le discours indirect, est-ce que c'est pas la base du roman ? il a demandé en s'adressant clairement à moi. Peut-être qu'il faisait allusion à mes petits débordements rapport aux bâtards, mes héros de roman. Et j'ai répondu que pas du tout, sans développer mon point de vue, parce qu'en fait je n'en avais pas, je n'en savais rien, on pouvait tout aussi bien imaginer des personnages de roman qui ne prenaient jamais la parole, ni en direct ni en indirect, des personnages physiques et actifs et pensants mais tout à fait sans voix.

Clarisse a voulu changer de sujet pour qu'on ne s'enfonce pas dans la discorde.

— C'était beau quand Oscar a écrit sur les murs de la maternité. Vous pensez pas qu'on devrait inventer d'autres phrases ? On en propose ?

Clarisse nous avait déroutés vers les actions à venir. Ça a fusé dans le groupe.

— La fin du monde n'aura pas lieu, a proposé Macha.

— Tous les murs n'ont pas d'oreilles, a crié Sturm. Et il a écouté pour voir si son cri rebondissait sur les vitres d'Oscar.

— Mange ta peur, a dit Gell.

— Qui sème la poussière récolte le désert, a dit Macha.

— Reprenez la parole.

— Apache un jour, Apache toujours.

— Qu'ont-ils fait de nos nids ?

— Ici passerelle invisible.

— Plus jamais seuls.
— Le néant recrute.
— On volera dans leurs plumes.
— Nous sommes partout.
— Souriez vous êtes fichés.
— Attention nous avons les bras longs.
— Avant l'autoroute y a eu des mammouths.
— Mieux vaut bâtard que jamais.
— Nos yeux vous gardent.

Et là, j'ai vu qu'on allait se gargariser de mots et que ça ne mènerait nulle part. Sturm m'a demandé d'écrire les slogans sur une feuille et qu'on allait les choisir. J'ai dit : « Il faudrait attendre Full pour voir ce qu'il proposerait, lui. » Et j'espérais bien obtenir gain de cause, à la fois pour les slogans et pour le discours indirect.

— Assez perdu de temps, a dit Gell.
— C'est un slogan ou une opinion ? a demandé Filasse.

J'ai proposé à nouveau qu'on attende le retour de Full mais Oscar a maintenu sa position, on devait faire entendre l'histoire de Full dans le groupe et l'y inscrire sinon on mettait Full de côté. J'ai dit que c'était lui qui se mettait de côté et Oscar a répondu que c'était pas une raison pour l'exclure, Full était déjà suffisamment marginal, Oscar connaissait bien le gaillard et il était prêt à en toucher quelques mots, il était convaincu que Full lui en saurait gré.

Fox a voulu mettre tout le monde d'accord en proposant qu'on commence un peu pour voir l'effet et qu'on avise. Rien de tel que l'expérience directe pour affiner nos positions, il a dit, et là on ne pouvait qu'approuver. Clarisse et les autres ont acquiescé, je n'avais plus qu'à me plier à la volonté générale.

Alors Oscar a raconté que le père de Full était un mec bien sapé, un beau gars, un joli cœur.

— Il a disparu de la circulation quand le môme avait quinze ans, a dit Oscar. Depuis, pfut, plus aucune nouvelle.

— Les pères absents sont toujours les plus beaux, a dit Macha avec un peu de fiel.

Moi, j'ai profité de son intervention pour essayer de revenir sur notre choix, parler de Full en son absence, ça ne me convenait pas. Je pensais que ce qui compte, c'est pas l'histoire, c'est le fait de la raconter. Si on supprime la nécessité de raconter devant témoins, on perd presque tout le sens de nos actes. Autant lire des livres ou monologuer à l'intérieur, j'ai dit, et je croyais vraiment à cette disposition générale, le locuteur parle à un auditeur, ça lui fait mal, ça le bouscule, il bégaye, il rougit et parfois il pleure mais à terme, ça lui met sa propre enfance à la distance requise pour ne plus en être aussi affecté. Sturm s'est énervé et il a dit qu'on avait opté pour une action de groupe, pas pour une psychanalyse, alors d'accord, on parlait chacun notre tour mais fallait arrêter de se prendre la tête parce qu'au final on n'avait pas que ça à foutre, on avait d'autres objectifs, on venait de prendre une décision, alors on la mettait à exécution, merde.

Macha s'est tournée vers Oscar et elle a expliqué qu'elle aurait pu parler à un seul sauf que le fait d'avoir le groupe en auditoire l'avait obligée à être un peu plus exigeante avec elle-même parce que le moment tournait à la cérémonie.

Elle a aussi avoué que des fois, ça donnait envie d'inventer les faits pour ne pas être totalement à découvert.

— C'est ce que t'as fait ? a demandé Sturm et il avait l'air déçu d'apprendre qu'on pouvait jouer avec l'authentique. Macha n'a pas voulu répondre, alors ça a fissuré un peu notre confiance réciproque, c'était pas de bon augure, on devait si possible redresser la barre si on ne voulait pas partir en dispersion. L'absence de Full nous mettait en difficulté, je lui en voulais de s'être esquivé, j'avais presque envie qu'on se venge.

— On veut sa voix ou son histoire ? a demandé Gell.

Clarisse a proposé qu'on écoute un peu Oscar, ça aurait le mérite de lancer une version, quitte à ce qu'ensuite elle puisse être contredite par le principal intéressé. C'était étonnant qu'elle fasse l'économie de la personne, du corps, de l'allure, elle qui accrochait toujours ses regards étonnés dans les yeux de ses interlocuteurs, je ne la comprenais pas. En même temps je ne voulais pas prendre le risque d'affronter Clarisse, la seule sans doute, avec moi, qui avait connu ses parents. Jusque-là, mes compagnons m'avaient fait crédit malgré la grande maison où je logeais et ma relative aisance. Ça pouvait basculer. Et au fond à quelle légitimité pouvais-je prétendre ? J'avais un vrai sens de l'écoute, certes. C'était beaucoup, ça adoucissait nos existences et ça mettait de l'huile dans les rouages de notre petite communauté, mais le manque n'avait pas pris pour moi la forme primitive et essentielle qu'il avait prise pour eux, un père ou une mère absents depuis le début, ou presque. Je ne leur ressemblais pas. Et Clarisse, elle non plus n'avait pas débuté incomplète. Ça ne l'empêchait pas de s'engouffrer tout entière et sans crainte dans la voix de l'autre, de vivre intensément ce qu'on lui confiait beaucoup plus que je ne pouvais me le permettre. Elle n'avait pas, du moins c'est ce que je supposais, ce grand creux qui s'ouvrait en moi, ce creux qui, tout en me rapprochant des autres, m'obligeait à me tenir à l'écart pour ne pas être envahie par leur histoire. J'avais encore besoin d'ériger un petit mur de pierre, mon talisman et ma protection. Je gardais pas mal de secrets. Alors que Clarisse, notre pâle et blonde, était plus directe, plus transparente, elle avait certainement moins à perdre. Tout ce que nos compagnons disaient la ravissait, la surprenait, elle était avide d'apprendre, elle n'avait aucune limite. Alors pourquoi ? pourquoi accepter qu'Oscar parle à la place de Full ? Pourquoi mettre en péril notre règle du jeu ?

Pendant que je ruminais mes questions, Oscar avait ôté ses lunettes. Il prenait son nouveau rôle très au sérieux. Il a promis de ne parler que des éléments qui rattachaient Full à notre groupe, il a dit que c'était pour nous une manière de ne pas expulser Full une troisième fois. Comme les autres ont pas eu l'air de saisir, il a rappelé que Full avait été expulsé d'Algérie avec sa famille quand il avait quatre ans et qu'il avait été jeté hors de son logement quelques mois auparavant.

— Il m'arrive de l'accueillir ici, dans mon atelier, a dit Oscar, c'est pour ça que j'ai appris par quel biais il s'attachait à nous. En fait, Full n'est pas au sens strict un bâtard. Et Oscar s'est tourné vers moi, pour me prouver en quelque sorte que je n'aurais pas dû désigner les membres du groupe avec ce mot si désobligeant, et faux.

— Pas plus que toi, a rappelé Macha. On a décidé d'ignorer le sens strict.

— Oui, c'est ça, lui et moi on a eu des pères mais ils se sont sauvés dès qu'ils ont pu. Moi j'avais à peu près deux ans et Full plutôt quinze. Les deux mecs se taillent, Full et moi, on s'en passe très bien.

— C'est ce qu'il t'a dit ?

— Il m'a raconté que son père avait fait deux tentatives pour le revoir. D'abord, il lui avait envoyé une carte postale quand Full avait quinze ans pour lui dire qu'il aimerait bien partir en vacances avec lui. Et ado, vous voyez le tableau, on n'a pas envie de partir avec un paternel qu'on connaît à peine, donc Full n'a pas répondu et son père s'est vexé ou quoi, bref à partir de ce moment-là il n'a plus eu de nouvelles. Encore aujourd'hui Full culpabilise, il dit que c'est lui qui a fait disparaître son père.

— Moi aussi, a dit Fox.

— C'est quand même aux parents d'aller chercher leurs enfants et pas le contraire, a dit Macha et elle paraissait sacrément bouleversée.

Et Fox a hoché la tête, peut-être que la Hongrie acquérait une frontière commune avec l'Algérie de Full, on commençait à se rapprocher les uns les autres à force d'être différents.

— Et ensuite ? Gell s'était pris au jeu, il voulait en savoir plus, l'absence de Full n'avait plus d'importance, il suivait la trace dessinée par Oscar et il se moquait de savoir comment le principal intéressé aurait raconté la même histoire.

— Quand Full a eu trente ans, voilà que le père remet ça. Cette fois, il passe par une émission de télé qui fait son beurre sur les retrouvailles familiales. Full reçoit le coup de fil d'un journaliste qui lui demande s'il accepte de faire une émission du genre *Perdu de vue* et Full refuse assez violemment et l'autre lui demande s'il peut quand même donner ses coordonnées au père et Full s'énerve parce qu'il sait bien que son père peut facilement avoir son adresse sans passer par des intermédiaires aussi relous. En fait, il m'a confié ce souvenir un jour où il était plus fatigué que d'habitude. Ça m'a frappé parce que c'est rare qu'il donne accès à son intimité. Il est arrivé en fin d'après-midi, je crois qu'il avait galéré pour trouver un gîte et il était un peu hagard. J'ai essayé de lui remonter le moral, on a écouté ensemble de la musique parce que je sais bien que c'est sa spécialité. Cette réapparition du père, c'était en plein milieu d'un travail musical qu'il était en train de réaliser, c'est ce qu'il m'a raconté, et ce truc l'avait foutu en l'air et lui avait fait tout foirer. L'écriture musicale, c'était son seul vrai pays, je me souviens qu'il avait dit ça, parce qu'il avait du mal avec les mots et la syntaxe. Il avait précisé que la découverte de la composition lui avait ouvert des perspectives fabuleuses parce que c'est une pratique qui te permet de revenir en arrière, tu peux gommer, tu peux reprendre, tu peux raturer, tu peux corriger. Et moi, je lui ai répondu, je m'en souviens très bien parce qu'on en a longuement discuté, que ce que j'aimais, moi, c'était les trucs éphémères, les architectures pauvres, les choses que le temps transforme très vite et qui ne laisseront pas du tout de traces. Alors il m'a dit qu'on avait sûrement tous les deux raison, et qu'on essayait comme on pouvait de régler notre problème avec le passé. Lui avait trouvé le moyen de ressasser alors que moi j'avais trouvé de quoi me soustraire. Et comme il parlait si peu, même avec moi, j'ai été soufflé par son sens de la synthèse.

On pensait à Full, on pensait à ses cheveux qu'il ne raidissait plus, à son allure de Gitan, d'Indien ou d'Arabe, au fait qu'il était partout un étranger. On ne se rappelait pas comment il s'était agrégé au groupe. Léger comme un grand échassier il s'était posé sans rien dire et c'était comme si, malgré sa réserve, il avait toujours été des nôtres.

— Il y a eu d'autres rendez-vous manqués avec son père, a dit Oscar.

— Tu veux vraiment pas attendre qu'il revienne ?

Je n'ai pas pu m'empêcher d'intervenir. Je n'arrivais pas à entendre l'histoire de Full racontée par un autre, j'avais l'impression qu'on posait sur lui une biographie qui n'était pas la sienne. Ça me renvoyait à ma télépathie maladive, peut-être qu'Oscar lui aussi utilisait ce pouvoir, peut-être que, comme moi, il était dépossédé et envahi. J'avais envie de le mettre dans la confidence, de lui exposer ma méthode du mur de pierre pour qu'il apprenne à résister à l'incursion de voix étrangères. Mais les membres du groupe se sont tournés vers Clarisse, comme si elle était la seule à pouvoir prendre une décision. Elle ne voulait pas entrer en conflit ouvert, ça se voyait, elle ne voulait pas fissurer notre unité. Elle a haussé les épaules. Elle a dit qu'elle ne pensait pas que Full allait venir. Les autres ont un peu tergiversé. Il y avait ceux qui croyaient que ce récit aurait au moins la vertu de créer une connivence pour l'avenir, d'autres qui pensaient que raconter l'histoire d'un absent n'avait pas de sens, surtout s'il devenait un absent définitif.

Sturm s'est tourné vers moi et j'ai vu tout de suite qu'il avait un mauvais sourire sur les lèvres.

— T'as qu'à parler à sa place, il a dit.

Un instant j'ai été paniquée, j'ai reniflé le piège. Avec son principe, Sturm excluait deux membres à la fois, Full dont l'histoire restait suspendue aux lèvres d'Oscar et moi qui allais refuser de prendre le relais, parce que je ne voulais pas faire le travail, non. Je n'avais rien à raconter, moi, je n'avais pas été fissurée par les erreurs de transmission et j'avais peur que mes filiations directes ne rompent les liens de confiance avec la troupe. J'ai protesté. Mais j'ai bien vu que plus je me défendais, plus ils insistaient pour m'entendre. Allez, Lily, qu'ils ont dit, on a aussi besoin de contre-exemples. Et ils ont ri. Ils savaient très bien que je ne pouvais pas prétendre à leur statut et pour une fois ils éprouvaient une sorte de fierté, comme si être toujours dépossédés leur avait donné de la force.

— Raconte, a dit Fox, on t'en voudra pas si t'es différente. Dans sa voix, je repérais un mélange d'attention douce et de ruse, ça ne me plaisait pas.

— Et si Full revient, ai-je tenté.

— Il sera toujours temps de lui redonner la parole.

À cette heure avancée, les lumières de trottoir s'étaient évanouies, la municipalité n'aimait pas dépenser pour éclairer l'asphalte. On entendait le vent et une pluie cinglante comme une lame taper à la vitre. Full ne viendrait sans doute plus. J'ai pensé à lui, à son visage mince, sérieux, ses cheveux frisés, sa peau mate, dans ce décor glacial, marchant à la recherche d'un lieu qu'il pourrait nommer sien. Full était un errant depuis qu'il avait dû, à un âge d'avant le souvenir, quitter l'Algérie. Il m'avait raconté qu'enfant, suite à une bêtise qu'il avait faite, une prof de son école lui avait dit qu'il n'avait qu'à retourner chez lui. Mais il ne savait pas trop où c'était chez lui. Aucun membre de sa famille, pas même sa grand-mère qui parlait le français et l'arabe, n'était retourné là-bas. Pourtant Full, dès qu'il pouvait, allait traîner du côté de la Méditerranée, Marseille, Nice et La Ciotat, il s'exposait au vent du large, il se sentait en terrain familier dès que la lumière l'éblouissait et ça l'aidait à poser les uns à côté des autres les souvenirs ténus qu'il gardait de son enfance algérienne : une rigole de sang dans le caniveau, une nuit passée sous les lits par peur des balles perdues, un jeu d'enfants dans la cour avec une famille voisine, quelqu'un qui le sépare de son copain arabe en lui interdisant de le revoir. Toute une vie effervescente remue par-dessous et soulève, par moments, le calme étale de Full.

— Alors, tu causes ? a demandé Sturm et il m'a obligée à lâcher Full et sa voix chantante chuchotant à l'intérieur de moi.

J'ai dit : « Oui. » J'ai dit : « S'il le faut. » J'ai réfléchi un peu sur ce que je pourrais et sur ce que je ne pourrais pas dire. Et puis j'ai pensé que le mieux était de commencer ma confidence par la négative.

J'ai dit : « Je ne suis pas une bâtarde. »

Le groupe s'est esclaffé, normal. On dit tous ça, forcément, c'est un mot qui ne sert qu'à l'insulte, forcément on ne peut pas se sentir heureux à l'intérieur de ce mot-là.

J'ai dit : « Je ne me défends pas, je constate. Bâtard n'est pas seulement une insulte, c'est le mot que j'ai envie de garder et de réserver pour nous tous, une sorte de base commune. Toute la littérature est née de là. »

— Ouais, on aimerait bien être des personnages littéraires, a dit Macha, mais c'est dans un avenir lointain. Pour l'instant on se débat contre l'injustice, et l'injure en fait partie.

— On rétablit notre honneur, a dit Sturm.

— On se donne de la beauté, a dit Macha.

— On se déculpabilise, a dit Fox.

— On redéfinit nos familles, a dit Scar.

— On relativise, a dit Filasse.

— On écarte des obstacles, a dit Gell.

Clarisse n'a rien dit.

J'étais fière de participer à cette revendication générale, la souffrance initiale de mes amis s'inversait en puissance, le bâtard décuple les forces, les siennes et celles des autres, il a le pouvoir de ne pas s'avouer vaincu.

— On ne se résignera pas à la destruction de la passerelle, a dit Sturm.

Sa phrase nous déplaçait hors du cadre des confidences. Sturm avait en lui l'impatience de l'action, il voulait traiter le problème en vandalisant les projets municipaux, il était contre la loi par principe. J'ai profité de sa diversion pour me situer dans son sillage, et cela contre mon habitude et contre les règles qu'on s'était fixées, j'ai essayé de dériver sur les actions qu'on pourrait mener dans notre quartier, sur nos relations fluctuantes avec les autorités. Mais ils ne se sont pas laissé prendre au jeu, ils sont vigilants et droits et admirables.

— D'abord tu causes, a dit Macha. Et pas à la place de l'Indien, d'accord ? T'es pas une Indienne et on le sait.

Et sa voix était sèche, directe, aussi sèche et directe que si elle ordonnait.

— Et si Full revenait ?

— On retourne pas aux conjectures. Tu plonges.

Macha était convaincue.

Je me suis quand même interrogée sur ce verbe un peu ambigu, le même que celui qu'elle avait employé pour décrire son addiction à la drogue. À croire que Macha voulait que je m'asphyxie et que je coule, en tout cas elle avait en tête une immersion complète tête comprise. Je me suis dit que cet impératif montrait au moins qu'elle avait tiré un bénéfice de son entrée en parole, qu'elle ne regrettait pas l'autre nuit chez Clarisse.

J'ai répété avec variation minime : « Malheureusement je ne suis pas une bâtarde. »

Le groupe s'est esclaffé.

— Va du côté de tes origines, a dit Gell, et on décidera comment te nommer.

Il a ri et j'ai vu ses dents manquantes, dans un visage ce qui manque prend beaucoup plus de place et fait beaucoup plus d'effet que ce qui reste.

Alors j'ai essayé de commencer par les pays, je me suis dit

que les pays feraient le lien entre Full et moi, je me suis dit que j'avais une histoire avec les pays.

« Ma transmission n'a pas vraiment posé question, j'ai dit, ce qui a fait problème et ce qui a été rompu, c'est la langue. Je ressemble beaucoup à mon père mais je ne parle pas la même langue que lui. »

Et en même temps que je parlais, je repensais à la ressemblance des enfants au père, au museau, aux yeux et au crâne de Fox, à ce qu'il porte sur son visage sans le savoir, à ce que son visage expose de ses origines sans qu'il puisse en tirer une quelconque connaissance. Peut-être que certains enfants essayent de forcer le trait, peut-être qu'ils mettent leur tête au vent et aux intempéries dans l'espoir que le hasard dessinera sur leur visage les traits mêmes de leur père comme sur une colline de sable. Peut-être que Fox, chambre 22 ou ailleurs, a exposé sa figure à l'air libre afin que l'air libre y grave la physionomie du père inconnu. Peut-être que porter ce visage-là, qui n'est pas le sien, est une fierté et une douleur et un poids, une sorte d'ironie fatale, le père ayant travaillé le corps de son fils jusqu'à le rendre semblable au sien même si personne ne peut en témoigner. Une ressemblance sans preuves, voilà à quoi Fox ou Oscar ou Macha en sont réduits. Le corps de l'autre s'invite en eux et ils n'ont aucun moyen de le vérifier. Moi, ça n'est pas mon cas. Je porte le corps de mes ancêtres sur moi, je peux aller le confirmer par comparaison directe avec le corps du père. Sauf que je n'ai pas souhaité aborder ce sujet, qui allait me distinguer de Fox, de Gell, et des autres, j'ai préféré rester sur la langue, sur cette fissure par laquelle tu entres dans la vie et dont tu ne mesures pas, ou tardivement, en quoi elle te concerne.

« Je ressemble à mon père par le visage mais pas par l'environnement. Je l'ai découvert un jour que je suis allée chez les Allemands. »

— Qu'est-ce que t'es allée trafiquer dans cette zone ? a demandé Sturm qui trouvait qu'on avait suffisamment de travail à accomplir localement et qui voyait pas l'intérêt de s'extraire de nos mailles.

— L'un de mes livres a été traduit dans cette langue, alors ils ont voulu voir la gueule de l'héritière.

Je croyais que les autres seraient sensibles à l'autodérision, en fait il a fallu que j'explicite.

— Je suis de votre côté, j'ai dit. J'ai tout à gagner à rester parmi vous, j'ai dit. Je préconise l'usage généralisé et l'aveu généralisé de la bâtardise comme mode d'action, j'ai dit. C'est pas de ma faute si mon père m'a reconnue à la naissance et si ses traits, en intégral, le prouvent.

— T'excuse pas, a dit Clarisse. On savait bien que t'avais d'autres raisons de festoyer avec nous.

Je me suis demandé à quelles autres raisons Clarisse faisait allusion et aussi quelles étaient les siennes mais plutôt que de relancer une confrontation, j'ai préféré qu'on marche de conserve direction la grande Allemagne, une alternative comme une autre à l'Algérie de Full.

« J'avais écrit dans un de mes livres que mes ancêtres venaient d'une ville allemande et j'avais commis l'erreur de nommer cette ville, le métier de mon arrière-grand-père, le nombre de ses enfants, toutes infos glanées auprès de mon père et réactivées par une photographie qu'il m'avait cédée et sur laquelle on voyait sa famille maternelle poser devant la vitrine d'un magasin comme faisaient souvent les commerçants de l'Europe d'avant-guerre. Beaucoup d'erreurs pour un seul livre, beaucoup de confessions, d'autofiction, beaucoup de détails vrais. À proscrire. C'est que mon père parlait peu. Plutôt, que je lui posais peu de questions. Plutôt, que je n'avais pas vraiment envie de savoir. »

— Tu vois bien, savoir est pas utile, dit Macha.

— Oui, enfin non, enfin ça dépend.

Je n'arrivais pas à me distinguer de mes amis, plus exactement je n'arrivais pas à leur faire comprendre pourquoi ils m'étaient à ce point indispensables. Et je voulais leur expliquer mes manques même si ça pouvait leur paraître obscène, à eux qui avaient manqué de tout, d'utiliser ce mot pour désigner quelque chose de beaucoup plus petit et insignifiant. L'échelle de l'insignifiance, ça se discute, c'est fonction de ce qu'on ressent, pas de la réalité objective du manque.

« Y a pas de savoir objectif. »

Sturm a acquiescé à ma proposition et si j'avais son assentiment j'aurais celui des autres parce que Sturm est vraiment un dur à cuire.

Après, comprendre pourquoi j'avais besoin qu'ils acquiescent, c'était une autre histoire qu'on n'avait pas le temps de raconter. On devait aller au but. On était pressés. On avait à s'expliquer le monde maintenant, avant que tout soit aplani et reconstruit, avant que tout soit entièrement neuf. Il fallait trouver un moyen de garder le vieux monde en nous tout en s'extrayant de la nostalgie et on savait bien que c'était pas facile. Apparemment, rien à voir avec nos conversations mais en fait, si. En fait, on se repassait le film en boucle et en cinéma permanent, on pointait les scènes mal jouées et celles qui faisaient défaut. On disait, tiens, le père a fait une apparition mais il était pas convaincant, ou on disait, tiens, il manque la scène où la mère reconnaît son enfant, ou on disait, tiens, où est passé le repas de famille avec tous les frères et sœurs autour de la table qui se disputent pour savoir qui héritera de la maison ? On imaginait des super-huit avec des oncles qui sourient, des mariages, des anniversaires. Curieusement, malgré la piètre qualité de ce genre de film, on regrettait que les principaux événements de nos vies n'aient pas été impressionnés par des amateurs sur de la pellicule.

Voilà ce qui circulait dans ma tête pendant que je me préparais à prendre la parole en mon nom. Je voulais raconter quelque chose pour eux, pour m'expliquer et leur expliquer ce que je faisais là, mais la première chose qui m'est venue à l'esprit, c'était pas exactement des souvenirs d'enfant. C'était mon voyage très récent en Allemagne. J'en revenais juste. J'y étais allée trois fois de suite et trois fois de suite ça n'avait pas marché. Je veux dire, j'avais été bouleversée par ce voyage et je ne voulais pas le reconnaître. La colère était montée en moi et je n'avais pas voulu le reconnaître. L'émotion m'avait submergée et je n'avais pas voulu le reconnaître. Alors je pouvais bien faire l'effort, pour mes amis et parce qu'ils essayaient eux aussi de toutes leurs forces de parler, je pouvais bien faire l'effort de leur expliquer pourquoi. J'ai dit : « Voilà. » J'ai dit : « Ça s'est passé en Allemagne. » J'ai dit : « En Allemagne ils parlent l'allemand. »

Le groupe s'est esclaffé.

— T'enfonces des portes ouvertes.

— Oui. Il faut en passer par le constat, j'ai dit. Le constat est le meilleur moyen de ne pas me tromper. En Allemagne ils parlent l'allemand et ils disent des choses, des choses que je ne comprends pas.

— Parce que tu ne parles pas l'allemand, normal. C'est pas un drame.

— J'ai pas dit que c'était un drame. J'ai dit que je ne comprenais pas. Et que j'entendais quand même et que ça me mettait dans une rage folle qui n'était pas la rage de ne pas comprendre.

— J'entrave pas ton charabia, a dit Macha. Elle s'impatientait parce que je piétinais dans mes phrases.

— Je ne devrais pas comprendre l'allemand, ai-je dit.

— Soit.

— Je ne devrais pas entendre l'allemand.

— Soit.

— Mais malgré tout, les mots et les phrases et les sons sortis des bouches allemandes m'ont mise dans une colère noire.

— Ah.

J'ai dit : « Ça a commencé avec les chemins de fer. Ils m'ont invitée dans plusieurs villes d'Allemagne et j'ai dû prendre le train. J'ai regardé ma feuille de route, et là j'ai constaté que mes trajets étaient truffés de correspondances, qu'il n'y avait quasi aucun trajet direct. »

— Ils ont sans doute pas pu faire autrement. Quel est le problème ? Macha ne voyait pas du tout où je voulais en venir avec le réseau ferroviaire allemand.

— Je leur ai d'abord écrit un mail pour me plaindre et pour exiger qu'ils me proposent des horaires et des circulations plus adaptés.

— Adaptés à quoi ? a demandé Sturm en riant et, au lieu de le rabrouer, j'ai précisé.

— Qu'ils prennent en compte mon inquiétude, qu'ils en soient conscients.

— C'est quoi, cette inquiétude ? T'as peur de rater les correspondances ?

— Oui. Je ne supporte pas d'être en retard ou d'être prise en défaut, je suis réglo, vous le savez.

— Ton côté organisé. Un trait de ton caractère que les Allemands auraient dû apprécier, a dit Filasse et il nous a fait un clin d'œil pour signifier qu'il assumait le cliché et qu'il voulait, comme à son habitude, détendre l'atmosphère.

Ça n'a rien détendu du tout. Ça ne me détend pas qu'on me dise que j'ai un côté allemand, ni qu'on s'adresse à moi en allemand quand je suis dans n'importe quel pays étranger, ni qu'on s'étonne que je ne puisse pas répondre dans la même langue.

— Et alors ?

Clarisse a relancé mon récit, qui s'enlisait déjà dans la répétition et le ressassement.

— Alors, rien. Ils ont répondu qu'il n'y avait pas, comme en France, des lignes à grande vitesse et qu'il n'y avait pas d'autre moyen que de prendre des trains qui s'arrêtent dans toutes les gares avec de multiples changements. Mais que je me rassure : la ponctualité et l'efficacité allemandes se vérifiaient ici comme dans d'autres domaines. Les trains arrivaient en général à bonne destination et à l'heure dite.

— Ça t'a rassurée ?

— Tu parles. Au contraire. Les Allemands qui vantent leur efficacité et les trains qui arrivent à destination, c'est plutôt angoissant.

— Je comprends pas, a dit Fox.

— T'es juif hongrois, oui ou non ? j'ai dit avec une agressivité assez démesurée. Parce que si tu pouvais remonter un peu en arrière, tu saurais que grâce à la bonne organisation du service ferroviaire allemand, des millions de Juifs ont été déportés.

Fox est resté coi. Il a caressé son museau et son crâne machinalement mais il n'a rien osé répondre.

— T'aurais préféré que les Allemands te rassurent en expliquant que leurs trains ne marchent pas ? a demandé Macha. Je ne la sentais pas trop bien intentionnée à mon endroit, peut-être une petite paranoïa de ma part.

— Oui, ai-je répondu avec une évidente mauvaise foi.

— Bon, alors tu fais quoi avec les propositions allemandes ?

— Je finis par accepter les trois correspondances et les changements de quais, parce que j'ai pas trop le choix. Je prends les trains, et je constate que l'organisation allemande laisse à désirer, les arrêts ne sont pas tous indiqués sur les panneaux, les retards monnaie courante, je suis obligée de demander mon chemin dans toutes les langues et de courir à toute vitesse d'un quai à l'autre pour ne pas rater mes correspondances. Le pire serait de se retrouver coincée dans une de ces petites gares de rase campagne où il n'y a ni indicateur, ni chef, ni guichet, juste un automate bleu qui crache, quand on sait exactement ce qu'on veut de lui, un billet rédigé dans la langue barbare. Pendant toute la durée du voyage, le pire est certain. Je scrute ma montre incessamment, je vérifie comme je peux le nom des stations, j'essaye de saisir, en vain, les propos diffusés par haut-parleur, je demande des informations aux autres passagers dans un anglais que l'anxiété rend presque fluide, je change de wagon quand je crois comprendre que seules les deux premières voitures prendront la direction voulue, je tremble.

— Bref, t'as plutôt envie d'arriver à destination, tente Filasse. T'es plutôt favorable à la bonne organisation du trafic ferroviaire en dépit des conséquences catastrophiques que cela a pu avoir au siècle dernier.

Je n'aurais pas dû accepter la proposition de Sturm. Je vois bien que le groupe est hermétique à mes pathologies, sans doute parce qu'elles sont ridicules au regard des problèmes effectifs qu'ils ont rencontrés, eux, dans l'existence. Et aussi sans doute parce qu'ils m'en veulent de remonter ainsi vers mes ascendants, eux qui n'en ont pas. Peut-être qu'ils aimeraient bien revendiquer une origine ancienne et qu'ils m'envient d'exposer ainsi les tares qu'on m'a léguées. Je me dis que je ne vais pas m'arrêter en chemin, même si à la fin ils m'éjectent.

« À force de me démener et d'interroger avec les mains

et dans des langues d'origine saxonne l'ensemble des passagers, je finis par comprendre où je dois descendre, et comment trouver ma gare d'arrivée. Et après quatre heures de voyage et trois correspondances, je saute dans le dernier train, attrapé in extremis sur le quai n° 3. Je m'assois dans un compartiment où les passagers mangent de la charcuterie, j'essaye de ne pas me fixer sur la nourriture allemande, j'essaye de m'extraire de la caricature. Je commence à souffler un peu, je crois que je suis sauvée. Et là, un type en uniforme ouvre la porte et exige les billets. Au début je suis confiante, le billet, je l'ai pris, il est dans mon sac. Mais après une petite recherche un peu désinvolte, je suis moins sûre. Impossible de retrouver mon billet. Je fouille partout, je serais prête à me déshabiller si ça devenait le seul moyen de mettre la main sur ce foutu billet. Les autres passagers me regardent comme si j'étais déjà coupable. Ils considèrent mes réactions comme exotiques et latines, une fille du Sud qui se donne en spectacle sur une scène où les spectateurs ont gardé le sens de la mesure. Finalement j'extrais de la poche arrière de mon pantalon un papier tout froissé. Je l'ai tellement trituré pendant le voyage qu'il est devenu illisible. Le contrôleur prend un air professionnel, il fronce les sourcils, il me demande une pièce d'identité. Là, c'en est trop. J'explose. Je dis, on ne demande pas sa pièce d'identité, dans un train allemand, à une Française d'ascendance juive, on prend des précautions. Le type est estomaqué. Les passagers de plus en plus réprobateurs. Une discussion s'ensuit entre eux, je n'y comprends rien. Je frôle l'amende et l'arrestation. Finalement, je suis tellement hors de moi-même que le contrôleur préfère changer de wagon. Il renonce à me verbaliser et j'atteins, en vrac, mon terminus. »

— Tu vois, finalement tout se passe bien.

— Je suis arrivée en sueur, exténuée. J'ai cherché le monsieur qui devait venir à ma rencontre, je ne l'ai pas trouvé. J'ai maudit ce voyage, pourquoi avais-je accepté de venir en terre ennemie avec tous ces Allemands calmes, propres, au tempérament mesuré qui me regardaient comme une dingue ? Je suis allée sur le parvis, j'ai cherché des yeux quelqu'un qui aurait une pancarte avec mon nom, il n'y avait personne avec une pancarte et personne avec mon nom. Je me suis dit que c'était couru d'avance, que j'allais me retrouver seule en Allemagne, que personne jamais ne viendrait me chercher, comment avais-je pu imaginer une seule seconde qu'un Allemand s'intéresserait à mon sort, et serait là pour me réceptionner à l'heure dite ?

— Et pourquoi pas, a essayé Filasse, mais il a bien vu que j'étais emportée et qu'il valait mieux me laisser dérouler le fil.

— J'ai fulminé contre les Allemands et leur soi-disant sens de l'ordre, les Allemands devaient venir me chercher et il n'y avait personne.

— Tu t'es retrouvée seule, un peu comme nous sauf que nous, on n'avait pas l'âge de se débrouiller.

Sturm était bizarrement doux quand il a essayé de me calmer.

— Et alors finalement y a un homme avec un drôle d'uniforme, de liftier, d'employé ferroviaire ou de chauffeur, qui s'est approché de moi et m'a chuchoté mon propre nom à l'oreille, comme si on se transmettait un mot de passe, mon nom en allemand. Je me suis dit qu'il voulait m'emmener à l'Est, qu'on allait m'échanger contre un espion russe, que je participais à une opération ultrasecrète et que personne n'avait pris la peine de m'en informer. Que faire ? Comme je ne réagissais pas à sa proposition, incertaine de l'attitude la plus appropriée, il a dit quelque chose que je n'ai pas compris au sens strict mais qui m'a bouleversée.

— Qu'est-ce qu'il a dit ?

— Il a dit quelque chose que je ne peux pas répéter parce que je ne parle pas l'allemand mais dont j'ai compris l'intention et l'intention était que je monte dans sa voiture et que je quitte le hall de la gare. Et comme je restais là sans bouger, il a un peu insisté, il a redit mon nom avec un accent typiquement local qui me transformait direct en femme allemande, et j'ai encore un peu résisté. Voyant que je ne réagissais toujours pas, il a été plus clair, je l'ai bien vu au ton qu'il employait. Il m'a dit un truc comme *Raus* ou comme *Schnell*, et il m'a même doucement poussée en avant. Vous imaginez le drame ?

— Pas vraiment, a dit Oscar.

Et moi, hors de mes gonds rien qu'à repenser à la scène, j'ai dit un peu trop fort pour la circonstance, comme si un bataillon allemand me tenait en joue, j'ai dit : « Il m'a donné un ordre. En allemand. »

— Et alors ?

— D'une part j'ai failli rebrousser chemin, je n'aime pas recevoir des ordres et encore moins quand ils sortent de la bouche d'un Allemand en uniforme.

— T'allais quand même pas te remanger en sens inverse les trois correspondances et les complications ferroviaires.

— Et d'autre part? a demandé Clarisse, qui ne perdait pas le fil de cette aventure germanique.

— J'ai fondu en larmes.

— Je te crois pas, a dit Sturm.

— Je te jure. J'ai fondu en larmes et je ne savais pas pourquoi.

— Et après?

— Après c'était pire.

Le groupe s'est esclaffé.

— C'est sûr. Si t'es invitée en Allemagne et que quelqu'un en livrée vient te chercher et te fait monter dans sa voiture, ça frise la catastrophe.

— C'est ça, j'ai dit, et j'avais pas compris l'ironie dans la phrase de Fox. Ils m'ont dit qu'ils allaient me faire visiter la ville.

— Ils, c'est qui?

— Les deux hommes qui m'avaient invitée, un blond, jeune, souriant, délicat, qui parlait un joli français accentué, et l'autre, un type un peu négligé, au visage carré et aux cheveux mi-longs. Ils étaient tous les deux devant la voiture et ils m'ont dit que la ville n'aurait plus de secret pour moi. Je me demandais ce qu'ils avaient manigancé, pourquoi ils avaient l'air si contents de la virée qu'on allait faire. J'aurais préféré qu'on ne s'éternise pas à visiter et qu'ils me déposent à l'hôtel.

— Ils voulaient seulement que t'apprécies leur cadre de vie, a dit Filasse, joli centre-ville, petite rivière, maisons anciennes, ils voulaient te faire oublier nos barres d'immeuble et nos parkings autoroutiers.

— Ouais, mais l'hôtel qu'ils m'avaient choisi était pas propice. Situé dans un quartier d'affaires uniquement composé de sièges de banques à une demi-heure de la ville, il était adossé à une dix-voies. Une fois déposé là, tu pouvais juste t'asseoir devant la fenêtre et regarder passer les voitures en espérant que le buffet qui t'attendait au rez-de-chaussée serait pas uniquement composé de salade sous vide et de bacon industriel.

— Pauvre fille, va. On te plaint d'être reçue tous frais payés pour une petite visite touristique, a dit Sturm.

— Ta vie est un horrible enfer, a renchéri Macha.

— Peut-être que t'aurais préféré être abandonnée à la naissance, ça aurait été moins lourd à porter, a ajouté Fox.

Là, j'ai senti que mes amis risquaient de me lâcher en rase campagne.

— Pourquoi tu nous racontes tout ça ? Oscar ne semblait pas très compréhensif, lui non plus.

— Jamais j'aurais imaginé que je supporterais aussi mal l'Allemagne, j'ai dit. Et encore, j'ai dû attendre toute la journée pour découvrir le lieu où on m'avait pris une chambre, sinon, sûr, j'aurais repris le train en sens inverse. Mais je ne savais pas, alors j'ai suivi les ordres. Une fois installé sur le siège arrière de la voiture, le blond me fait le topo de notre circuit, on allait parcourir les principaux quartiers historiques, ceux qui n'avaient pas été détruits. J'avais encore l'arrière-goût de l'impératif, du *Raus* ou du *Schnell*, j'avais encore en tête les ordres allemands, j'aurais pas imaginé que des ordres allemands, des ordres qui n'avaient rien d'agressif et auxquels je n'avais jamais été confrontée avant, pouvaient me faire un effet aussi négatif.

Les autres se sont marrés.

— C'est que toi, tu as ta longue généalogie en ligne de mire.

— Pas au-delà de trois générations, je peux pas remonter plus loin, j'ai dit.

— C'est déjà trop, a dit Fox. Pour l'Europe centrale, trois générations, ça fait remonter à l'abominable.

— Tu y penses, toi, je lui ai demandé, tu y penses, aux Juifs hongrois dont ton père a dû descendre ? J'essayais de mettre un peu de gentillesse dans ma question pour compenser mes excès précédents.

— Pas très souvent, a dit Fox. J'ai senti que cette phrase relevait de la litote et donc de l'aveu.

J'ai pas voulu m'arrêter en chemin et revenir sur les origines dévoyées de Fox, on en avait déjà parlé, et je voulais être suffisamment avancée pour ne pas être interrompue au cas où Full referait surface. Derrière la vitre la pluie s'était remise à claquer dru. Et la nuit, comme toutes les nuits après vingt-trois heures trente, était profonde. La municipalité avait renoncé à illuminer la dalle sous prétexte que personne ne s'y promenait plus. Mais bien sûr, on aurait pu inverser les causes et les effets et émettre l'idée que si on voulait que les gens se promènent il fallait leur offrir un lieu adéquat et agréablement éclairé. Les lumières placées sur des mâts très élevés étaient réservées aux grandes enseignes, au stade, à l'usine de retraitement, à l'hôpital central, aux principaux accès routiers et à l'entrée monumentale de quelques-unes des grandes entreprises dont le siège entièrement vitré reflétait la pollution ambiante. Par mesure de rétorsion, Filasse, une nuit, avait échangé les ampoules de ces éclairages soi-disant publics par des centaines de gyrophares bleus. Il avait réussi à les allumer pendant plusieurs heures, produisant un petit affolement chez les scrutateurs qui, sur le fond éternellement gris de leurs écrans, n'avaient pas su repérer son corps fin et léger hissé sur les plus hauts mâts de la ville.

« J'étais entre les deux hommes, j'ai dit, et je me sentais comme une délinquante qu'on emmenait au poste alors que leur idée était de me faire visiter la ville, de me présenter ce lieu où mes ancêtres avaient vécu et que je découvrais pour la première fois. En plus ils avaient l'air contents, ils étaient satisfaits de faire plaisir à une descendante de Juifs allemands dont les biens avaient été spoliés et dont la vie avait été mise par terre et dont les enfants avaient été tués. »

— Parce que toi, tu sais où sont nés tes ancêtres ? Quelle veinarde. Et il y avait de la rancœur dans la voix de Macha.

— L'un des hommes avait fait agrandir la photo de ma famille devant le magasin et quand on s'est arrêtés dans un café qui surplombait la rivière, il s'est assis en face de moi et il me l'a montrée. La photo, je l'ai agrandie pour qu'on voie mieux, il a dit, et là encore il croyait me faire plaisir. J'ai vu, mieux, la tête de mes arrière-grands-parents et de leurs enfants, alignés devant la vitrine, sérieux et stricts, avec parmi eux ma grand-mère, l'aînée, que je ne reconnaissais pas vraiment mais c'était elle. Et ça ne m'a pas fait plaisir.

Je me suis même dit qu'il exagérait, à vouloir à tout prix fourrer mon nez et le sien dans ma famille, je me suis même dit que je n'avais pas envie qu'un Allemand décide à ma place à quel moment je devais m'absorber dans l'histoire familiale, décidément je ne supportais pas qu'un Allemand exerce son autorité en me présentant ce qu'il estimait être bon pour moi. C'est quand même le comble, j'ai pensé. C'est quand même le comble de m'obliger à regarder cette photographie que je n'ai pas envie de regarder et de m'obliger à parler de ma famille et de m'obliger à ressasser des événements qui ont soixante-dix et cent ans d'âge. Pour me faire plaisir.

Les autres ont sans doute senti que j'étais sous le choc parce qu'ils n'ont pas osé répliquer.

— Mais tout cela, je l'ai gardé pour moi, je voulais être polie. Je voulais m'entendre correctement avec les Allemands, je savais bien que ceux que j'avais en face de moi n'étaient en rien responsables, alors je me raisonnais, ils n'y sont pour rien, c'est ce que je me disais. En même temps ils étaient si contents, ce n'est pas possible, est-ce que j'ai envie que des Allemands soient aussi contents que ça simplement parce qu'ils ont agrandi une photographie de Juifs allemands, est-ce que ça suffit à se dédouaner du reste, est-ce qu'ils vont s'en tirer comme ça ? Alors gentiment, j'ai montré du doigt ma grand-mère et ma grand-tante et j'ai redit ce que je savais et j'ai constaté que je savais très peu de choses. Le jeune homme blond a ajouté des éléments, il s'était plongé dans les archives de la ville et il pouvait m'en dire un peu plus et je pouvais aussi aller voir sur tel site et écouter le témoignage de tel survivant et aussi l'entretien que ma grand-tante avait accordé devant caméra à la fondation Spielberg, etc., etc. Là, je l'ai regardé. Là, je me suis tournée vers lui. J'ai dit, je suis touchée de votre sollicitude, mais je n'ai pas besoin d'avoir les détails. C'est ce que j'ai dit. Il m'a regardée et il n'a pas compris, ou plutôt si, il a compris les mots mais il n'a pas compris l'esprit. La lettre oui, pas l'esprit. L'esprit lui a échappé. Il en était resté aux enquêtes, aux recherches, à la constitution de tout un dossier autour de la destruction des Juifs d'Europe dans sa bonne ville, et il voulait participer, il était bien intentionné, il voulait m'aider. Il voulait me faire profiter de ce qu'il avait appris. Et moi j'ai dit, je ne veux pas profiter. Désolée. Je n'ai pas envie qu'on m'aide à connaître la vie de mes ancêtres, ni à chercher sur eux autre chose que ce qui est déjà raconté dans mes livres.

— Tu lui as dit ça ? Macha avait l'air de m'admirer. J'allais donc la décevoir.

— La politesse m'a retenue. Je n'ai pas eu le courage d'être absolument sincère.

— Qu'est-ce que tu veux nous montrer ? a demandé Sturm.

— Rien. Je vous raconte.

— Moi, j'aurais bien aimé retrouver les traces de mon père, a dit Fox.

— Ben, tu pouvais le faire et tu l'as pas fait.

Fox a eu un petit geste nerveux, il a passé sa main sur son long museau.

— T'as raison, il a dit. J'ai pas fait le nécessaire.

— On veut toujours un peu ce qu'on n'a pas, sinon on pourrait pas se projeter en avant, a dit Clarisse pour montrer sans doute que sa blondeur n'était pas un obstacle à notre amitié.

Et dans l'atelier d'Oscar, un rez-de-chaussée qui était aussi sombre qu'un sous-sol et où on s'était entassés pour écouter l'histoire de Full, une lampe avec un long bras étiré nous éclairait par au-dessus et nous donnait des airs de conspirateurs, ce qu'on était un peu quand même, oui, on était des conspirateurs.

« Le jeune homme blond est resté souriant et il a continué à me parler de ma famille mais il avait perdu en assurance, il n'osait pas donner toutes les informations qu'il avait réunies, il m'expliquait qu'il s'était renseigné auprès de la municipalité, il avait trouvé le nom et l'adresse, c'était formidable, après tout ce temps, de pouvoir situer exactement le lieu où avaient vécu mes arrière-grands-parents, vous ne trouvez pas ? Je suis restée de marbre. Je suis restée comme une des statues qui ornent les places, une statue majestueuse, une statue royale, une statue équestre, j'ai joué le rôle de la statue équestre sur la principale place du centre-ville en face de la mairie, là où les touristes photographient les dernières vieilles maisons, celles qui ont résisté aux bombardements alliés et qui se sont maintenues tant bien que mal à travers les siècles. Parce que dans cette ville, qui est la ville de mes ancêtres, j'ai dit à mes compagnons, dans cette ville ils ont gardé un centre ancien, quelques maisons du Moyen Âge ou prétendu tel avec des colombages et des toits pointus comme si on y était. Et face à ces dernières maisons, dont j'ai appris ensuite que c'étaient des maisons neuves maquillées en maisons anciennes, devant ces fausses vieilles maisons où les touristes s'agglutinent pour photographier parce que les maisons anciennes sont rares en Allemagne, surtout dans cette ville qui a été entièrement bombardée et détruite, il y a une statue équestre. »

Sans raison, nous avons tous pris la posture. Sans raison, nous avons tous été un instant des statues équestres à la gloire d'un roi oublié. C'était plaisant et ça nous réunissait et on était tous très équestres brusquement alors qu'on n'était jamais montés sur aucun cheval. Avec tous mes amis cavaliers autour de moi, prêts à lancer leurs chevaux à l'assaut de n'importe quelle ville d'Allemagne, je me sentais bien entourée, je me divertissais, je prenais ma revanche. Les villes, c'était notre domaine. Nous étions des spécialistes des villes, nous avions le sens des rues et des tours et des dalles et des passages piétons surplombant les routes. Nous avions des stratégies pour qu'ils ne rasent pas nos immeubles, nous étions attachés aux constructions relativement récentes qu'ils voulaient réduire à néant. Nous nous imaginions en train de parcourir d'un pas soldatesque et cadencé les avenues qui ne sont plus guère faites pour les animaux de trait, nous étions les derniers gardes républicains en costume et en uniforme. Nous avions en tête cette femme indienne dont j'avais raconté l'histoire lors de notre échappée en canoë, une femme capable de traverser toute une chaîne de montagnes pour aller chercher, à cheval, ses enfants. Ça nous confortait dans notre croyance en la fidélité des montures animales, qui acceptent de nous porter et de nous mener en avant.

« Le jeune homme blond était de plus en plus affable, l'autre s'était endormi et ronflait tranquillement sur le siège en face de moi. Je pouvais voir sa bouche ouverte, il n'était pas très investi, à la différence de mon interlocuteur principal qui a sorti une liasse de vieux papiers de sa serviette en cuir. »

— T'allais avoir les preuves !

— T'allais être reconnue.

— T'allais retourner dans ton pays d'origine.

— T'allais vivre une seconde naissance.

— Je lui ai dit, *Nicht*, c'est pas comme ça qu'on dit *non* mais ça fait rien, c'était quand même suffisamment négatif pour qu'il comprenne. J'ai enfoui les papiers dans une des poches vides de mon sac, une poche inutile, une poche où je n'avais rien à récupérer de spécial. Je n'ai donc pas eu besoin d'ouvrir cette poche le soir dans mon hôtel périphérique, elle est restée hermétiquement fermée. Je me suis couchée en ressassant les événements de la journée et quand je suis partie, le lendemain, j'ai défait la lanière qui tenait comprimée la grosse liasse de papiers qu'il m'avait offerte et j'ai tout jeté dans une poubelle recyclable parce que je suis respectueuse de l'environnement.

— Tu veux dire que t'as pas lu les papiers qu'ils avaient réunis pour toi ?

— *Nein*. Sur le coup, je n'ai pas su prononcer des mots aussi définitifs. Sur le coup, j'ai pris les papiers et j'ai dit merci. J'ai dit au jeune homme blond, ah c'est très intéressant, c'est très gentil, je regarderai ça plus tard. Et lui, avec son joli français bien scandé, il a répondu que ce n'était pas tout, qu'il avait d'autres choses à me montrer. Entre-temps, son acolyte s'était réveillé et ils ont tenu tous les deux à me prendre en photo sur la terrasse de la brasserie où nous mangions. J'ai donné mon accord, je me suis mise devant l'objectif, tout en pensant qu'il fallait que j'apprenne à dire non aux Allemands, que je n'allais pas me laisser embarquer dans l'aventure à laquelle ils avaient envie de me faire participer sans manifester mon désaccord. Mais en attendant j'ai posé sur la terrasse de la brasserie et j'ai même souri parce que l'acolyte du blond, qui ne parlait pas le français, m'a fait un signe qui signifiait que je devais sourire. Alors j'ai souri. Nous sommes retournés dans le café et ils ont dit que j'étais leur invitée et ils ont payé nos consommations et j'ai dit merci. Merci pour tout. C'est très gentil de votre part. J'étais en mode automatique, je disais les phrases toutes faites qu'on apprend pour être poli et en même temps que ces phrases me montaient aux lèvres montait aussi une petite nausée, peut-être la saucisse et la mayo que j'avais mangées ou peut-être une petite voix intérieure qui me chuchotait des mots bien différents et qui se superposait à l'autre, une voix plus grinçante, libre, méchante, un peu, la voix de celle qui ne veut pas s'en laisser conter par les Allemands.

— Et elle aurait dit quoi, cette voix ?

Je me suis rendu compte qu'avec cette voix allaient commencer les problèmes. D'un coup, toutes les autres voix, celles qui me chuchotent des choses venues d'ailleurs, faisaient leur apparition. Je les sentais toutes proches, prêtes à m'emporter, me poussant à parler de ce que je voulais tenir secret. Je me suis dit, c'est quand même le comble que ce soit au moment où j'évoque l'Allemagne que mes secrets viennent affleurer. L'Allemagne, c'est ma faiblesse, je me suis dit ça avec un certain sens du dramatique. C'est le pays qui suscite chez moi des pulsions meurtrières. Je pourrais peut-être utiliser l'Allemagne pour faire venir en moi la violence qui parfois me manque, cela pourrait me permettre d'être plus en phase avec mes compagnons, Sturm, Gell ou Macha. J'y penserai. Je penserai à me rappeler mon voyage en Allemagne quand il faudra que je m'oppose à des miliciens en uniforme. Suffira de faire monter la colère en me rappelant ce à quoi je me suis pliée, là-bas, dans la ville allemande de mes ancêtres, et je suis sûre que je serai convaincante.

Dans l'atelier d'Oscar, des ombres s'étaient agglutinées tout au fond, là où une porte permettait d'accéder aux escaliers de secours et aux ascenseurs, quarante étages au-dessus de nos têtes. Un peuple invisible, tenace, se tenait là, tassé dans l'angle, nous rappelant par ses mouvements presque imperceptibles que de vieux souvenirs remuaient à la lisière du halo lumineux dessiné par la lampe.

« On est sortis du restaurant. Le blond a répété qu'ils avaient d'autres choses à me montrer. Je n'ai pas aimé sa mine d'agent secret et son petit air malin. Mais je n'ai pas protesté et je suis montée à l'arrière de la voiture. J'étais à nouveau installée entre les deux hommes, le blond et l'endormi aux cheveux mi-longs, disons Hans et Fritz pour leur donner des noms. À l'avant, le chauffeur en uniforme de liftier nous conduisait vers le centre-ville. Pourquoi ce chauffeur portait-il un uniforme, qui était-il exactement, ça, je n'ai pas réussi à le savoir. Aucune interaction entre lui et les deux hommes à l'arrière, pas même une indication sur la direction que nous allions prendre. L'homme ne nous avait pas accompagnés dans le restaurant, il était resté casquette vissée au crâne dans son véhicule pendant tout le temps de notre discussion. Tout avait été sans doute décidé à l'avance, c'est ce que je me suis dit, parce que le chauffeur ne manifestait ni surprise ni hésitation. Il regardait, impassible et concentré, la route, et je n'ai plus entendu le son de sa voix jusqu'à la fin de la journée comme si son unique rôle consistait, à l'arrivée en gare, à brandir un panneau à mon nom puis à énoncer quelques ordres bien sentis à mon adresse puis à faire en sorte que je m'enfourne dans sa berline noire sans protester. J'y étais. J'étais dans la berline. Je ne protestais pas. Je me laissais conduire dans la ville de mes ancêtres par Hans, Fritz et un liftier improbable. »

— Bon, qu'est-ce qui s'est passé ensuite ? a demandé Fox.

Je crois que ma petite mise en scène le renvoyait à une Europe ancienne coincée derrière le rideau de fer, une Europe inconnue de lui mais où il imaginait des Trabant noires glissant le long d'avenues grises et rectilignes.

— Dans la voiture, Hans m'a parlé d'un livre, un livre vraiment formidable, il fallait absolument que je le lise, ça s'appelait *Voyage à Lemberg* et c'était l'histoire d'un Juif anglais dont la famille était originaire de Lemberg et qui faisait toute une enquête sur l'histoire de sa famille à l'occasion d'un voyage d'études dans la ville natale de sa mère, c'était un livre formidable. Et je lui ai dit, je t'emmerde.

— C'est vrai ?

— Non, bien sûr que non. J'avais juste une petite voix en moi, une petite voix furieuse et vulgaire qui ne laissait presque aucune trace sur mon visage et dans mes attitudes mais qui me tiraillait de l'intérieur. Ma docilité était phénoménale et je pensais que ces Allemands pourraient toujours se défendre en disant ça, elle était d'une docilité phénoménale. Ça serait une excuse acceptable, la même excuse, toujours la même, l'excuse de ceux qui croient que la force de caractère sauve de tout.

Je me suis souvenue de la fois où je m'étais retrouvée dans le château de Genshagen à quelques heures de route de Berlin. Je me suis souvenue de l'endroit, cette construction rococo, gris et blanc, au milieu de la plaine et à quelques centaines de mètres d'une autoroute. Et de la soirée surréaliste que j'y avais passée. Je me suis souvenue des petits-fours dans un salon XVIIIe siècle, de l'impression d'être projetée dans une salle sans aucun lien avec l'extérieur, avec l'époque, avec l'espace alentour, surgissant des brumes et séparée du reste pour toujours. Il y avait là des diplomates qui flottaient et parlaient bas, qui glissaient sur le parquet fraîchement ciré. Parmi eux, un trentenaire blond qui lui aussi sans doute s'appelait Hans ou Fritz, peut-être qu'il s'appelait Franz. Il était rond, rougeaud et jovial. Et il était curieux de mon nom, allemand, de mon histoire allemande. Moi, plutôt méfiante, je divulguais le minimum, oui, j'ai un nom allemand, oui mes grands-parents ont vécu en Allemagne, oui ils sont venus en France en 1933 et alors ? Et lui, très fier de son effet, m'avait dit comme si c'était un aveu qu'il avait lui aussi des origines israélites, c'est le mot qu'il avait employé. Sa grand-mère. Et il avait précisé qu'elle avait été épargnée par la guerre, qu'elle n'avait pas été déportée. Qui aurait pu tenir tête à sa grand-mère, c'était une femme de caractère, personne n'aurait osé lui faire du mal. C'est ce qu'il avait ajouté. J'avais été paralysée par son explication. Et je lui avais répondu que ma grand-mère, sans doute, n'avait pas un tempérament aussi fort que la sienne, puisque ma famille avait été déportée. J'avais tourné les talons et je m'étais promis de ne plus jamais remettre les pieds en Allemagne.

Je ne suis pas entrée dans ces détails. Je suis restée sur Hans et Fritz et j'ai envoyé Franz aux oubliettes.

« Nous avons fait un petit tour dans le cimetière de la ville et Hans a précisé que derrière ce mur, là, il y avait les tombes juives des habitants. Sans doute qu'il espérait que je lui demanderais d'aller voir mais je n'ai pas demandé. On s'est promenés dans le cimetière, sous des cèdres, des pins, des érables et des mélèzes. Je ne comprenais pas le sens de cette halte et personne ne me l'a expliqué. Est-ce qu'ils voulaient que je me recueille sur les tombes, est-ce qu'ils manifestaient ici leur tristesse et leur culpabilité, est-ce qu'ils avaient choisi ce lieu comme promenade digestive avant de retourner dans des quartiers plus habités, je veux dire habités par des vivants ? Fritz a encore voulu prendre une photo, il m'a fait des signes, a mimé l'attitude qu'il attendait de moi en m'indiquant exactement l'endroit où je devais prendre la pose, Hans s'est approché, nous étions tous les deux dans le cadre. Ils m'ont envoyé la photo après, je l'ai quelque part. »

— On devrait s'en servir, a proposé Oscar, on devrait imaginer quelque chose avec.

— On pourrait fabriquer une carte postale dentelée sur les côtés, comme les photos anciennes. Et on indiquerait en légende, Lily retrouve sa famille dans le cimetière principal de la ville, le *Frankfurt Hauptfriedhof.*

— Ouais, et on ajouterait un truc un peu spirite, du style, quand les morts nous parlent.

— Et on l'envoie à qui ? a demandé Clarisse.

Je ne me suis pas rappelé avoir prononcé le nom de la ville allemande où j'avais séjourné entre Fritz et Hans. Je me suis demandé comment les autres l'avaient su ou si je l'avais dit sans m'en rendre compte. J'ai même pensé que l'un des membres du groupe devait comme moi être capable d'entendre des voix et de les restituer et qu'il s'était, ou qu'elle s'était, trahi. J'ai essayé de retrouver le nom de celui ou de celle qui avait prononcé le nom du cimetière où je me promenais en compagnie de Fritz et Hans. Les voix de Macha, de Gell et de Filasse se superposaient, je n'arrivais pas à savoir laquelle je pouvais incriminer. J'étais intriguée et déroutée mais je ne l'ai pas montré. J'ai pensé que je n'étais pas aussi seule que je croyais et que mes secrets n'avaient pas la gravité que je leur donnais. Macha ou Gell ou Filasse étaient peut-être eux aussi des télépathes. Je me suis rendu compte que ce n'était pas le plus important, que le plus important était d'avancer, de raconter, de parler. Je prenais goût à l'exercice, je commençais à m'y dévoiler.

Je craignais maintenant le retour de Full. Je me disais que s'il revenait, je n'aurais pas le temps d'aller au bout de mon histoire alors que j'y étais engagée, je ne sais pas comment ni pourquoi mais ça me tenait à cœur. Il y avait une urgence. J'imaginais l'arrivée de Full, trempé, frappant à la vitre, et tout le monde empressé, qu'est-ce qui t'est arrivé, raconte. J'imaginais Full, longiligne, taciturne, cheveux mouillés et frisés, Full à la porte qui s'excuserait de son retard et expliquerait les obstacles qu'il avait rencontrés, les délais, les terribles choses qui lui étaient arrivées, il aspirerait les regards, mon récit germanique serait anéanti.

Full a beaucoup de difficultés parce qu'il vit presque en plein air. Pas comme Gell mais quand même. Il passe du temps à déambuler à la recherche de son prochain abri. Parfois, je le sais, il s'assoit sur des chaises à moitié déglinguées, des rebuts qui traînent dans les boyaux, entre deux tours, il les rafistole comme il peut, il s'assoit. Tant qu'on ne le déloge pas, il lève la tête et il reste là à regarder ce qui du ciel est encore visible. Je sais que Full, à force, voit des choses que les autres ne voient pas. C'est un gars extraordinaire, Full, il est complètement résistant, il n'a presque aucune accointance avec le réel, il se débrouille autrement. Il est rare alors c'est sûr que s'il se mettait à parler, les autres auraient envie de l'écouter. Ça me rendait jalouse de lui, d'eux tous. J'aurais voulu que mon histoire soit aussi palpitante que la leur. Je sentais bien que raconter qu'on a été invitée dans la ville de ses ancêtres n'a rien de dramatique, de romanesque, de surprenant. Pourtant, l'idée de laisser mon histoire en suspens m'était insupportable. C'était comme si j'abandonnais une fois encore mes ancêtres, des ancêtres, c'est vrai, auxquels je ne m'intéressais pas beaucoup, dont je me dégageais, que je fuyais. C'est un peu ça, je me disais, je suis la seule, avec Clarisse peut-être, je suis la seule à avoir un ancrage. Mais moi, je n'en veux pas, je ne veux pas d'ancrage. Est-ce que je peux expliquer ça ? Est-ce que mes compagnons peuvent le comprendre ? Alors pour empêcher que la discussion ne dérive, j'ai parlé plus vite : « Nous sommes repartis dans la berline. » Sturm a levé la main pour m'interrompre mais j'ai fait comme si je ne le voyais pas.

— On s'est arrêtés dans un quartier qui n'avait pas été détruit. On s'est garés, on est sortis de la voiture, Fritz et Hans m'escortaient, je ne pouvais pas leur échapper, j'ai marché entre eux deux.

— Tu veux dire que tu étais leur prisonnière ? a demandé Filasse.

— Oui, prisonnière.

Ce mot, c'était bon pour susciter la curiosité de Filasse, qui est un adepte de l'aventure.

— Fritz et Hans m'encadrent dans une rue à l'ancienne, avec des trottoirs, des immeubles en granit gris et brun, des cafés, on s'arrête même pour acheter une glace, on a une approche touristique de la ville, on avance insouciants, on oublie la raison de notre rencontre, et là…

— Quoi ?

— Ils s'immobilisent.

— Oui. Et alors ?

— Ils me montrent le numéro 84, Eckenheimer Landstrasse. Je ne comprends pas.

— Ils t'expliquent ?

— Ils disent, c'est là.

— Là, quoi ?

— Là qu'était la maroquinerie de votre famille.

— Tu veux dire qu'ils t'ont emmenée là où tes ancêtres faisaient commerce ? Sans te prévenir ?

— Exactement. Je me retrouve sans mon consentement devant le magasin où officièrent mes arrière-grands-parents avant d'être expulsés d'Allemagne. Et ce sont deux Allemands bien intentionnés qui me font la surprise.

— Ça n'avait pas été détruit ?

— Non. Je suis en face du magasin entourée de deux Allemands, Fritz et Hans.

— C'est cocasse, dit Filasse.

— D'où tu sors ce mot ?

— Je l'ai entendu prononcer par ma grand-mère.

— T'en as une ?

Mes compagnons dérivaient, il fallait que je les tienne encore un peu. Encore un peu avant le retour de Full.

— Hans me demande si je veux entrer, la propriétaire des lieux m'attend à l'intérieur.

— Tu fais quoi ?

— Je regarde la devanture, c'est la même que dans la photo où mes arrière-grands-parents et ma grand-mère et mes grands-tantes posent, 1921, avant les événements. Je superpose la photo et la devanture réelle, je ferme un œil, oui, c'est la même. Et moi qui ne me suis jamais penchée sur ce passé et sur la catastrophe qui a suivi, qui n'ai jamais été aux archives ni lu les lettres envoyées du ghetto par Abraham et Zelda Ebe dont la dernière date de 1941

– *Tout va bien pour nous, donnez-nous de vos nouvelles* – moi qui me suis moquée de cette attention aux lieux d'origine, aux racines, à toutes les constructions familiales qui pèsent sur tes épaules, je suis sidérée. Je suis écrasée par l'existence même de ce lieu, intact, derrière la devanture duquel mes arrière-grands-parents ont marché, vendu, parlé et même vécu.

— Tu sais, on aurait adoré éprouver un truc de ce genre, dit Fox.

— Je n'en doute pas. Mais je ne suis pas prête.

— Tu fais quoi ?

— Je ravale mes larmes, des larmes que je ne comprends même pas. Je n'ai pas connu ces arrière-grands-parents. Je ne porte même pas leur nom. Alors pourquoi ?

— Tu vois, c'est ce qu'on te dit, en fin de compte on n'existe pas tout seul, on est entouré. On met du temps à se désintéresser de savoir par qui, c'est quand on est enfin désintéressé qu'on s'en sort, dit Macha.

— Je croyais que je l'étais, désintéressée. D'ailleurs c'est pas de l'intérêt que j'éprouve, c'est de l'émotion.

— Ben, si t'es émotionnée, c'est que tu t'intéresses, essaye Gell.

Je dis : « Je suis envahie. J'entre dans le magasin et une femme, la propriétaire des lieux, me prend dans ses bras et m'embrasse. »

— Elle est allemande ?

— Oui.

— C'est elle qui a hérité de ton magasin ?

— Non. Et c'est pas mon magasin. Ça fait cent ans

que ce magasin n'appartient plus à ma famille. C'est une femme attentive, elle sait que quelque chose est en train de se passer alors elle y va doucement. Elle me fait visiter les lieux, c'est devenu une vinothèque qui propose des vins espagnols, sans doute un produit exotique et un peu chic en pays germanique. Qui boit des vins du Sud dans la patrie de la bière ? Le bar est joliment arrangé, bois acajou, comptoir en zinc. La propriétaire me conduit à l'arrière, c'est derrière que les familles habitaient, me dit-elle, dans les pièces attenantes à leur commerce.

— Tu veux dire que ta famille vivait là ?

— Oui, à l'arrière du magasin. Il y a une pièce séparée de la salle principale par quelques marches. La propriétaire me montre le chemin, elle me guide. Il y a un couloir et au fond du couloir il y a une cuisine qui donne sur la cour de l'immeuble. Et elle me dit que la cuisine n'a pas dû changer de place, qu'elle devait déjà être là du temps de ma famille. Et après elle me dit, je vous laisse un instant, et elle retourne derrière le bar et je reste seule dans la cuisine de mes arrière-grands-parents.

— T'as fait des photos ? demande Fox.

— Non. Je me demande pourquoi les Allemands m'ont emmenée là. D'abord le cimetière puis la cuisine.

— Ils voulaient te faire plaisir. Ils voulaient te montrer qu'ils ne sont pas indifférents. Que le destin d'une famille juive allemande est lié au destin de tous les autres Allemands.

— La cuisine est toujours une cuisine. C'est là que les petits plats qui accompagnent les vins du Sud sont fabriqués.

Il y a un grand évier et toute une batterie d'ustensiles en aluminium et en métal. Si on me voyait de l'extérieur, on se demanderait sûrement pourquoi je m'abîme dans la contemplation de louches, de pelles à tarte et de couteaux à beurre. Après, je retourne au bar et je vais boire un verre au comptoir. Et un autre verre. Et encore un verre. Je n'ai pas l'habitude de l'alcool, je suis grise. La femme me dit qu'elle a lancé une démarche pour inscrire le nom de ma famille sur une pierre incrustée dans le trottoir devant le magasin. Une pierre de mémoire, ils appellent ça un *Stolpersteine*. C'est une démarche longue, qu'elle est en train de faire auprès de la mairie. Elle remplit mon verre, je bois encore. Elle me demande mon accord. Je le lui donne. Elle me raconte en anglais des détails sur les dernières années de mes arrière-grands-parents et de leurs enfants en Allemagne. Je suis saoule. Je ne l'écoute pas. Elle me dit qu'elle m'enverra les références, les copies de lettres, les registres. Je m'accroche au comptoir, ma tête tourne.

— T'as pas écouté ce qu'on avait à t'apprendre sur les derniers jours de ta famille ?

— Non. J'ai la nausée.

— Tu veux nous faire croire que t'en as rien à foutre de l'histoire de tes grands-parents ? Sturm n'a pas l'air de saisir ma position.

Je préfère différer la réponse parce que je ne l'ai pas. Je n'ai pas la réponse à la question de Sturm, c'est pas une esquive, c'est une faille spatio-temporelle dans laquelle je n'ai pas envie de m'engouffrer.

— Je goûte encore plusieurs vins, des rouges et des

blancs, c'est indifférent. Je ris à contretemps quand la femme évoque ghettos et rafles. Je cuve. Et ça ne s'arrête pas là. Le soir, je suis censée faire une conférence. Et là il y a une femme entre deux âges, des lunettes, un visage rond, une bouche fardée et des airs d'ancienne vedette, cette femme est chargée de me présenter au public. Et au lieu de raconter de quoi est fait mon travail pour ouvrir le débat, elle me présente comme une rescapée et une survivante.

— Comment tu le sais, si tu parles pas l'allemand ?

— Je devine. Dans les yeux de mes interlocuteurs. La stupeur. Le retrait. Une moue d'ennui. Quelque chose comme une gêne qu'ils essayent de masquer et qui me saute au visage.

— Et c'est pas vrai ?

— Si. Enfin non. C'est pas parce que ma grand-mère a survécu que je suis moi-même une survivante. Je suis seulement une arrière-petite-fille de déportée et j'ai pas spécialement envie qu'on me montre du doigt et qu'on me mette, pour mon bien, une étoile jaune.

— T'as de la chance d'être l'arrière-petite-fille de quelqu'un. Et de pouvoir connaître plein de choses sur ceux qui ont grandi avant ta naissance.

— On va quand même pas m'assigner à résidence, je dis. Les Allemands vont quand même pas décider de l'enquête que je dois absolument mener chez eux, des archives que je dois consulter, de l'attitude que je dois adopter et de ce qui serait bon pour moi.

— En même temps, ces enquêtes-là forment le préalable à toute vraie réconciliation, a dit Clarisse. Et qui d'autre que toi pourrait la mener maintenant ?

Là, je me suis dit, Clarisse exagère, qu'est-ce qu'elle vient baratiner. Alors qu'on cherche les moyens de s'immiscer dans les petites failles pour ouvrir les murs et faire vaciller le droit du plus fort, voilà que Clarisse me radote les grands mots, ceux-là mêmes que les politiques emploient pour nous couper le sifflet. Si, avec des yeux aussi candides, une peau aussi blanche et des cheveux aussi pâles, on est capable d'énoncer des phrases aussi générales, c'est que la beauté nordique a ses limites, j'ai pensé. Mais je me suis retenue, je voulais pas entrer en débat violent, je voulais d'abord voir ce qu'elle avait dans le ventre, Clarisse, elle allait devoir, là, tout de suite, se faire un peu connaître.

Les autres se sont tournés vers elle et je me suis demandé s'ils allaient la choisir, elle, Clarisse et sa réconciliation, plutôt que moi, Lily et mes conflits.

— Tu penses à quoi ? a demandé Filasse.

Et Clarisse s'est un peu fait prier, elle ne voulait pas se mettre en avant, pas maintenant, après la défection de Full et ma prise de parole forcée, elle avait l'air de vouloir laisser la main. C'est toujours plus facile que de s'exposer direct et de montrer ses faiblesses. Et j'avais de la rage en moi, je ne sais pas si elle venait vraiment de Clarisse, la pâle et blonde, l'aryenne à peine masquée, ou si elle était liée à toute l'Allemagne sur laquelle j'étais en train de me déverser. Toujours est-il que les autres ont un peu insisté et que, du coup, elle s'est, elle aussi, prêtée au jeu. Ça devenait problématique, tous ces membres du groupe qui parlaient les uns à la suite des autres, on embrouillait les histoires, on risquait la cacophonie.

Clarisse a dit que c'était l'histoire de son arrière-grand-père.

J'ai pensé qu'elle était, comme moi, bardée de généalogies. Elle n'était pas à la recherche de ses ascendants, moins en tout cas que Fox ou Macha. Autre chose la liait à notre groupe, elle était cimentée à nos actions par d'autres motifs, d'autres secrets et d'autres manques.

— Cet arrière-grand-père avait été prisonnier en Allemagne, a dit Clarisse. Il était parti au Travail obligatoire en Silésie. Libéré in extremis par les Allemands au moment de l'avancée russe, il est mort quelques mois après son retour des suites d'une tuberculose que les Allemands lui avaient inoculée à dessein, comme à tous les prisonniers de guerre.

— La réconciliation commence mal, a dit Sturm.

Il aimait bien quand on s'empoignait, c'était un adepte de l'affrontement, Sturm, et de l'ironie. Mais Clarisse ne tenait pas compte de l'ironie, elle se fixait visiblement comme objectif de m'opposer une vision apaisée des relations européennes, ça se voyait qu'elle avait ça en perspective. Et moi, je me demandais si Full n'allait pas surgir et nous forcer à tout interrompre alors que j'étais si pressée, brusquement et comme jamais avant, si pressée de m'exprimer. Mais je ne voulais absolument pas le montrer, je voulais faire comme si tout cela se passait dans la concorde.

— Et mon arrière-grand-père n'a rien dévoilé en revenant mais on a appris bien plus tard qu'il avait eu une aventure avec une femme allemande et qu'un enfant était né.

— Ah oui, ai-je dit, en essayant de retenir mon impatience.

— Et personne ne le savait, ni en France ni en Allemagne. Sans doute que même l'amante allemande de mon arrière-grand-père n'avait pas trop compris pourquoi mon arrière-grand-père ne lui avait plus donné signe de vie. Et pour cause. Il est mort quelques mois après son retour en France.

— Ah oui, a repris Gell, comme en écho à ma voix.

Si ça continuait, on allait former un chœur, ou plutôt un beau canon.

— Jusqu'au jour où cette femme allemande que mon arrière-grand-père a aimée est sur le point de mourir. Juste avant sa fin, elle décide de raconter la vérité à sa fille.

— Ah oui ?

Là, on touchait à l'art du contrepoint.

— Et la fille de mon arrière-grand-père commence à chercher, elle cherche son père, elle le cherche désespérément mais en Allemagne de l'Est où elle vit, les archives sont inaccessibles. Elle fait toutes sortes de demandes, on lui oppose toutes sortes de refus, elle n'avance pas dans ses recherches.

— Ah oui.

— Après la chute du Mur, on ouvre enfin les archives. La fille de mon arrière-grand-père qui, depuis des années, fouille sans succès les papiers administratifs découvre l'histoire des prisonniers français en Allemagne, ceux à qui on a refilé des maladies incurables avant de les libérer. Et elle trouve aussi la trace de son père.

— Ah oui.

— Un jour la famille française reçoit une lettre qui dit,

je m'appelle Frida, je suis allemande, je voudrais vous rencontrer, je suis une tante et une cousine.

— La famille française, tu veux dire la tienne ?

— Oui. Ma famille. Nous sommes originaires de Bretagne depuis plusieurs générations.

— T'es pas une bâtarde alors ?

On était passés du thème à la variation.

— C'est un autre sujet, non ?

— Pas vraiment. On est tous à la même enseigne.

— J'ai eu une grande famille, a concédé Clarisse. Mais on ne se voit plus beaucoup.

— Ah oui ?

On est complètement raccord, tous, sur la manière de relancer et de consentir.

Clarisse est comme moi, elle est pressée de finir. Alors elle n'attend pas les remarques ou les objections, elle enchaîne.

— Ma famille est surprise mais elle accepte la visite. Alors Frida vient et Frida explique qui elle est.

— Frida ?

— Frida, la fille naturelle de mon arrière-grand-père. Elle arrive en Bretagne. Elle ne parle pas le français, on ne parle pas l'allemand. On cherche un traducteur et on en trouve un qui accepte d'assister à la réunion.

— Ah oui.

— Alors Frida demande à voir une photo de son père, mon arrière-grand-père, mort à son retour en France. Et on lui montre la photo. Frida est émue. Elle regarde les traits de son père qu'elle n'a pas connu.

— Et elle voit quoi ?

— On ne sait pas. Elle ne dit pas ce qu'elle voit. Mais à ce moment, un des vieillards de la famille, le plus jeune frère de mon arrière-grand-père, se lève. Il a quelque chose à déclarer. Il veut raconter l'histoire vue par ses yeux à lui.

— Et c'est quoi ?

— Il raconte, et sa voix tremble, comment, pendant l'absence de mon arrière-grand-père, parti au Service du travail obligatoire, lui, encore tout enfant, a assisté à la mort de son père et de l'un de ses frères. Ils ont été tués sous ses yeux par des Allemands, c'est ce qu'il dit sans esprit de revanche, seulement pour que quelque chose enfin s'achève. Et il pleure en le disant.

— Ah oui ?

— Alors Frida voit les larmes sur le visage de ce très vieil homme, le plus jeune frère de son père. Elle voit les larmes mais comme elle ne sait pas pourquoi il pleure parce qu'elle ne comprend pas le français, elle se tourne vers le traducteur, elle attend, sur ses lèvres à lui, d'entendre en allemand, le récit de cet assassinat. Et quand le traducteur, en allemand, a fini de lui chuchoter l'histoire, elle est si émue qu'elle se met à pleurer elle aussi. Elle pleure sur les témoins et sur les morts, les enfants, les victimes et les meurtriers, elle pleure avec son oncle, elle pleure sur son père qu'elle n'a pas connu, elle pleure sur l'Allemagne et sur la France, les deux nations ennemies, elle les réconcilie.

Je pense à Frida, la fille allemande d'un soldat français. Je me dis qu'elle a fait beaucoup de chemin, traversé beaucoup de frontières, qu'elle a cherché longtemps, qu'elle ne s'est pas découragée. C'est la force des bâtards, ils sont capables, par obstination, de reformer des familles désunies, de rapprocher des peuples. Je me laisse emporter à faire l'éloge en esprit de tous les enfants incertains de leur origine. Mais je sais que si je commence à divaguer, je ne vais pas réussir à finir ma propre histoire, moins bouleversante peut-être que celles de mes compagnons, mais tout aussi intime et authentique. Alors je reviens parmi eux, parmi nous, ici et maintenant, dans l'atelier d'Oscar, pour partager cette anecdote allemande dont je n'imaginais pas qu'elle me tiendrait autant à cœur et je me dis que, grâce à elle et grâce à toutes les autres histoires qui se trament entre nous, notre collectif sera fondé, soudé, avéré, constitué.

« Moi, je suis réfractaire, on ne me forcera pas à regarder en arrière si c'est pas le moment », je dis.

Clarisse me demande à quel moment on sait que c'est le moment. Je dis que je n'en sais rien, je sais seulement que c'est pas tout de suite.

— Mais tu comprends rien, dit Macha. Nous, on aurait adoré fouiller dans les archives, seulement on savait pas lire.

— Et pourquoi pas maintenant ?

— Maintenant c'est trop tard, on va pas tout reconstruire.

— Pareil pour moi, je dis. Trop tard.

Et je repense au petit carnet que je garde en secret et sur lequel les cent cinquante noms d'aviateurs noirs américains sont écrits les uns en dessous des autres, parmi lesquels le nom du père biologique de Macha.

« Je veux plus entendre la voix de ma grand-tante, quand elle évoque ses souvenirs d'enfance », je dis.

— Tu as écouté le témoignage qu'elle a laissé ?

Clarisse est quand même une incroyable auditrice, elle se souvient de tout, j'en reste bouche bée.

— Oui. Je ne veux plus voir sa gorge se serrer quand elle explique comment, seule, à l'âge de quatorze ans, elle a fui le IIIe Reich. Je ne veux plus voir son visage concentré quand elle écoute les questions hors champ d'un interlocuteur qui, pour les besoins scientifiques de son travail, lui demande de se concentrer sur ce qui s'est passé avant la catastrophe : pouvez-vous nous raconter vos meilleurs souvenirs ? dit la voix. Cette question-là, elle me rend dingue, c'est comme si on demandait à un cul-de-jatte de se rappeler combien c'était agréable de marcher sur ses deux pattes.

Et j'allais continuer à décliner la liste de tout ce que je ne veux plus, comme une chanson à texte que je me préparais à écrire en direct pour me soulager, quand une grande silhouette bleu-noir s'est collée contre la vitre. Je me suis dit, ça doit être Full. S'il passait le seuil, j'aurais de toute façon pas le temps de raconter la fin. Pourtant c'est tout ce qui a suivi ma visite allemande que je voulais décortiquer, les mails échangés avec Hans et la femme de la vinothèque, mes réactions contradictoires pour connaître et pour ne pas connaître l'histoire de mes ascendants, ma révolte contre ceux qui m'envoyaient des liens divers en m'exhortant à les ouvrir, leurs gentils compléments d'information que je recevais comme des assignations à regarder, à chercher, à creuser dans le passé, vous devriez vous intéresser d'un peu plus près au destin de votre famille, ma méfiance à l'égard de ces Allemands doux compréhensifs, fils et filles de dignitaires nazis ou de soldats allemands, une nouvelle visite à la vinothèque quelques mois après mon premier voyage, visite durant laquelle j'avais découvert que la propriétaire des lieux avait tenu à placer la photo de ma famille à l'entrée de son magasin accompagnée d'une chronologie circonstanciée des différents protagonistes. J'aurais voulu évoquer le quiproquo qu'il y avait eu en terrasse de la vinothèque quand, le soir de cette seconde visite, j'avais stationné devant la photo de ma famille elle-même placée tout à côté d'une table où un jeune homme, un rien gêné par ma présence, avait fini par montrer l'un des personnages de la photo en me disant, sans doute en guise de plaisanterie, que c'était sa grand-mère, affirmation à laquelle j'avais répondu que ça ne pouvait pas être la sienne puisque c'était la mienne, il en était resté sonné. J'aurais voulu faire état de l'effet durable que cette installation photographique avait eu sur moi, j'aurais voulu parler du témoignage vidéo de ma grand-tante que j'avais fini par regarder en boucle, j'aurais voulu expliquer ma résistance à la demande qui m'avait été faite, pourriez-vous écrire un petit texte sur votre retour en Allemagne, et les échanges acides qui avaient suivi. Mais le retour de Full allait me délivrer.

C'était bien lui, c'était Full. Je le maudissais. Je le chérissais. Ses vêtements et ses cheveux étaient trempés. Oscar l'a aidé à retirer son pardessus et il lui a apporté une serviette pour qu'il se sèche. Full s'est excusé, il a dit qu'il avait été retardé. Alors Oscar a précisé que pour faire attendre la troupe, il avait joué le rôle du récitant.

— Ça veut dire quoi ? a demandé Full.

— Ça veut dire que j'ai parlé de ton départ d'Algérie et des tentatives de ton père pour te retrouver.

— Ouais, moi j'appelle plutôt ça des actes manqués. Et t'as parlé de ma grand-mère ?

— Non. On n'en est pas arrivés là.

J'ai pris un air triomphant.

— Vous voyez, Full aussi peut remonter deux générations en arrière.

Full n'a pas saisi l'allusion à mon cas puisqu'il ne le connaissait pas mais, avant même de s'asseoir parmi nous, il a dit que sa grand-mère avait été une femme formidable.

— C'est elle qui m'a élevé, il a dit, elle était incroyable, dynamique, solaire, elle faisait la bouffe, elle m'emmenait partout à Nice, elle marchait, elle était très grosse, on allait voir ses copines en ville et on s'arrêtait dans tous les cinémas. Elle adorait les péplums, c'était la mode à l'époque, on en voyait un maximum.

On était passés direct de l'Allemagne nazie aux jeux du cirque, et d'une grand-mère polonaise à une grand-mère pied-noir. C'était pas si dépaysant que ça, et y avait bien une continuité de l'Empire romain à l'Empire germanique, on suivait la ligne des héritages et on faisait vibrer dans le groupe des perspectives généalogiques.

Full a laissé passer un temps.

— C'est la plus vieille femme que j'ai jamais connue, elle est morte à quatre-vingt-dix-neuf ans, a-t-il ajouté.

Il s'est assis notre table.

— Il y a autre chose que vous voulez savoir ?

J'aurais pas cru que Full aurait paru si tranquille et prêt à nous satisfaire. C'était vraiment étonnant, cette apparente décontraction pour un gars si renfermé. J'aurais eu envie de l'interroger mais je me suis dit que les autres allaient penser que ma question contenait de la rancœur. C'est sûr que moi, je manque cruellement de décontraction, que je parle ou que je me taise. Clarisse a dit qu'entendre son histoire par sa bouche nous rapprocherait de lui, que ça serait mieux et pas pareil que par la bouche d'Oscar. J'ai trouvé qu'elle manquait de sincérité. Elle aurait dû préciser que c'était elle qui avait proposé de laisser Oscar parler à la place de Full. Je me suis demandé si elle était absolument de bonne foi, s'il n'y avait pas de la duplicité en elle malgré sa chevelure blonde et ses yeux pâles. Et pour être tout à fait honnête, je me suis dit aussi que justement sa blondeur me gênait, que sa blondeur était en correspondance avec ce qu'elle venait de raconter sur les Allemands et que je ne m'en étais pas rendu compte avant cette nuit. Ah, c'était ça, la blondeur de Clarisse comme un rappel germanique. J'ai pensé que les ancêtres venaient me susurrer des trucs sales à l'oreille, qu'ils me mettaient à l'épreuve et que je devais leur résister.

— Tu es retourné en Algérie ? j'ai demandé à Full.

Il a fait non de la tête.

— Ma grand-mère non plus n'a jamais voulu retourner alors qu'elle y a passé plus de cinquante ans et qu'elle parlait l'arabe.

Le corps absent de nos ascendants germe en nous. On ne peut pas lutter. Ça n'a pas de fin, la transmission, on ne peut même pas repérer qu'on est sous influence, ça vient de trop loin, d'avant notre naissance. On croit qu'on a une voix propre, qu'on est indépendant, qu'on décide de son propre sort alors qu'il y a un ancêtre, connu ou inconnu, qui contamine notre conscience et hante notre mémoire.

J'étais plongée dans ces méditations mélancoliques quand Full leur a donné une forme concrète et presque drôle. Il a raconté qu'ils avaient eu un accident de voiture avec sa mère et sa grand-mère, ils avaient fait un tonneau. Lui, encore enfant, avait été écrasé par le corps de sa grand-mère, tout son poids, presque cent kilos quand même. Finalement il n'avait rien eu de grave, juste quelques contusions. Et heureusement que sa mère avait fermé le toit de sa Floride décapotable, sinon ils seraient morts.

J'ai senti la petite pointe, la piqûre, le signe avant-coureur d'une prochaine crise, l'effritement de mon mur de pierre suite aux accidents de la route que Full nous décrivait. Sans doute que je lui en voulais un peu de focaliser l'attention de tous. Ça bouillonnait en moi, ça hurlait, ça se bousculait mais je me suis promis de résister au choc, de ne pas déborder. Non, je ne me laisserais pas envahir par mes cc mpagnons, je le jurais, j'allais respirer calmement, tout irait bien.

— Et ton père ? C'est Fox qui questionnait. T'as des nouvelles ?

— Non. De toute façon mon père ne m'aimait pas, je ne répondais pas à ses attentes, j'étais très doux, un peu féminin, je ne l'intéressais pas. Oscar vous a raconté quand mon père est passé par la télé pour me retrouver ?

Clarisse a acquiescé.

— Et les cartes envoyées par son frère ?

Clarisse a hoché la tête. Négatif.

— Quand j'ai eu la quarantaine, j'ai reçu des lettres de son frère qui me demandait de renouer et qui faisait pression pour que je me manifeste. C'est d'autant plus bizarre que le frère de mon père, lui aussi s'était tiré, ma cousine l'a plus jamais revu. Comme quoi les hommes de cette famille avaient choisi de s'absenter pour toujours. Moi, je voulais pas céder, j'attendais que ça vienne de mon père, il avait mon adresse, qu'il le fasse.

— Alors, rien ?

— Si.

— Quoi ?

— Une dernière carte, une carte assez sympa, assez tendre pour me souhaiter un joyeux anniversaire.

— Tu vois, il se souvenait de la date de ta naissance, a dit Macha.

— J'ai regardé l'adresse derrière et j'ai rien trouvé. Il m'avait pas laissé ses coordonnées, je ne sais pas si c'était un oubli ou si c'était volontaire mais je pouvais pas lui répondre.

— T'aurais pu chercher.

— Je sais qu'il vit à l'étranger maintenant mais ma famille, c'était ma mère et ma grand-mère. La branche est coupée. Je sens pas de pulsion, pas d'appel, pas de besoin et finalement je redoute aussi une rencontre, je préfère éviter. Qu'est-ce que je vais ressentir si je fais la démarche d'aller le voir ? Si ça se trouve, rien. Alors je m'abstiens.

L'abstention, je trouvais que ça ressemblait à Full. Il allait sans doute retomber dans le silence, et cette petite excroissance, deux cartes postales, une tentative médiatique, seraient les seuls restes et aussi les seuls regrets, des preuves à brandir, des occasions manquées, des malentendus.

Il pleuvait dru dehors. Gell, qui avait développé un sens météorologique de proximité, prévoyait des glissements de terrain côté nord-est, à flanc de colline. Si la pluie continuait il faudrait évacuer le quartier et loger provisoirement les habitants dans un autre secteur. On les parquerait dans des hangars attenants à l'immense zone d'entrepôts en voie d'extension, au sud de la ville. On ne comprenait pas pourquoi Gell se lançait dans cette prédiction alors qu'on en était encore et toujours aux pères défaillants mais je suppose qu'il avait en vue une action à nous soumettre. La prochaine fois chez moi, il a dit, et on a été surpris parce que justement le climat se prêtait mal à des rencontres sous bâche. Ça serait plus prudent de se retrouver chez Fox, a proposé Clarisse. Gell a dessiné sa toile et l'espace intérieur sur une feuille volante et il a inscrit nos noms en nous associant chacun à un petit personnage stylisé.

— On rentre tous, je vous assure, j'ai de quoi servir du chaud dans des bols.

Full ne disait plus rien. On lui en a demandé plus, alors au lieu de parler il a commencé à fredonner une musique que personne ne connaissait et qui était aussi bizarre qu'un chant kirghiz dont l'écho rebondit de montagne en montagne, entre les vallées étroites et enneigées. Ça nous a rappelé l'histoire indienne que j'avais chantée en espagnol et qu'on avait partagée sur le fleuve. Peut-être qu'on pourrait chanter tous ensemble. Filasse, notre berger, a lancé l'idée et il a repris le refrain sans hésiter dans le ton et en rythme. Full lui a fait signe de poursuivre et d'enchaîner, il s'est mis à taper sur la table avec deux doigts, en cadence tout en poursuivant sa mélopée. Il s'est tourné vers Clarisse pour qu'elle prenne le relais et chante sa partie en canon, et Clarisse s'est exécutée. Et tous les uns après les autres on est entrés dans le chant et la composition de Full, bien qu'on n'ait aucune pratique de la musique folklorique, expérimentale, vocale ou acoustique, et encore moins kirghize. Toutes nos voix se sont élevées alors qu'on sait bien pourtant que la discrétion est notre meilleure arme. On a fait entendre nos intimités respectives, des sons qu'on n'avait jamais entendus auparavant et qui nous reliaient et nous attachaient les uns aux autres dans une drôle d'harmonie, la voix sourde de Gell, celle précise et cristalline de Filasse, le timbre si poignant de Sturm, les attaques contralto de Macha, Oscar et Fox ténors légers, Clarisse et moi en sopranos, tous menés par les indications de Full, tous tapant du pied sous la table, tous accomplissant la phrase conçue par un autre, Full, sans même savoir ce que cette phrase pouvait bien signifier. Et quand on a eu fini, on se sentait émus et brisés. Oscar a dégagé la table et il a installé à même le sol des matelas de fortune, on s'est couchés sans protester et pendant une heure ou deux on a regardé le plafond en écoutant la pluie dissoudre autour de nous les trottoirs les gens les terrains vagues et les dernières collines.

On défilerait masqués avec de petits panneaux indiquant SEULS AU MONDE.

On proposerait aux employés de l'hôpital principal d'échanger les étiquettes qu'ils portent à gauche sur leur blouse avec leur nom et leur fonction par d'autres étiquettes où les prénoms seraient assortis d'une seule et même mention, Véronique bâtarde, Rachid bâtard, François bâtard.

On capturerait tous les animaux domestiques et on les réintroduirait chez de nouveaux propriétaires.

On disposerait des obstacles d'équitation devant les portillons automatiques du métro de sorte que les gens devraient les enjamber ou passer dessous pour accéder aux rames.

On accrocherait aux caddies des moteurs téléguidés qu'on déclencherait tous ensemble pour que les caddies quittent les supermarchés et s'auto-tamponnent sur la dalle comme dans une immense danse macabre.

On s'introduirait dans les sites de vente en ligne de sorte qu'au lieu de recevoir les articles commandés les clients auraient droit à des godemichés, des boules de geisha, des menottes et d'autres instruments dont ils ne comprendraient ni l'usage ni la provenance.

On filmerait des témoins racontant face caméra un souvenir précieux et on garderait au montage toutes leurs hésitations, leurs soupirs, leurs ratés et leurs bégaiements puis on s'immiscerait dans les algorithmes de la Toile pour que ces films surgissent à la place des publicités qui polluent les sites.

On piraterait les annonces, sonneries et enregistrements automatiques diffusés dans la gare et on ferait entendre à leur place les très courtes biographies de bâtards volontaires.

On ferait exploser des myriades de boules puantes aux abords des banques pour que le doute s'immisce dans l'esprit de ceux qui croient à la non-toxicité de telles installations.

On saboterait l'ensemble du réseau électrique, provoquant une panne électrique générale qui obligerait les habitants à utiliser la lampe de poche, la bougie, la dynamo, le générateur, le feu, le cri, l'avion en papier, l'appel lancé entre les tours, le téléphone arabe et le toucher.

On traverserait à plusieurs reprises la voie Charles-de-Gaulle avec des combinaisons réfléchissantes. Puis on ferait la même chose sans combinaison.

On saturerait la ville de signes invisibles.

Cinquième nuit

Sturm

Cette nuit aurait dû être la nuit de Sturm, la nuit de notre traverseur de voies périlleuses, de notre braconnier, de notre opérateur, toujours à l'affût aux abords de l'autoroute prêt à surgir et à perturber les circulations au nom du groupe. On attendait qu'enfin Sturm, puissant et réfractaire, nous éclaire un peu sur ses antécédents. Nous nous sommes retrouvés chez Fox, qui habite l'une des résidences adjacentes au lotissement des Champs, celui qui a été coupé en deux par l'autoroute. Fox voit quotidiennement la saignée géante que la passerelle Charles-de-Gaulle surplombait avant qu'ils ne la condamnent par décision administrative. Le brouhaha est assourdissant mais Fox s'en moque, il met ses écouteurs et il passe ses journées à monter des images sur son ordinateur. Son travail finalement n'est pas si éloigné de celui de Sturm qui a appris à élaguer les arbres pour leur donner la force de s'enraciner encore plus profond, tous les deux fabriquent des formes par la coupe. Sturm, c'est notre préposé aux forêts, il peut nous parler de celles qu'il a connues avant qu'ils réduisent les bois au strict minimum. Il est capable de reconnaître les écorces, de suivre une trace, de soigner une bête coincée sur le macadam ou de la piéger si c'est son objectif, tout dépend de ce qu'il a décidé. Un de ses mots favoris, ça, les objectifs, il n'arrête pas de nous en parler, et de nous secouer, faut qu'on décide de nos objectifs, il dit.

La nuit était inhabituellement chaude après les pluies des dernières semaines et quand les nuits sont chaudes on a l'impression qu'elles durent moins longtemps. On regardait la trame orangée s'étirer au-dessus de la ville et on essayait d'ignorer, pour une fois, l'origine électrique de cet étrange nuage. Les lumières de chaque habitation qui auraient pu poindre ou déchirer les ténèbres comme des clous vifs et brillants s'étaient fondues en un seul halo, une voie lactée artificielle née de notre nombre toujours croissant, de notre propension à occuper la moindre parcelle d'espace vacant, de notre extension incontrôlable. Plus aucun être vivant non recensé, plus aucune jungle impénétrable, plus de montagnes inexpugnables, tout était désormais dénombré, connu, répertorié. Nous étions acculés.

Je savais que Sturm ne supportait pas que notre ville soit ainsi quadrillée, il essayait tant bien que mal de dégager des zones de terre, des racines, des terriers, des nids, des repaires. Sans doute qu'il avait trop crié, Sturm, pour se faire entendre des bêtes, sans doute qu'il avait cherché à chanter en même temps que les dernières mésanges et les dernières chauves-souris. À moins qu'il ne se soit pris le vent pleine poire lors de l'une de ses virées au nord de la ville. En tout cas ce soir-là, personne ne reconnaissait le timbre ni la tonalité ni l'intensité de sa voix. Fox lui a demandé s'il voulait quelque chose de chaud pour apaiser ses cordes vocales et Sturm a dit oui, je crois que je me suis un peu trop dépensé. On n'a pas osé lui demander comment, on ne voulait pas entrer tout de suite dans ses secrets et ses méthodes, c'était un gars pas facile d'accès et colérique, on cherchait plutôt à l'amadouer. Le liquide brûlant a un peu adouci son inflammation, et au début ça a permis qu'il entame son pedigree.

— Bâtard, par rapport à la façon que vous avez eue de le décrire, j'y suis à fond, cent pour cent, c'est exactement ça, il a dit. Après, c'est toujours pareil, ça dépend du contexte. Ça serait un inconnu qui me traiterait de bâtard, ça serait placé sous le signe de l'insulte et automatiquement ça mériterait correction. Et qu'il y ait pas de malentendu, correction, c'est pas par les poings que ça s'opère, enfin pas forcément, non. Je prends une gomme et j'efface, c'est ça la correction.

— Sauf que si t'effaces quelqu'un, ça veut bien dire que tu lui fais la peau, a dit Gell.

Gell avait déjà son idée sur Sturm avant même que l'autre dégoise, comme s'il voulait prouver que Sturm avait un naturel violent. Peut-être qu'il espérait ainsi, par comparaison, passer pour un type plutôt gentil malgré sa tête hirsute, sa grosse barbe et ses dents en moins. Mais pour nous, ça ne pouvait pas marcher, plaquer sur le corps et le visage d'un compagnon tout ce que ce corps et ce visage semblaient dégager. Sinon, ça n'aurait pas été utile de parler. Et justement on avait dans l'idée que nos corps étaient aussi de sacrés traîtres ou de sacrés comédiens, ils opacifiaient nos émotions et on n'arrivait pas, à travers eux, à dire correctement. Donc Gell a été remis à sa place, je me souviens plus par qui, Oscar ou Clarisse je crois.

Moi, j'ai pensé que Sturm était le premier d'entre nous à revendiquer le mot, c'était vraiment un fier. Je ne sais pas pourquoi, alors qu'on était si différents, je me sentais en connivence avec lui, au point même que j'ai eu peur d'un coup d'entrer en résonance intime avec son histoire et d'y être immergée. J'ai soufflé un bon coup et j'ai essayé de prendre mes distances pour ne pas me retrouver en télépathie avec lui. Mais je sentais que Sturm me tirait vers lui. Heureusement, les autres ne voyaient pas ma lutte, encore un truc qu'il faudrait que je leur raconte un jour, un jour oui, mais là j'avais pas envie.

— Avant dix ans, j'ai pas trop de souvenirs et c'est pas que des bons souvenirs, a poursuivi Sturm.

Et sa voix s'est cassée un peu plus, je me suis dit que si ça continuait il n'irait pas au bout, il faudrait que quelqu'un l'aide.

— J'ai eu une enfance très rude. Ma mère a connu mon père, ils ont fait ce qu'ils avaient à faire, elle a quitté mon père j'étais pas encore né. C'est l'autre qui m'a donné son nom.

— L'autre, c'est qui ? a demandé Filasse.

On formait cercle autour de Sturm, oreilles tendues, visages en avant, coincés dans une pièce un peu trop petite pour nous, avec dehors le vacarme des véhicules passant à grande vitesse qui couvrait tous les bruits vivants, petits cris, chants et chuintements. Le ruban autoroutier déployé en bas de chez Fox engloutissait tout, alors il fallait se pencher les uns vers les autres pour s'entendre, d'autant que Sturm avait laissé sa voix de stentor dans un fourré, la veille ou l'avant-veille. Fox nous resservait de l'eau chaude, on sirotait pour soigner la gorge engourdie de Sturm et pour être prêts, si nécessaire, à le remplacer.

— Mon enfance, même si j'ai pas vraiment de souvenirs, je sais qu'elle a été très rude parce que mon beau-père me violentait. Coups, martinet, pointes, punitions attaché au radiateur, j'ai eu droit à pas mal de trucs. Quand j'étais trop marqué, j'allais pas à l'école. Et ma mère, on va dire qu'elle était en faiblesse et qu'elle pouvait pas me protéger. Chaque fois qu'elle a essayé, elle s'est mangé une droite, donc, bon, elle se tait. Le seul reproche que je pourrais lui faire, parce que quand même faut pas rêver, c'est à un moment donné de pas avoir fait les choses correctement, quand même, y a les keufs, à un moment donné tu prends le taureau par les cornes, tu vas les voir.

Pour ce qu'on en savait, Sturm n'était pas du genre à appeler au secours les policiers, les docteurs, les juges et tous les gradés et assermentés. Plutôt à les aplatir quand ils cherchaient à le serrer de trop près. Je me suis dit que si les services d'ordre étaient intervenus dans son enfance pour l'aider, ça aurait peut-être changé son rapport à l'uniforme. Sturm ne s'en vante pas mais il a mis par terre pas mal de miliciens qui voulaient le ceinturer ou restreindre son champ d'action.

On en est restés là, le silence s'est installé. Enfin, quand je dis le silence, faut préciser. On s'est habitués au flux ininterrompu des automobiles qui à vitesse régulière traversent notre ville sans emprunter les accès secondaires desservant les différents quartiers. Le silence, il faudrait trouver un désert où ça existe encore et, à part aller à six mille mètres d'altitude dans un coin où même les avions ne survolent pas, Atacama ou cordillère, la planète est entièrement bruissante. Le vrai silence, si on pouvait le percevoir, on le considérerait sans doute comme un acouphène, on ferait tout pour l'évacuer.

Clarisse, notre pâle et blonde, accueille les confidences de Sturm avec son ébahissement et sa bonne volonté habituels. Elle lui ressert le citron chaud avec plantes que Fox a préparé pour tout le monde. On peut tous se soigner la gorge grâce aux concoctions de Fox même si on n'est pas tous enroués. Moi, j'entends bien que la voix de Sturm s'enraye mais je ne sais pas si c'est par rage ou par angine.

— De là je fais la connaissance de mon vrai père, une surprise que ma mère a voulu me faire pour le jour de mes huit ans.

— Tu parles d'un cadeau d'anniversaire, a dit Macha. Quand t'en as déjà un qui te pète la gueule, en voilà un second pour t'enfoncer de nouvelles idées dans le crâne. En fin de compte, les parents sont des irresponsables notoires.

— Ouais, mais je me laisse pas embobiner, a dit Sturm. Le père se ramène le jour de mon anniversaire, il se pointe avec un cadeau, un très gros cadeau, je m'en souviens. C'est une grosse voiture avec un vrai moteur thermique, je joue un peu au truc mais j'accroche pas vraiment. J'ai tellement de choses négatives dans la tête, je me dis peut-être que ça va faire pareil qu'avec l'autre, que si ça se trouve il va me fracasser la gueule. Je suis très très sauvage. J'ai un peu une position de loup solitaire, je me méfie.

— Tu es sûr que c'est ton père ? t'as des preuves ? demande Fox. Tu lui ressembles ?

Sturm hoche la tête.

— C'était quelqu'un de très imposant. Pour un enfant de huit piges, il fait peur, c'est une montagne. C'est un peu ce qui fait que je suis ce que je suis, sauf qu'il est encore plus costaud que moi.

J'imagine ces corps ramassés, lourds, pleins, et toute la violence qu'ils contiennent et qu'ils dégagent.

— Alors lui aussi te frappe ? insiste Macha comme si elle souhaitait qu'autour de Sturm tout soit en pièces.

— Pas du tout. Il essaye de faire en sorte qu'on arrive à s'entendre, et au fil du temps, oui, je m'entendais très très bien avec lui. Il est charpentier et maçon, il me fait bosser avec lui le week-end, il m'apprend deux, trois trucs du métier. Je continue un peu à me méfier jusqu'au jour où il me montre deux coffres-forts dont les codes ne sont ni plus ni moins que ma date de naissance. Alors là, je me dis que je suis tranquille et que j'ai rien à craindre de cet homme-là, j'ai le déclic.

— C'est pas toi le coffre-fort ? demande Macha. Toi et tes déclics.

Elle passe la main dans ses cheveux laineux, son visage est joyeux et franc.

— Qu'est-ce qu'il cache, ton père, dans son coffre codé avec le jour de ta naissance ?

On sent bien que si Sturm a confiance, Gell, lui, seul dans sa cabane, reste aux aguets.

— Ce qu'il cache ? C'est comme si Sturm n'avait pas compris la question.

Le père a réussi à retourner le fils en sa faveur, ça se voit que Sturm ne croit pas trop aux placards à double fond en tout cas pas venant du père. Et la voix de Sturm se casse, et il reste un moment sans parler parce qu'il ne peut plus, il est complètement aphone.

— Toi aussi t'as quelque chose à cacher ?

C'est Gell qui poursuit, maintenant qu'il a l'avantage il n'a pas l'intention de lâcher comme si son objectif principal c'était de faire craquer celui qu'il admire le plus, le dur à cuire, le sauvage number one, le combattant. Sturm ouvre la bouche et rien n'en sort. Décidément on n'a pas de chance. D'abord Full qui s'absente et maintenant la voix de Sturm, emportée dans la tourmente. J'ai bien une solution mais ça supposerait que je leur dise ce que j'entends à travers le corps de mes mitoyens et je pense que c'est pas encore le moment. Ça le sera jamais, le moment, si ça se trouve. Jamais je ne parlerai du petit pouvoir intrusif que j'ai et qui m'encombre. Je me tais, Sturm chauffe et s'agite, il ne veut pas lâcher le morceau, il a conscience de l'effort et du bénéfice. Il s'évertue, il chuchote quelque chose à l'oreille de Fox qui répercute.

— Sturm dit que c'est à cause de ce qu'il y avait dans ce coffre-fort que l'idée de la vengeance a germé en lui.

— Il a dit germer ? demande Clarisse. Je ne pensais pas, après ce qu'elle a imposé à Full, qu'elle serait aussi à cheval sur la transcription.

Fox se penche à nouveau et recueille les mots de Sturm.

— C'est quand il a rencontré son vrai père que naît cette idée de vengeance dans sa tête, dit Fox.

— Tu parles de Sturm à la troisième personne ?

Sturm sourit et adresse à Fox un signe de connivence, pouce en l'air, il ne veut pas qu'on attaque celui qui lui a prêté sa voix. Si je devais jouer le rôle de Fox, je sais bien que je choisirais la première personne, je dirais, mon père m'a montré deux coffres-forts, l'un dans le placard et l'autre dans le plancher et dedans y avait deux fusils à pompe, et un 22 long rifle automatique. Et je dirais ça parce que c'est ce que Sturm est en train de ruminer dans sa tête, là, en direct.

— Qu'est-ce que t'as trouvé dans le coffre-fort de ton père ? a demandé Filasse.

Là je me suis rendu compte que j'étais allée au-delà de ce que j'étais censée savoir. Sturm n'avait pas encore décrit le contenu des coffres-forts de son père de vive voix que j'étais déjà en train d'en décortiquer le contenu. Il fallait que je me contienne, ne pas devancer l'appel, attendre les mots de Sturm ou ceux de Fox reprenant les siens. Patience, patience, je me suis dit à moi-même.

Sturm faisait de gros efforts pour reprendre le cours de sa pensée avec sa propre voix mais elle était décidément tout entravée comme si une bourre de coton entourait ses cordes vocales. Et puisque la question lui était directement adressée, il s'est d'abord tourné vers Fox pour demander de l'aide mais Fox lui a fait signe d'essayer, il n'aimait pas trop parler d'un compagnon présent à la troisième personne et visiblement il ne se sentait pas légitime à utiliser la première non plus. Sturm a toussé et s'est raclé la gorge dans l'espoir de dégager les parasites qui s'étaient collés derrière sa glotte.

— Mon père a ouvert un placard et il m'a montré si jamais y avait des problèmes, sers-toi de ça, un magnum, deux fusils à pompe, et un 22 long rifle, une vraie marque de confiance.

Filasse n'a pas pu s'empêcher de glousser.

— Y aurait peut-être des moyens plus doux de montrer qu'on accorde sa confiance à un môme.

Sturm ne s'est pas démonté.

— Faut préciser qu'il était un ancien de l'armée française façon commando et que la plupart des armes venaient de son passé militaire.

Je ne m'étais pas trompée. Toute l'histoire et les mots de Sturm arrivaient dans ma tête avant même qu'il se décide à parler. J'aurais pu faire part aux autres de cette capacité à accueillir une personne entière derrière mes yeux et mes oreilles mais cela faisait si longtemps que je traînais ce secret que je ne voyais plus comment le partager. J'avais peur qu'on me mette à l'écart en découvrant que je pouvais fouiller et ressusciter des pensées cachées, enfouies, délibérément recouvertes. Et même si certains de mes compagnons, Gell, Macha ou Filasse, avaient peut-être eux aussi cette faculté, je ne pouvais me résoudre à la leur révéler.

Filasse semblait un peu ébranlé par ce qu'il venait d'entendre et manifestement il désapprouvait le père :

— T'étais pas un peu jeune pour manier les armes ? il a dit.

— Mon père était une personne simple, très simple, c'était pas le mec qui se prenait la tête. Il buvait un peu quand même, c'était son gros défaut, c'était le seul d'ailleurs parce qu'à côté de ça c'était un mec super. Ça nous est arrivé plus d'une fois de rentrer dans un bar, deux ou trois ivrognes le regardaient de travers et lui disaient ouais, ton fils c'est juste un bâtard, et là c'était grandiose.

— Qu'est-ce que tu veux dire ? a demandé Oscar perplexe. Peut-être qu'il avait lui aussi des souvenirs précis de scènes de bar, où on lui racontait à demi-mot que son grand frère Stef avait des ennuis et que les représailles allaient tomber sur lui, le petit Scar.

— C'était grandiose, a répété Sturm et on sentait qu'il faisait défiler dans sa tête des scènes magnifiques où son père était le principal héros. C'est pas compliqué, il a fait fermer un bar trois semaines pour rénovation. Et pourtant en plus d'un an avec lui, je me suis pris qu'une seule baffe. Parce que j'avais emprunté le 357 magnum et que j'avais tiré dans la bagnole, je me souviens, la détente elle est ultrasensible, je pensais pas que ça ferait ça, je pensais qu'il fallait armer avant de tirer. Je jouais avec et là ça se déclenche et je me retrouve par terre avec le recul, pourtant j'étais déjà très corpulent pour mon âge mais j'étais loin de m'imaginer que ça allait partir et que ça traverserait la porte du garage. C'est là qu'a commencé ma fascination pour les armes, la puissance qu'elles te donnent, tu as entre les mains un pouvoir incroyable.

— T'en as encore ? a demandé Filasse, qui ne semblait pas enchanté par la perspective.

Sturm a fait non de la tête mais je savais, moi, que son coffre était encore rempli des armes de son père. C'est pour ça que je ne voulais pas parler à sa place, je voulais respecter ses silences. Peut-être que je me trompais mais on ne perdait rien à croire que *Les Bâtards* – puisque c'est le nom que j'avais adopté secrètement pour notre groupe – en expérimentant le travail de la mémoire, étaient obligés un peu de se défendre, de bégayer, de cacher certaines choses. La totale transparence et la vérité nue sont des leurres. Entre le passé et le présent, le chemin le plus court est rarement la ligne droite, encore un de ces trucs idiots qu'on nous a appris alors qu'il faut tenir compte de l'état du terrain, du dénivelé, des obstacles à franchir, et ça, Sturm connaissait très bien, je lui faisais confiance.

Le pavillon de Fox est placé sur une butte qui surplombe la dix-voies d'un côté, le lotissement de l'autre. Il a été construit dans une boucle qui se mord la queue, qui n'ouvre sur rien que sur elle-même. Les véhicules qui passent appartiennent tous à des habitants des maisons environnantes. C'est pour ça qu'on a remarqué la camionnette blanche qui s'est garée en face de chez Fox. Ses phares se sont éteints. Aucun réverbère ne permettait de voir l'intérieur de l'habitacle et personne n'en est sorti. À croire que la camionnette se déplaçait toute seule et que, vide et entièrement téléguidée, elle s'était installée là sur commande pour nous espionner. Fox ne connaissait pas cette camionnette. Véhicule banalisé, il a dit. Il a dit aussi que si un second véhicule venait rejoindre le premier, il faudrait aviser. La police progressait dans son enquête et comme nous avions opté pour des interventions de plus en spectaculaires, le filet se resserrait lentement autour de nous. Mais Fox nous a rassurés. Il nous a dit qu'il savait comment échapper aux forces de l'ordre. Pour l'instant, y a pas le feu au lac. Et il a fait signe à Sturm de continuer.

— À l'époque, je me suis dit que si j'avais connu les armes plus tôt, le beau-père aurait pas levé la main sur moi aussi souvent que ça. Il m'avait jamais rien cassé mais j'avais eu beaucoup de plaies au sang. Et là, avec le coffre de mon père, je commence à penser que j'ai enfin trouvé un moyen sûr de me venger. J'ai une très grande violence en moi et il faut reconnaître que cette violence, je l'ai répercutée sur les autres.

On n'a pas de doute sur la sincérité de Sturm, on le voit comme le costaud et le méchant de la troupe, un vrai taureau, capable avec ses cornes de déchirer et cisailler les barbelés, de creuser de longs tunnels et peut-être même de rectifier un ou deux types qui nous colleraient trop. Ça, on ne veut pas le savoir. On fait les innocents.

Le long ruban de l'autoroute envoie de temps à autre des flashs bleus à travers la véranda, des voitures d'extrême urgence qui transportent des malades ou des blessés. Clarisse remarque que leur fréquence a augmenté et elle demande à Filasse s'il est au courant de quelque chose. Filasse est notre principal messager parce qu'il a un physique de jeune homme doux et gentil, il inspire confiance. Ils sont peut-être en train de former des patrouilles pour rechercher les activistes qui ont décidé de barbouiller les routes, dit Filasse et il nous adresse un clin d'œil malicieux. On peut se féliciter. Repeindre les bandes d'arrêt d'urgence en rose fluo était un de nos objectifs et on l'a mené sans se faire écraser ni prendre.

Pendant ce temps-là Sturm se saoule à l'eau chaude et parfumée, ça ne suffit pas à raviver sa voix, encore pour lui une raison d'enrager. Donc il enrage. Il a réussi à canaliser sa violence et on lui en est reconnaissants mais il lui arrive d'exploser quand la pression est trop forte. Là, le silence que son propre corps lui impose le rend nerveux. Il se lève, on lui demande s'il compte s'arrêter en chemin, il tourne les paumes vers le ciel en signe d'impuissance, Fox lui propose à nouveau d'écouter et de transcrire et Sturm ne semble pas favorable à cette perspective, il réfléchit. Macha propose qu'on change notre fusil d'épaule, les autres se marrent, l'image est bien choisie mais on passe pas d'une histoire à l'autre en une seule nuit, alors assis autour de la table on attend que les flashs bleus s'espacent, que la rage se tarisse, que les voix s'élèvent, que Sturm en finisse.

— Comment on va faire ? dit encore Macha. Oscar dessine des lettres sur un cahier qu'il garde toujours avec lui. Full fredonne une musique qu'il est seul à pouvoir mémoriser et qui est difficile à reproduire. On se laisse porter par la nuit.

Sturm réussit à chuchoter.

— J'ai dix ans.

Je comprends que c'est l'âge de la bascule, la mère quitte à nouveau le père biologique et le môme se retrouve pris dans les turbulences initiales. J'ai les petits gars des *Quatre Cents Coups* et de *L'Enfance nue* dans l'esprit, des petits chats écorchés qui se débattent et griffent dès qu'on les touche. J'en parle à tout le monde. Vous connaissez ?

Filasse hausse les épaules. Des films en noir en blanc, tu parles. Mais Sturm est plutôt intéressé. C'est quoi ?

— Des films de François Truffaut et de Maurice Pialat. L'histoire de gamins qui errent de famille en famille et qui multiplient les conneries au lieu de parler. Ils lancent des appels dans le vide, ils sont trop retirés et trop durs pour que quiconque ait l'idée de les caresser.

Sturm manifeste son approbation. Toute son adolescence vient dans ma tête, d'un coup, avec ses mots et son phrasé. Là, je me dis que c'est le moment, c'est le moment de leur avouer que de temps en temps j'entre dans la tête de mes amis. Que c'est une faculté certes mais aussi une souffrance. Que ça n'était pas encore arrivé avec eux, je ne l'avais pas prévu et je ne le voulais pas. Que cela s'opère sans mon consentement. Que je suis désolée.

J'essaye, en bégayant un peu, d'expliquer mon état d'esprit. Les autres ouvrent des yeux ronds, ils ne me croient pas ou pas encore.

— T'as qu'à le prouver, dit Macha. Prouve-le.

— Oui, raconte l'histoire de Sturm. Hein, Sturm, que Lily peut parler à ta place ? propose Gell.

Et Sturm acquiesce sans prononcer un seul mot, juste d'un hochement de tête.

Je ne m'étais pas assez préparée, trop tard pour me défausser.

— Tu y vas, Lily ? demande Fox.

— Quoi ?

— Vas-y, insiste-t-il.

Clarisse temporise.

— Tu ne parleras pas en ton propre nom ?

Elle n'a sans doute pas trop apprécié que je me mêle d'Allemagne quand on était censés écouter comment Full avait quitté l'Algérie.

— Je parlerai pour Sturm, j'ai une petite connaissance.

— D'où te vient-elle ?

Je désigne l'air environnant. J'en sais rien, c'est dans ma tête. Sturm pourra toujours m'interrompre, il suffira d'un geste.

— Pourquoi pas quelqu'un d'autre ?

— Personne d'autre n'a la voix de Sturm dans la tête, si ?

Les autres acquiescent. Macha répète.

— Personne d'autre.

— Mon nom est personne, dit Oscar. Lily, tu es la femme aux mille tours.

Les autres l'applaudissent. Ils me désignent du doigt, du menton, ils m'encouragent.

Clarisse résiste. Elle essaye de me tester.

— Donne un exemple, ensuite on vote.

Je dis : « D'accord. Je raconte quand Sturm a dix ans et qu'il se retrouve en foyer ? »

Sturm n'en croit pas ses oreilles.

— D'où tu le tiens ?

Je préfère ne pas répondre.

— Vas-y, bâtarde, dit Oscar.

S'ils me traitent de bâtarde, c'est bon signe. Je me sens valorisée. Je lève la main pour les arrêter.

« Au nom de Sturm », je dis.

J'offre ma paume, les autres apposent successivement la leur, ça claque avec Fox, avec Macha, avec Full, avec Filasse, avec Oscar. Sturm ferme son poing, je ferme le mien, on checke.

— Donne ta voix à mon enfance pourrie, affaire conclue, chuchote-t-il dans un souffle.

La camionnette blanche que Fox a remarquée a rallumé son moteur et elle a quitté tout doucement le lotissement des Champs. Fox ne comprend pas très bien le sens de ce départ, on n'a vu personne sortir ni entrer.

— Lily, tu peux y aller, il a dit comme si on était des funambules et qu'on se préparait à marcher sur un fil tendu entre deux tours.

J'ai suivi son conseil, j'ai avancé l'histoire de Sturm comme j'aurais fait avec la mienne.

« Ma mère est retournée avec mon beau-père. Mais elle ne me garde pas avec elle. Peut-être qu'au fond elle ne veut pas que le mec me frappe encore. Moi je l'interprète plutôt comme un abandon. Elle m'envoie en foyer, elle se débarrasse de moi, personne ne s'intéresse à mon cas. Je deviens trop gênant, je suis fort, je suis méchant, j'ai dix ans et si on m'attaquait, je pourrais me défendre. »

— On aime ta force, dit Gell, on aime que personne puisse te soumettre.

J'attends de voir si Sturm veut répondre par lui-même mais comme il ne relève pas, j'enchaîne.

« À l'école, rien à foutre de rien, rien à foutre de moi, rien à foutre des autres. Je suis prêt à en découdre avec tout le monde pour tout et n'importe quoi. Je suis une boule de nerfs. Je fais peur. Et là arrive une bagarre, la plus grosse dans une école, et là j'en tape un et au lieu de m'arrêter je continue. Je le tape je tape je tape et à un moment donné je le relève et je le tape contre la porte vitrée, il passe à travers. »

Tout le monde est impressionné à la fois par l'histoire et par ma voix ventriloque. Sturm essaye de parler, sa voix a lâché, il s'étonne.

— Comment tu l'as appris ?

— C'est en moi. C'est ce qui me traverse. Ça m'inquiète, des fois, mais je ne peux pas faire autrement, parfois ça fuse, une histoire m'attrape, je la tiens tout entière dans ma bouche, je peux vous la cracher, vrai de vrai.

Je développe un peu mais je précise que c'est pas pour parler de mes petits pouvoirs que je passe cette nuit avec eux, non.

« Plutôt que de vous expliquer, y a rien à expliquer d'ailleurs, je préférerais continuer l'exposé de Sturm. Avec votre permission à tous. »

Clarisse me félicite. On se congratule. Mon moment de gloire. Je vais pouvoir, enfin, tout lâcher. Ça sera encore mieux que l'Allemagne. Sturm a le rôle de sentinelle, c'est lui qui orchestre et qui distribue, ça va de soi puisque c'est de lui qu'il s'agit et on ne veut à aucun prix le déposséder. Il s'y colle avec un certain plaisir, ça le soulage d'entendre son histoire passée par le corps et le filtre d'une autre. D'un homme à une femme, en plus, ça modifie le rendu.

« Les gendarmes arrivent, les services sociaux, hop ils m'emmènent. Tribunal pour enfants, je suis placé en foyer fermé. Terminé. Je suis dégoûté, blasé, désœuvré, je suis pas assouvi, d'autant que je suis plutôt dans le box des accusés alors que je me sens complètement victime. Je prépare ma vengeance. »

— Sturm, tu parlerais comme ça ? demande Filasse pour avoir l'assurance.

Sturm est stupéfait. Il acquiesce.

— À qui on pose les questions alors ?

Oscar paraît déboussolé, sa bouche tombe un peu plus que de coutume. Sturm me désigne de l'index. Les Bâtards décident de m'appeler par son nom, je suis Sturm, ça forme une tornade dans leur tête, mais le vent a du bon, ça lave aussi les cerveaux, et puis on sait bien que les noms c'est aléatoire.

— Si Lily doit porter le nom de Sturm, c'est pas la fin du monde, dit Macha.

— On s'y retrouve plus, dit Clarisse, hagarde.

Avoir deux corps pour une seule biographie, deux voix pour un seul récit, ça déplace tout le monde, on entre dans une zone de magie qui nous rend intranquilles.

Je dis aux autres : « Ne vous préoccupez pas des détails, je vous assure que je sais de quoi je parle, je vous assure que je connais Sturm, que sa voix me parvient telle qu'elle est même si elle ne sort pas ce soir de sa bouche. »

— C'est toi qui lui as brisé les cordes vocales pour mieux prendre sa place ? Clarisse, notre douce et candide, a développé une drôle d'animosité à mon égard.

Je proteste de ma bonne volonté. J'essaye de me disculper. Je suis désolée, ça fait un moment que je voulais vous dire, ça m'est déjà arrivé ailleurs, avec des inconnus, je sens que monte en moi la voix d'un autre, je n'y peux rien etc., etc.

Je n'ai pas le temps de profiter du soulagement qu'une telle révélation pourrait m'apporter.

— On s'éloigne de notre propos, dit Oscar. Tu parlais d'une bagarre et d'un placement en foyer. Tu peux continuer ?

« Je suis placé en foyer, je dis. C'est dur. C'est un foyer pour enfants difficiles. T'es tout juste surveillé, t'es limite livré à toi-même. Je retourne le week-end chez ma mère mais je revois plus mon père parce que mes parents se parlent plus. Mes frères et sœurs se retrouvent en famille d'accueil quand sort l'histoire de mon beau-père. »

— Quelle histoire ?

« Le beau-père, c'est un taré, j'ai passé une grande partie de ma vie à attendre pour le planter mais au début j'en ai pas vraiment conscience. C'est un jour à la télé, j'entends parler d'une histoire de pédophile avec un éducateur et là j'ai le déclic. Je vois que c'est pas normal. Je me dis, là il y a un très gros problème. »

— Tu peux nous refaire la chronologie, on voit pas trop bien comment ça s'enchaîne ? Et Fox s'est tourné vers Sturm et Sturm s'est tourné vers moi.

— Lily va vous expliquer, susurre-t-il avec une douceur qu'on ne lui connaît pas.

Je dis à tous : « Je m'y remets. Je m'y remets, patience. »

Et les vrombissements de moteurs couvrent un instant l'ensemble de nos efforts. Je me sens réduite à une seule chose, suivre Sturm partout où sa pensée ira quoi qu'il arrive et ça m'empêche un peu de prendre de la distance. Je n'arrive pas à éviter toutes les bifurcations et impasses que Sturm emprunte, à croire qu'il cherche à me perdre en route. Je m'accroche, je passe par des fourrés, des chemins creux, des culs-de-sac, je n'y suis pas habituée. Dans l'espace si unidirectionnel et aplati qui est devenu le nôtre, je découvre des usages du territoire que je croyais disparus. Sturm est sans cesse furtif, il se faufile sous une palissade, il creuse un tunnel, il sort sa tête d'une bouche d'égout au propre comme au figuré. Même si j'habite une maison protégée des regards extérieurs par la poussée furibonde de milliers d'adventices, je ne suis pas une spécialiste des interstices alors que Sturm, si.

« C'est après leur divorce, j'ai soulevé une affaire que personne ne savait, une affaire de pédophilie à laquelle je suis mêlé en tant que victime par mon beau-père. Ça s'est passé avant que j'aille en foyer, quand je vivais avec lui et ma mère. C'est pas que je veux pas le raconter, c'est des trucs, c'est compliqué, j'arrive à le dire mais le décrire, non. »

Peut-être que je suis trop fidèle, je me dis. Je devrais me

débarrasser des hésitations de Sturm et aller direct aux faits. Mais les faits arrivent petit à petit, ils me parviennent à mesure, ils sortent des cavités ombreuses où Sturm les a laissés pourrir, et arrivent à la lumière par les mots.

« Au tout début où ça commence à se savoir, personne n'arrive à imaginer cette histoire, même pas les flics. Ils le découvrent par des agissements de ma sœur qui sont suspects. Elle est suivie par un psy et de là elle finit par raconter les pratiques de mon beau-père sur elle, et de là les flics commencent à comprendre. Viol, coups et blessures, tout. Moi aussi, j'y ai eu droit mais j'ai jamais rien raconté, le beau-père m'avait ordonné de me taire et en plus je comprenais pas très bien ce qui arrivait quand il nous enfermait avec lui dans le salon. J'ai commencé à tilter quand j'ai rencontré mon vrai père, avant je mettais pas de nom sur les événements, je voyais pas que c'était pas normal. Comme je vous dis, c'est quand j'entends parler de pédophilie à la télé, c'est là que je me dis qu'il y a quelque chose qui ne va pas. Avant, je trouve juste le contexte bizarre, mon frère, ma sœur et moi, on est tous réunis dans une même pièce avec le beau-père et on est sous l'emprise d'une arme, tout est très confus. Mais là, au fur et à mesure que je regarde la télé, je comprends que beaucoup de choses ne sont pas normales. »

Si je n'étais pas Sturm, j'aurais envie de lui demander de tout remettre dans le bon ordre. D'abord le beau-père et les viols subis, puis la rencontre avec le père, puis les coups portés à des camarades de classe, puis le foyer. Mais là, je ne peux pas jouer tous les rôles, le mien et celui de Sturm. Dire et commenter à la fois, ça me ferait prendre trop de place. Alors j'essaye de taire Lily en moi et je laisse Sturm prendre le pouvoir. Mais dans ma voix il y a des questions insidieuses, celles qui concernent la situation exacte de Sturm au moment des faits et la description exacte de ces faits. Bien sûr, je n'ose pas inventer à sa place mais il y a beaucoup de blancs dans son exposé, on ne sait pas comment ça se passait dans cette pièce avec le beau-père et les frères et sœurs, on ne sait pas quel usage le beau-père faisait des armes et comment il organisait les séances avec les enfants. Le sordide, ça nous attire toujours un peu, forcément. Comme je ne vois rien venir du côté de Sturm ou des autres, je continue ce qui vient, le flux à la fois continu et interrompu, à la fois puissant et tortueux, l'histoire rompue, troublée, vécue, de Sturm.

« À l'époque, je vous rappelle, je suis en foyer parce que j'ai déglingué un petit gars de mon âge. L'affaire du viol surgit par ma sœur, et une délégation arrive au foyer, trois voitures de la gendarmerie avec des experts et machin. L'entretien dure huit heures. Les quatre premières heures, je décroche pas un mot. Je m'en souviens très bien. Ça se passe dans une salle aux baies vitrées, devant plein d'enfants qui me voient à travers. Les flics ont même pas pensé à un endroit plus tranquille. Ils me posent des questions par rapport aux faits. Sur les relations que j'avais avec le beau-père, comment ceci comment cela, et s'il ne s'est pas passé ceci ou cela. Ils mettent pas trop la pression mais ils essayent de savoir. Je décroche pas un mot parce que pas envie, tout est en train de rebouillir dans ma tête. Et à un moment donné je pète un gros plomb. J'attrape la table et je la chavire.

Dans le lot, y a quatre flics qui tombent par terre. Je suis ultraviolent et de là ils me foutent les menottes, m'assoient à la chaise et essayent de me calmer. Donc déjà t'es la victime et t'as les menottes, ça t'aide pas à aimer l'uniforme. »

J'ai beau lire dans l'esprit de Sturm, je n'adhère pas complètement à sa personne. Il y a entre lui et moi une petite distance, comme un espace de sécurité que j'essaye de maintenir coûte que coûte. Il ne faudrait pas que je plonge avec lui dans la haine de l'uniforme. D'autant qu'il m'arrive d'aller les voir, de leur parler, d'essayer de trouver des arrangements, de leur exposer un point de vue qui n'est pas le leur, de les habituer à se frotter à ceux qui ne sont pas d'accord sans qu'on en vienne aux mains. Raconter Sturm, c'est entrer en contradiction avec ma pratique. En même temps, le filtre de ma voix l'aide sûrement à entendre sa propre histoire comme celle d'un gars qu'il n'est plus et à se regarder de loin. Je me réjouis de lui servir à ça, de prêter mon corps et ma voix à sa réhabilitation. Je me dis aussi que pour comprendre le monde qui nous entoure, c'est bon d'être en contact intime avec les protagonistes de ce monde, même sauvages, même retirés dans les derniers bois qui entourent la ville, même réfractaires, même exclus, même violents. Si on passait un peu plus de temps à converser avec nos semblables, on se porterait mieux, c'est ma conviction. Sûrement la raison pour laquelle je ne peux pas repousser en moi toutes ces voix qui m'assaillent.

Et il faut reconnaître que malgré la forme étrange qu'est en train de prendre notre entreprise, deux corps pour une seule voix, ni Sturm ni moi ne sommes en porte à faux ou en danger. On n'est pas tournés en dérision. Au contraire. Les autres sont captivés par la nouvelle forme que prend notre réunion, ils n'ont pas de présupposé sur la manière dont ça devrait se passer, ils sont ouverts. Là devant moi il y a Oscar, Macha, Fox, Gell, Filasse, Full et Clarisse, ils ne manifestent aucune incrédulité, ils sont entièrement accordés à ce qui se passe. Tous renoncent à s'opposer. Tous s'abandonnent.

Clarisse, à travers les rideaux semi-opaques de Fox, a constaté qu'une camionnette se garait à nouveau en face du pavillon. La même que tout à l'heure ? demande Gell. Clarisse ne sait pas. Fox vient vérifier à la fenêtre, ce n'est pas la même. Il n'y a aucune raison pour qu'un véhicule stationne là, surtout après vingt-trois heures. Fox se propose d'aller carrément parler au conducteur et il sort.

Les regards sont tournés vers moi. J'ai dû rater une marche, une question, une remarque, je ne peux pas penser pour Sturm et pour moi à la fois, ça embrouille et ça retarde.

Je demande : « Qu'est-ce qu'il y a ? »

— Interruption de séance ? propose Full.

Je trouve qu'il est plutôt mal placé pour faire ce genre de proposition, lui qui n'a pas été foutu d'arriver à temps pour parler en son nom. Mais je ne lui jette pas la pierre, on a tous nos petites faiblesses.

Je dis : « Comme vous voulez. »

Fox est revenu.

— Alors ? demande Clarisse.

— Le mec prétend qu'il prend des mesures pour vérifier le nombre de décibels et de particules fines dans les environs.

— Tu le crois ?

Fox semble hésitant, il veut qu'on se prépare à partir. Sturm tape du poing sur la table et il énonce d'une voix quasi inaudible.

— On peut pas me laisser en plan avec flics et menottes. On va au bout du procès, au moins ça.

Et il me fait signe comme un chef d'orchestre à son premier violon.

C'est tellement impérieux que, malgré les éventuels risques, les autres acquiescent, Fox compris. Je joue consciencieusement la partition.

« Le jour du procès du beau-père, Sturm arrive au tribunal en fourgon de police et toujours menotté. Il est l'une des victimes mais on le considère comme très dangereux. Le jugement se passe très vite parce qu'il y a en plus une autre affaire qui tourne sur le beau-père quand il était bénévole auprès de handicapés. On interroge Sturm sur ce qu'il a subi. Sturm veut pas trop avouer parce qu'il veut pouvoir se venger lui-même. Alors sur le banc des témoins, devant les juges, les jurés et les avocats, il essaye de se retenir, mais il fulmine, il s'emporte, il se lâche, il proclame des menaces de mort et appelle de ses vœux des méthodes radicales pour se débarrasser du beau-père. Le juge est obligé de le sortir du tribunal, l'affaire est jugée sans lui, le beau-père prend huit ans ferme. »

Sturm donne à nouveau du poing sur la table.

— Pas il, *je*.

— Ah, je m'étais pas rendu compte.

— Avoue plutôt que tu préférais éviter le moment où Sturm traite le beau-père de tous les noms et où il sort menotté comme un truand ou un criminel, dit Fox.

Je lui dis que s'il se sent de prendre le relais, je ne suis pas contre. Mais Sturm me désigne du doigt, et j'ai pas le choix, je dois assurer la tâche qu'il me délègue.

« Huit ans ferme, c'est décevant pour tout ce que ce salopard a fait. En même temps je me dis, j'ai qu'à attendre. Je le fumerai à sa sortie. À sa sortie j'aurai seize ans, la force de l'âge. En attendant, c'est l'engrenage. Je fugue, je vole, je transporte de la drogue, je rencontre de purs pourris, je me bats à droite à gauche, combats de rue avec paris et primes. Je commence avec des lascars qui ont un ou deux ans de plus que moi mais très vite je monte dans la catégorie des vingt-cinq-trente ans alors que j'ai même pas treize ans, je gagne toujours, je suis une brute. »

On en frissonne. Imaginer cet enfant de treize ans entièrement dirigé par son projet de vengeance nous donne un autre aperçu du corps massif, ramassé et puissant de Sturm. On aurait envie d'être à ses côtés mais on ne sait pas comment on aurait pu l'aider. Macha qui est passée, elle aussi, par l'état sauvage, cherche comment tendre une main amie à cet enfant.

— T'inquiète, lui dit Oscar, tu vois bien qu'il s'en est sorti.

— Ça m'a pris beaucoup de temps mais je m'en suis sorti.

Et c'est pas moi qui le dis, c'est Sturm. Alors nous tous,

on croit qu'il va reprendre le flambeau et on le lui laisse volontiers. Je préférerais, oui, qu'il reprenne la parole, parce que toujours écouter et transcrire en direct ce qu'on entend de la voix de l'autre, c'est éprouvant. Mais Sturm s'arrête. Ce ne sont pas quelques gorgées de citron chaud qui guérissent sa rancœur. Les lumières bleues et tournantes continuent à éclairer irrégulièrement le crépi grumeleux du pavillon, le vacarme assourdissant des sirènes est comme étiré et déformé par la vitesse, on a du mal à s'engouffrer et à engouffrer nos voix dans les petits répits que la circulation autoroutière ménage parfois, entre deux salves. Et puis il y a la camionnette garée en face du pavillon, une camionnette suspecte qu'on fait semblant d'ignorer parce qu'on estime avoir le droit de parler.

Sturm s'est tu et Clarisse a demandé mon aide. On a besoin de toi, elle a dit. Ça a suffi à me convaincre. Je crois que malgré sa jeunesse Clarisse m'impressionne, je lui voue une sorte de culte silencieux. Je me dis que son sempiternel ébahissement, l'étonnement profond, sincère, constant, qu'elle manifeste, est un signe de son indéfectible attention, du crédit qu'elle accorde à chacun de nos récits. Clarisse, c'est notre reine blonde, à force de nous écouter et de recevoir nos histoires comme si elles étaient inouïes, elle nous valorise. Je suis sûre que Filasse, comme moi, admire sa pâle et lumineuse beauté et qu'il se verrait bien échanger des mots d'amour avec elle, mais il n'a pas l'air d'oser, et moi je n'ose pas non plus énoncer ce pour quoi elle m'est si précieuse.

Retour à Sturm. Je me concentre sur sa présence, sa peau, son poids, sa gravité, sa densité et à un moment sa voix toute petite et démesurément fluette pour ce corps-là parvient jusqu'à moi, parle je me dis, parle parle parle.

« J'apprends tout seul dans mon coin, les prises, les endroits fragiles du corps, les huit points cardinaux, les seize points de paralysie, les cinq points vitaux. Je casse des morceaux de bois sur mes tibias, je m'entraîne sur un vieux drap rempli de sable que je transforme en punching-ball, je passe mes journées à taper dessus. Je me consolide. J'ai tellement la haine, quand mon adversaire commence à me frapper, j'aime trop ça, je deviens rouge, je deviens noir, je vois la couleur du sang, c'est tout ce que je vois et je les défonce tous, tous sans exception, ils ont aucune chance face à moi. »

Personne n'ose relever, reprendre, trouver à critiquer, essayer de tempérer.

« À tel point que lors d'un soir de combat, j'ai tapé un peu trop fort. Et c'est au moment où mon poing s'enfonce dans la colonne vertébrale du type, j'ai senti que j'avais fait une grossière erreur, manque de lucidité. J'entends le petit bruit, le clac, tout s'effondre. Le type est allongé par terre. Je me dis, c'est fini pour moi. Je cherche même pas à m'enfuir. Le type se relève pas. Je me mets à genoux et j'attends les flics. Je me retrouve en correctionnelle pour mineurs. »

— Et le type ? interrompt Gell, presque hargneux derrière sa chevelure hirsute.

— Fauteuil roulant, je dis avec assurance. Et Sturm acquiesce.

« Je prends six mois. Là t'es enfermé, t'as du grillage et il est haut. C'est comme un camp de vacances mais t'es parqué. Tu continues à te battre à l'intérieur, normal, tu te fais respecter, t'as pas le choix. Quand je sors j'ai quatorze piges. Je reprends un peu les conneries, et là un de mes potes se fait flinguer. On lui tire une balle dans la tête parce qu'il a essayé de faire comme les grands. Là j'ai le vrai déclic, je dis stop, faut que ça s'arrête. »

— Tu dis toujours que t'as le déclic mais il est long à venir, remarque Oscar.

Je ne réponds rien. Oscar a raison mais on est trop affectés par tout ce qui arrive à Sturm pour essayer de lui faire changer ses expressions. On ne voit pas comment il a pu rompre l'engrenage, comment il est passé du combat de rue aux derniers petits bois au nord de la ville, à la semaison, à l'élagage, aux activités illicites de jardinage sur terrain vague. On ne voit pas non plus comment il a pu s'assagir, s'il a massacré son beau-père, si c'est grâce à ça qu'il s'est enfin calmé. Même moi, avec ma connaissance spéciale de lui, même moi, je ne le sais pas. J'avance aveuglément avec sa voix en éclaireuse. C'est comme si rien de ce qu'il allait devenir ne me parvenait, dans cette purée de pois qu'a été son enfance. Je suis aveuglée, exactement comme il a dû l'être pendant au moins les dix-huit premières années de son existence, ça me permet de ne pas le juger ni même d'avoir la tentation de le conseiller. Je suis comme lui, sans hésitations et sans scrupules.

— Tu bouges ? demande Filasse. Et personne ne comprend à qui ou de quoi il parle.

On reste cois. Sturm a un petit papier qu'il triture entre ses mains, Full joue de plusieurs instruments dans sa tête, Macha a décidé de se lancer dans la percussion sur la table en contreplaqué. Gell se gratte le crâne et je préfère pas savoir ce qu'il attrape quand il se pince le cuir chevelu. Oscar n'a pas quitté son carnet dans lequel il croque les meubles en style international de Fox. Fox s'est éclipsé dans le sous-sol du pavillon. Clarisse règne. Sa pâleur, sa blondeur et sa jeunesse nous tiennent en respect. On ne veut pas, jamais, la contrarier.

— Lily, tu lâches la main, propose-t-elle.

Moi, je veux bien, mais qui me remplacera ?

Je demande : « Qui sont ceux qui sont habités par les voix intérieures ? »

Je me dis que je vais peut-être enfin savoir qui de Macha, de Gell ou de Filasse possède le pouvoir de connaître ce qui se passe dans les têtes. Mon espoir est déçu, personne ne se manifeste. Y en a pourtant un qui a prononcé avant moi le nom du cimetière où j'errais avec Fritz et Hans dans les territoires allemands, j'en suis quasi sûre.

Je demande aux autres s'ils connaissent un très vieux film, *Le Village des damnés*.

— Je l'ai jamais vu en entier, dit Oscar. C'est quoi, le lien ?

— On s'éloigne, dit Clarisse et je vois tout de suite qu'elle se sent attaquée. Elle n'a pas complètement tort.

— Y a des blonds qui sont pas bons, je dis.

Et je vois bien qu'il n'y a pas de lien avec le reste, que j'ai juste envie de me défaire de l'admiration que j'ai pour

Clarisse parce qu'elle est trop belle et trop jeune, que je compte ainsi salir un peu sa blondeur, et que c'est plutôt moche comme réaction.

— Quelle importance, dit Macha. Sturm n'est pas blond que je sache. Et c'est sa bonté à lui qu'on veut capter.

— J'en ai aucune, dit Sturm dans un souffle.

Quand je dis dans un souffle, je devrais préciser que c'est un souffle plus proche du cri que du murmure, étant donné le brouhaha susnommé de la bretelle autoroutière qui passe juste derrière le mur du pavillon. Et ce cri-là demande beaucoup d'énergie à Sturm, au point qu'il ne peut rien ajouter.

— Ton village des damnés, c'est le nôtre ? demande Oscar, et sa bouche est aussi tombante que d'habitude, y a pas de sourire sur ses lèvres.

— Non, pas du tout, je dis. Mais y a des jeunes enfants qui naissent et ils sont tous très pâles et blonds. Et les habitants finissent par comprendre que ce sont des envahisseurs qui ont pris l'apparence humaine pour mieux les tromper.

Je ne suis pas sûre que mes compagnons aient établi le lien entre mon histoire et Sturm. Ils ont juste compris que les méchants étaient blonds. Et je ne peux nier qu'il y a sûrement en moi une volonté de faire vaciller l'aura de Clarisse, la seule aryenne du groupe. Je me venge de l'Allemagne à travers elle, comme si les antécédents de Sturm et son envie furieuse d'en découdre avec le monde entier avaient déteint sur moi en mode mineur.

« Mais l'essentiel n'est pas là, j'ajoute. L'essentiel, c'est que ces méchants envahisseurs ont la capacité de lire dans les pensées. »

Tout en développant mon point de vue, je me rends compte que certes, j'envoie une petite méchanceté à l'adresse de Clarisse, trop blonde pour être honnête, mais que je suis moi-même dans le collimateur puisque je lis dans les pensées. Le temps que je me mette ça dans le crâne et que j'admette que je suis, moi aussi, l'exact double des enfants blonds et maléfiques, il est trop tard, les autres ont tout capté. Clarisse et moi sommes damnées par ma faute. Je m'enferre dans l'histoire de ces enfants damnés et télépathes qui, grâce à ce pouvoir, éliminent les habitants du village.

— Ton histoire est pas trop rassurante et on voit pas à quoi on pourrait l'utiliser, dit Macha qui aime beaucoup le cinéma et qui est prête à visionner toutes sortes de films, même des vieux en noir et blanc et en sous-titre.

Je dis : « Si on veut résister à ces enfants, il faut cacher ses pensées. »

— Tu parles par allégorie ?

— Il faut penser à quelque chose de simple qui fasse écran. Y a qu'en masquant ce qu'on a à l'intérieur de soi qu'on a une chance de les vaincre. Et c'est ce que l'instituteur du village, qui a l'habitude de tous les réunir dans sa classe pour leur apprendre les rudiments de la géométrie, a compris. Il décide de se sacrifier pour les supprimer tous d'un coup.

— Il fait comment ? demande Filasse.

— Il confectionne une bombe qu'il place dans sa serviette. Il entre comme d'habitude dans la classe, il est très calme. Les enfants blonds sont tous là, assis à leur pupitre. L'instituteur s'installe à son bureau, il pose sa serviette devant lui et il leur parle à tous comme si de rien n'était. Il sait que la bombe va mettre un petit moment avant d'exploser. Il sait que pour que l'opération réussisse, il ne faut pas que les envahisseurs blonds sachent ce qui se cache dans la serviette. Il sait donc qu'il ne doit pas y penser, qu'il doit penser à autre chose. Alors il se répète en boucle, je dois penser à un mur de pierre.

— Ça marche ? Macha est bien intentionnée parce qu'elle accepte de me suivre dans ma dérive.

— L'instituteur se concentre. Les enfants sont surpris de voir que leur maître pense à un mur de pierre, ils se demandent ce qui se cache derrière le mur. Ils scrutent la pensée de leur maître, leurs yeux sont inquisiteurs. Le maître continue à dérouler son cours en pensant au mur de pierre. Mais le mur s'effrite peu à peu, et derrière le mur il y a quelque chose. Les enfants le comprennent, ils essayent de lire dans les pensées de l'instituteur, ils scrutent son esprit, ils essayent de percer son secret. Il faut que je pense à un mur de pierre, se répète l'instituteur, et le mur commence à se fissurer et derrière apparaît quelque chose mais quoi, les enfants poursuivent leur travail, leurs regards se fixent sur l'instituteur, vont-ils réussir à décrypter sa pensée avant que la bombe n'explose ?

Clarisse m'interrompt.

— Pourquoi tu nous racontes ça ?

C'est vrai ça, pourquoi ? Cette histoire me fascine depuis toujours certes, mais en quoi cela servira-t-il notre travail ? Je vois bien qu'avec mes extraterrestres, je mets en doute le chemin que nous sommes en train d'emprunter. C'est comme si je conseillais à Sturm de me cacher quelque chose, comme si je lui disais qu'il doit se préserver de moi, comme si je me voyais, moi, en enfant télépathe et destructeur.

— Lily, tu débloques, dit Filasse et c'est lancé avec une telle simplicité que je dois bien l'admettre. Tu voles pas les pensées, tu prêtes ta voix à Sturm. N'est-ce pas, Sturm ?

Sturm ne répond pas. Je suppose que cette histoire de mur de pierre lui ouvre des perspectives insoupçonnées. Il pourrait tout à fait s'inventer des aventures dans sa tête pour me tromper. On ne peut jamais être sûr que quelqu'un pense ce qu'il pense, ou pense ce qu'il dit, ou dit ce qu'il pense. Après tout il faut s'accommoder des approximations que toute transcription comporte.

— Tu instilles le doute, dit Full.

— Je me pose des questions, je dis.

Et pendant un moment on se tait, on se ressert les boissons, on écoute le vacarme des sirènes et le vrombissement ininterrompu des voitures. Le lotissement des Champs est collé à l'autoroute et coupé en deux. De l'autre côté des voies, des pavillons au même crépi beige et grumeleux que celui de Fox sont tournés vers le ruban autoroutier comme des guinguettes au bord d'une rivière. Mais la rivière est trop haute pour qu'on y navigue, le quai est infranchissable, le débit tumultueux, l'accès protégé par des glissières et des murets. On ne reformera pas village, c'est terminé. Il y a autre chose à trouver et c'est à nous de le faire.

Fox a écarté le rideau semi-opaque de sa salle à manger. La camionnette était toujours là et un autre véhicule venait de se garer derrière elle. Fox nous a avoué qu'il n'avait pas cru à la version du conducteur, ce soi-disant contrôle nocturne du nombre de décibels et de particules dans l'atmosphère. Fox était convaincu que c'était une grossière ruse et qu'on avait tout intérêt à prendre le large avant la fin de la nuit. On n'a pas besoin de se précipiter, il a dit, mais mieux vaut passer au sous-sol. Là au moins, les gyrophares bleus qui n'arrêtent pas de sillonner les routes ne viendront pas nous donner des gueules de zombie. Son museau s'est retroussé et il a souri. Il n'avait pas l'air alarmé par la situation. On est descendus tranquille par un escalier en béton escamoté derrière du placo. En bas, Fox a tout son matériel de montage, c'est là qu'il bricole en informatique et qu'il hacke ce qu'il peut hacker. Et à partir de là, le pavillon est relié à l'extérieur par de petits tunnels à taille humaine qu'on peut emprunter pour fuir vers le nord et le petit bois si ça devient urgent de s'extraire.

On est inquiets. On ne voudrait pas que cette histoire de camionnette, d'angine et d'extraterrestres nous sépare. Sturm a remis son pardessus comme s'il s'apprêtait à partir. Il dit qu'il a froid. Peut-être que le sous-sol, avec ses murs épais et humides, lui rappelle de mauvais souvenirs. C'est pas une si bonne idée que ça de nous installer en souterrain. Mais Fox a l'air d'y tenir. Il veut nous réunir au chaud dans sa grotte, il veut qu'on imprime nos mains en négatif sur ses murs comme les premiers humains. Quand on est tous dans sa caverne, il rabat la trappe qui nous sépare de son salon, ni vu ni connu. Il est extrêmement calme, un peu trop même, étant donné la présence de voitures suspectes autour de nous. Il propose de passer aux alcools forts. Sturm décline, il a complètement arrêté de boire. Des conversations croisées s'improvisent. On fait diversion.

— On retournera dans la forêt, dit Sturm, de sa voix cassée et affaiblie.

— C'est une promesse ? demande Oscar. Tu vois bien qu'il y a plus de forêts nulle part.

— On la plantera, poursuit Sturm.

Je n'ose pas lui demander de revenir à sa famille parce que je ne veux pas prendre la direction des opérations. Je veux me plier au groupe et m'y ensevelir.

— J'ai vu des bateaux sur le port, dit Sturm.

On se dit tous qu'il a des visions. On sait bien qu'avec Full ils s'assoient parfois sur des chaises abandonnées entre deux tours. Sturm et Full le font d'instinct, comme un geste de survie au milieu de notre jungle urbaine, un petit temps à se ménager, quelque chose qu'on est seuls à pouvoir récupérer en dépit des circonstances et qu'il faut coûte que coûte s'offrir. Sturm, je l'ai dit, c'est le spécialiste des interstices, il a appris ça de son enfance troublée, plonger d'abord, détourner ensuite. Et la chaise, pour lui, c'est un moyen de ne pas se jeter tête la première sur les adversaires, c'est l'art par lequel il canalise sa violence, il s'assoit et alors il peut voir.

— J'ai vu des bateaux sur le port, insiste-t-il. C'est à l'âge de dix-sept ans, mon idée de vengeance me fait tourner en rond, il faut que je m'échappe. Je me suis rapproché du quai, j'ai parlé aux pêcheurs, vous cherchez pas des matelots, messieurs ? Les gars m'ont regardé, ils ont appelé le capitaine. Le type m'a jaugé, il s'est renseigné, il a obtenu les autorisations. J'ai embarqué, je suis parti en mer d'Islande, magnifique.

J'aurais bien aimé raconter ça à sa place, la découverte de l'horizon. Dommage, j'ai plutôt hérité de la période noire. À croire que Sturm retrouve la voix quand le ciel s'éclaire. On ne peut pas lui en vouloir, il a bien raison.

— C'est en partant que t'as vaincu la haine de ton beau-père ? demande Filasse. Lui, il n'est jamais arrêté par la pudeur dans ses questions, notre berger et notre agneau est un vrai curieux.

— En attendant qu'il sorte de taule et que je le plante, il fallait bien que je m'occupe. Le boulot était très dur mais les mecs, trente-cinq marins-pêcheurs, ils s'aperçoivent que je suis un gamin paumé et que j'ai besoin d'aide. Y en a pas un qui parle plus haut que l'autre, ça force le respect, ils sont tous d'une rapidité et d'une force exceptionnelles, pêche extractive de fond, pêche à la ligne, chalut, congélation directe et mise en filet, ça reste très strict parce que si tu tombes à l'eau t'es mort. C'est grâce à eux que j'ai appris à m'humaniser. Même si question boulot je touche à tout, je fais le ménage, la première année je nettoie surtout la merde et pas que celle des poissons. Je reviens au bout de quatre ans et avec le retour les ennuis reprennent.

— Tu nous as plus parlé du père et la mère, ils sont devenus quoi ?

Fox n'a pas hésité, il suit, museau en avant, ses propres obsessions. Moi, je me dis que si Sturm doit encore décrire sa famille, sa voix va se casser à nouveau et il faudra que je prenne le relais alors je ne suis pas chaude pour qu'il avance dans cette direction, je vois bien toutes les ombres qui font tache sur son visage dès que ses proches se profilent. En même temps il n'a pas trop le choix, dans son cas, comme dans celui de Macha de Full ou de Fox d'ailleurs, y a bien des parents fantômes qui apparaissent à contretemps et dérèglent l'existence de leur progéniture.

— Mon père était déjà mort quand je suis parti, a dit Sturm.

Et ça s'est arrêté là sur le père, et même Filasse, qui d'habitude ne peut pas s'empêcher de questionner, même lui, a senti qu'on entrait dans une zone de turbulence. Je voyais bien, moi, que derrière le mur de pierre, il y avait un trésor enfoui à aller chercher du côté du père et qu'on aurait pu creuser et poursuivre mais j'ai laissé Sturm choisir ce qu'il avait ou non à raconter. Comme sa voix ne flanchait pas, on a laissé le corps du père tomber dans les abysses. Je pensais à ces funérailles où les marins se réunissent sur le pont, lèvent le drapeau et le saluent avant de faire glisser la dépouille du défunt le long d'une planche comme le long d'un toboggan en direction de l'océan.

Full voulait savoir comment on passe de la mer à la ville. À voir Sturm on ne pouvait pas imaginer qu'il ait vécu ailleurs que dans nos environs. Il sait exactement ce que la terre est susceptible de porter, comment creuser et où, quelle glissière d'autoroute a été fissurée, quelle dalle de béton on peut desceller et ainsi de suite. Full lui a posé une question bizarre, il lui a demandé quelle était sa formation.

Les autres ont ri parce qu'on en était aux mères et aux pères déficients et voilà que Full le taciturne se préoccupait de nos curriculum vitae.

— C'est pour une embauche ? a demandé Oscar et sa bouche d'habitude tombante s'est déchirée dans un sourire.

— C'est que je vois pas comment Sturm est devenu notre guide sur la dalle de béton et les ponts routiers si son milieu d'origine était maritime.

— Je m'adapte, a dit Sturm, ici est devenu mon secteur de combat et ça me permet de détourner l'énergie mauvaise que j'ai eue en moi et de l'offrir au groupe. Et Sturm se penche comme pour une révérence un peu fruste, d'autant qu'il n'a toujours pas enlevé son pardessus. Il s'est remis à la parole et ça nous fait plaisir, ça calme les petits frottements et différends qu'on aurait pu sentir entre nous. Et si la camionnette garée devant le pavillon de Fox est désormais accompagnée d'autres camionnettes prêtes à nous encercler, on s'en moque, on est galvanisés par des choses beaucoup plus essentielles.

— Pendant quelques années, j'ai erré de job en job, j'ai fait des formations, je suis entré en cuisine et dans le BTP, je me suis mis à boire, je dormais très peu. Mais j'ai eu droit à ma rédemption. Mon patron, c'est lui qui m'a sauvé. Alors que j'avais sombré dans l'alcool, que je carburais à plus de trois litres de whisky par jour, que je montais en haut d'immeubles de plus de quinze mètres de haut pour maçonner ou couvrir, j'ai rencontré un gars par personnes interposées et il m'a proposé un marché qui était pas un marché de dupes. Il m'a dit, t'as deux possibilités. Soit tu bosses pour moi, tu vends des huîtres t'encaisses le pognon et tu me remets la caisse le soir. Soit tu préfères continuer à picoler et dans ce cas vas-y mais je te donnerai pas une deuxième chance.

— Et là t'as eu le déclic, pas vrai ? Filasse avec ses cheveux bouclés fait le petit malin mais il est tellement charmant et joyeux que personne ne peut lui en vouloir.

— Tu crois pas si bien dire. Et là Sturm a ôté son pardessus et il s'est servi une rasade d'alcool. On n'a pas osé protester mais on aurait bien voulu que cette soirée ne soit pas le prétexte à sa rechute.

Finalement, il semblait plus à son aise ici qu'au rez-de-chaussée. Au lieu d'une cave ne laissant filtrer aucune plainte et à l'intérieur de laquelle il aurait été prisonnier, ce sous-sol, avec son petit soupirail ouvert sur le chantier là-bas en face, avait la vertu de protéger sa parole, de la recueillir, de la faire entendre. Elle s'élevait, grave, triste et libre, aucune camionnette n'aurait pu la contraindre.

— Le patron, il me force à me respecter. Je commence à ressentir un peu de bien-être. Depuis la virée en Islande ça m'était plus arrivé. Grâce à lui, j'entre dans la production d'huîtres et l'ostréiculture.

Ça se bouscule en moi, ça tremble, ça bouillonne. Je connais cette histoire ou une histoire similaire, je l'ai déjà entendue. C'est exactement comme quand on a la sensation physique d'avoir déjà vécu une chose qu'on est pourtant en train de vivre au présent. Alors tout ce qui se déploie dans l'avenir apparaît comme un éternel retour, on se tient dans le ventre rond de la réminiscence. J'écoute les mots de Sturm, le patron qui tend la main vers lui pour le secourir, ça me rappelle la main de Blaise tendue vers Macha, et Macha qui la prend, les histoires de bâtards se télescopent et s'entrecroisent.

— Malheureusement j'attrape un grave accident dans le cadre du travail et ça a failli me mettre par terre.

Sturm soulève son bras droit. Il nous montre une grande cicatrice violacée le long de son poignet, de sa paume et de son index.

C'est à ce moment-là que ça m'apparaît. Que ça me revient. La première fois que j'ai eu le flash et que j'ai entendu des voix. Quand j'habitais encore en plein centre-ville. Au marché. Devant l'étal du poissonnier. Alors que je ne m'y attendais pas. Sa vie mêlée à la mienne, sa voix qui me traverse, l'effroi, la fuite, le retrait, ma rencontre avec Fox puis avec Oscar, Full, et les autres, mon entrée dans le groupe, la destruction de la passerelle, les projets urbanistiques qui nous dépossèdent de toute connivence et de tout voisinage, nos échanges, nos activités, nos banquets nocturnes. Toute la logique de cet enchaînement se révèle à moi, parce que le poissonnier, je m'en souviens maintenant, était un orphelin, un abandonné. Il était comme Fox, et comme Macha et comme les autres, il m'avait touchée. Il avait été le premier vers qui mon esprit s'était tendu, l'un de ceux qui m'appellent et que j'écoute et que j'entends. C'est étrange comme certains événements majeurs se tiennent là, en attente d'une parole qui les mettra en relation avec d'autres événements et leur donnera la place qu'ils méritent.

La voilà. La place. Celle que prend le poissonnier et que prend Sturm, l'un avec l'autre et l'un par l'autre. La place de ceux que je n'arrive plus à appeler autrement, parce que je veux retourner le nom terrible qu'on leur donne et m'en affubler comme d'un magnifique vêtement. Les bâtards. Voilà qui nous sommes. Nous sommes *Les Bâtards*. Les agents du désordre. Les petits malins. Les clandestins. Les équivoques. Les insaisissables. Les coriaces et les indomptables.

— C'était en partie de ma faute, a dit Sturm. J'avais un peu trop fait la fête la veille avec des potes, mon gant est parti dans la machine, j'ai eu trois artères et ligament arrachés, la main complètement paralysée, deux opérations, parce qu'il y a nécrose et pourrissement à cause d'une infection.

Je scrute Sturm. J'essaye de voir sous son air renfrogné, sous sa barbe de trois jours, sous ses rides d'homme mûr, sous sa chemise bleu foncé, l'homme qu'il a dû être il y a quinze ans quand il revenait d'Islande et quand je stationnais devant l'étal de mon poissonnier, toute bouleversée par la découverte nouvelle d'une histoire à laquelle je n'étais pas préparée et à laquelle en même temps, pour une raison que j'ignorais, j'étais vigoureusement attachée. L'histoire de Sturm, c'est son histoire particulière et c'est en même temps celle de tous les bâtards, avec l'abandon initial, le sentiment d'être absolument seul au monde et d'en porter la responsabilité, un mode de vie désordonné, une ardeur et une curiosité insatiables, une envie insondable d'être aimé, une capacité à écarter les obstacles, à contester et à dérégler, à ouvrir de nouveaux espaces dans toutes les directions, à ne rien hiérarchiser, à chercher partout, tout le temps, à regarder autrui avec pessimisme tout en étant prêt à accorder sa confiance absolue à celui qui serait susceptible de l'aimer, à être infatigable.

— J'ai six mois d'arrêt, c'est la cata. Je peux pas accepter ça. Deux fois par jour, je recommence mon pansement moi-même. J'ai besoin de guérir au plus vite parce qu'avec l'immobilisation je pète les plombs. J'ai besoin de ce travail, sinon ça va pas le faire. Alors je me soigne tout seul, j'attrape des produits et je mets de tout pour accélérer la cicatrisation. On me donne deux séances de kiné par semaine mais je veux aller plus vite alors j'en fais tous les jours et à force j'arrive à me rétablir en un mois et demi au lieu des six prévus. J'ai vraiment besoin de reprendre le boulot sinon je sens que je vais retomber. La médecine du travail veut rien entendre à mes besoins, elle me refuse la reprise. J'ai plus le droit de toucher du chaud et du froid, on m'interdit la poissonnerie et l'ostréiculture pour mon bien. C'est écrit noir sur blanc dans des papiers de Sécurité sociale. Je suis fou de rage et de désespoir. Les réglementations ont toujours été contre moi. Heureusement, grâce au patron, qui me fait encore confiance, on trouve une solution. On biaise un peu avec la définition, je suis jamais déclaré comme ostréiculteur, je suis pas poissonnier, je suis vendeur, ça évite les problèmes et les contrôles.

J'ai du mal à écouter Sturm, obnubilée que je suis par le sens que prennent les quinze ans qui viennent de s'écouler, et par l'assurance désormais solide que nous partageons quelque chose qu'on ne pourra plus nous retirer. Les Bâtards m'ont appris ça, découvrir qu'on n'est pas seul ou que cette solitude partagée calme la douleur.

— Jusqu'au jour où ils te contrôlent, pas vrai ?

Je me dis que la parole est la seule chose qui atténue nos malheurs, qui donne du sens à notre humanité, qui nous explique à nous-mêmes ce que nous faisons là et comment nous le faisons. Si nous n'avions pas la parole, nous serions méchants, nous serions brutaux, nous serions dangereux. Parler nous sauvera de la rancœur, de la violence, du désespoir, nous fera accéder à la gentillesse, la plus grande qualité de toutes les qualités. Et je me dis aussi que c'est presque toujours en parlant à quelqu'un qui n'est pas le bon destinataire, qui n'est pas le protagoniste dont on rêvait, un étranger, un lointain, c'est presque toujours par ce biais-là qu'on arrive à partager son histoire et un peu à se consoler.

Je repense à une camarade de jeunesse, je n'étais pas très proche d'elle mais je voyais bien qu'elle souffrait. Je lui avais demandé à plusieurs reprises ce qui lui arrivait, elle ne m'avait pas répondu, jamais. Mais un jour, alors que j'avais renoncé à la questionner, elle m'avait confié – c'était très inattendu cette confidence – que dans son entourage on n'arrêtait pas de lui conseiller de parler et que ça l'exaspérait. On lui disait sans cesse d'aller raconter son histoire à n'importe qui, à un inconnu, raconte ton histoire à tout le monde lui disait-on, le plus possible, au maximum de gens, et cette camarade m'avait dit que ce conseil et l'insistance avec laquelle on le lui donnait l'énervaient. Et puis un jour, elle s'était assise dans le métro, deux inconnues étaient installées en face d'elle et la regardaient, et là, comme ça, d'un coup, elle s'était mise à parler, et les deux inconnues l'écoutaient, et elle parlait, elle racontait toute son histoire, elle n'arrêtait pas de parler. À moi, elle n'avait rien révélé de cette histoire et je ne lui avais rien demandé. Mais elle m'avait expliqué qu'ensuite, en sortant de la station, après avoir raconté pour la première fois ce qui lui était arrivé quand elle était enfant, elle s'était sentie incroyablement légère, elle avait eu l'impression de voler, c'est ce qu'elle m'avait dit, je volais, je volais, c'était une incroyable libération.

— Ouais, ils m'ont contrôlé et j'ai dû quitter mon poste, a dit Sturm. Mais j'avais eu le temps d'y penser et de m'y préparer alors j'ai réussi à rebondir. Je suis moins fragile. Je me faufile. Je me reconvertis. Ici, c'est chez moi. On aime ou on aime pas, mais j'ai attrapé un sentiment d'appartenance bien que le lieu soit pas franchement charmant. C'est comme quelque chose qui me tient et que je veux pas quitter.

Et Sturm nous montre son entourage, c'est-à-dire nous, le pavillon de Fox, la cité des Champs qui porte si mal son nom mais dont on veut remotiver l'onomastique, et puis la zone de terrains en construction derrière, l'autoroute qui coupe notre ville en deux morceaux qu'on ne peut plus recoller ensemble. C'est sûr, on aimerait rendre à nouveau ce lieu habitable, le réparer et le partager. Et Sturm, c'est un de nos relais principaux, il a la force du mastic, la présence grave et profonde d'un indispensable qui a su faire muter sa vie maritime pour la diriger vers les plantes et qui connaît les semaisons susceptibles de résister à la toute-puissance du bâtiment. On se sent intégrés à son univers et on est fiers d'être l'ami d'un type de cette trempe, d'autant plus fiers qu'il ne s'est jamais découragé.

J'ai envie de remercier Sturm de m'avoir laissée parler un peu à sa place quand sa voix s'étranglait dans sa gorge, j'ai envie de lui dire que grâce à lui je me sens moins démunie devant toutes ces voix qui viennent encore me narguer, que je peux maintenant les garder en moi comme des trésors précieux et les exposer, les rendre publiques, non avec la crainte de les trahir, plutôt avec l'espoir de leur rendre hommage. Maintenant, et grâce à Sturm, je peux rendre hommage à mes voix intérieures. Mais je sens bien qu'un tel lyrisme, à cet instant, quand on en est encore aux tourments d'un gars qui se démène tout seul dans l'existence, c'est indécent. Alors je garde pour moi mes envolées et mes tendresses, même si je regrette d'avoir mis tant de temps à me confier aux autres. Finalement il n'est jamais trop tard, chacun son rythme. Sturm, par exemple, notre terrien, était un ancien marin. Personne n'aurait pu le deviner. Il n'y a pas de chemin tracé à l'avance. Pas de destinée. Pas de logique. Ça, on pourrait l'écrire sur nos affiches, ça nous permettrait de lutter contre les promoteurs de la résignation et de la fatalité. Rien n'est sûr. Tout est possible.

J'en étais là de mes petites divagations quand Fox a regardé sa montre. Il a dit que maintenant la police avait certainement fait le rapprochement entre nous et les graffitis, peintures, courriers, annonces ciblées, blocages, dégradations, désordres et sabotages divers auxquels la ville était exposée. Ils ne connaissent pas la planque et ils vont mettre un peu de temps à la découvrir mais on devrait s'éclipser avant. Il a commencé, sans précipitation, à manipuler ses ordinateurs, sans doute pour effacer des données gênantes. J'ai pensé aux dictionnaires de botanique rangés sur un rayonnage dans ma vieille maison qui étaient presque aussi subversifs que les fichiers piratés par Fox.

C'est drôle, nous avons fait de ce sol et de cette ville notre champ d'expérimentation alors qu'on vient presque tous d'ailleurs. C'est drôle que ce soit des étrangers qui aient un tel souci de maintenir des friches, de dégager de minuscules parcelles. Comme s'il fallait venir de loin pour être capable de voir ce qui dans l'urbanisme et l'architecture opprime. On va planter des graines dans un sol réfractaire, un sol infertile, on va couvrir ce sol, mètre carré par mètre carré, d'herbes folles et d'adventices, on va repeupler la planète de plantes méprisées, on sera victorieux en tout petit. C'est comme ça que je vois nos interventions, et j'en suis fière. Même si au fond de moi, je doute de notre réussite. Il faudrait des siècles pour arriver à coloniser les sols par en dessous, et la destruction organisée et planifiée à grande échelle va beaucoup plus vite que la lente et minuscule progression de nos rhizomes et champignons. Mais si je ne crois pas trop en l'entreprise pour elle-même, je crois dur comme fer en mes amis, Fox, Macha, Full, Oscar et les autres, tous orphelins, enfants abandonnés ou adoptés. Eux sont précis, minutieux, ambitieux aussi. Leur inventivité est extraordinaire, j'apprends à la cultiver grâce à eux. Ils m'ont libérée du pouvoir exorbitant des racines et des sources.

Ils m'ont offert des modèles alternatifs, ils m'ont ouverte à d'autres pensées de l'appartenance, à d'autres pensées de l'enracinement, à d'autres pensées tout court. Avec eux et en partant de choses négligeables, invisibles et invertébrées, on va développer notre influence, on va dérouter les canalisations, couper les réseaux, on va brouiller les données, reconstruire la passerelle, on va parasiter les flux, intervenir sur les algorithmes, bloquer le commerce en ligne, contaminer les esprits.

Les autres ont remarqué quelque chose dans mon regard, ils ont bien vu que je m'étais absentée alors Fox a voulu me faire revenir.

— Lily, tu fais quoi ?

— Rien, je médite.

Évidemment ça a fait rire tout le monde.

— Tu penses à ce qu'on fera demain sur la dalle devant la zone d'activité ?

— Bien sûr que j'y pense.

— Et t'as organisé les idées d'intervention ?

— Pas encore.

J'ai lu il y a peu l'article d'un écrivain qui se réjouissait de la manière dont les ZAD avaient prospéré et il disait qu'avec leurs masques de hiboux, qui sont des masques pour rire, avec leurs manières théâtrales et potaches, avec leur humour décalé et un peu idiot qui est l'humour des petits, les zadistes avaient réussi à tenir tête aux gendarmes. C'est ce que nous faisons, nous aussi. Nous tenons tête aux milices, nous tenons tête aux familles, nous tenons tête à l'ordre et à la logique. Et pendant que je pensais à tout ça, je n'écoutais plus tout à fait ce qui se disait par la bouche de Sturm, mais c'était égal puisque ce qu'il disait, je le connaissais.

Clarisse nous a un peu pressés, elle avait bien enregistré le message de Fox, on allait devoir partir. Elle a proposé qu'avant de filer on laisse Sturm enterrer sa vie de famille. J'étais un peu étonnée qu'elle utilise des mots si forts mais sans doute qu'elle reprenait ce que Sturm avait lui-même dit et que j'avais raté.

— Exit les familles, a dit Sturm.

Et forcément on a pensé aux panneaux lumineux qui indiquent les sorties dans tous les espaces publics et qui sont verts avec des flèches blanches et on s'est dit qu'on pourrait inventer de nouveaux panneaux où on indiquerait la même chose ou presque : exit les familles. Et on verrait les gens sortir comme si de rien n'était en suivant les flèches et on deviendrait tous des bâtards consentants. Je me suis dit que je parlerais de ça au groupe, de cette proposition, et aussi du nom qui s'était fixé sur mes lèvres et qui pour moi était le nom obligatoire qu'on devait absolument prendre, *Les Bâtards*, mais je voulais un peu peaufiner mes arguments pour n'offusquer personne, je me disais qu'on avait encore du temps, que d'autres confidences allaient venir et qu'on pourrait, en multipliant les récits, avoir encore plus d'indices sur ce qui les tissait si fort les uns avec les autres. Sturm n'avait pas tout à fait achevé. Il n'avait pas retrouvé sa voix mais il en avait inventé une autre pour pouvoir parler et c'est avec cette drôle de voix qu'il a conclu.

— Mon passé, c'est mon passé, c'est fini, j'ai plus envie de le radoter, c'est un passé salissant, dur, alors stop. Ma mère essaye de me voir mais j'y arrive pas, la dernière fois c'était il y a cinq ans, j'ai décidé de ne plus me forcer. J'ai galéré, ma vie j'ai eu du mal pour me la faire, quand je repense à des choses je me dégoûte, j'ai pas envie d'y revenir, c'est vraiment fini. J'ai appris avec la maturité à faire la part des choses, t'as vécu ce que t'as vécu, t'as vécu la pire galère mais t'es encore vivant c'est déjà pas si mal. Nous les bâtards, on est indestructibles.

Sturm avait mis le point final, après lui on n'avait plus rien à ajouter. Resteraient à entendre les autres, une autre fois et une autre nuit. Pour l'heure, de l'autre côté de l'autoroute, par le petit soupirail qui laissait l'air passer dans la cave de Fox, on a pointé l'immense chantier en cours. Les bulldozers étaient éclairés par des lampes aussi puissantes que les énormes poteaux lumineux qu'on trouve dans les stades. On s'est dit que le modèle du stade pour un chantier ou pour quoi que ce soit d'ailleurs, c'est jamais un bon signe, on devrait définitivement bannir le modèle du stade pour l'avenir et trouver d'autres modèles plus adéquats à notre petitesse. Et alors que, mi-fascinés mi-révulsés on admirait par le soupirail ces collines artificielles, excavations énormes des terres qu'on avait sorties pour construire les fondations du prochain grand ensemble de ce côté-ci de l'autoroute, on a aperçu dans la lumière vive qui convergeait vers le centre du chantier une petite silhouette, toute petite, et cette petite silhouette était un peu familière à nos yeux, et elle était accompagnée d'une autre petite silhouette, elle aussi familière, et les deux silhouettes, on n'arrivait pas à y croire et pourtant c'était bien elles, nous faisaient des signes, on étaient sûrs que ces silhouettes s'adressaient à nous, que c'est pour nous qu'elles élevaient leurs mains vers le ciel, et on se disait, pas possible, pourtant si, ça ressemble à Gell et à Full, pas possible, ils sont tous les deux ici avec nous, et le temps qu'on tourne la tête vers l'intérieur de la cave et vers les autres visages aimantés par le chantier, et qu'on compte, Filasse, Sturm, Clarisse, Macha, Fox et Oscar, on s'est rendu compte qu'ils avaient filé, les deux lascars, Gell et Full, qu'en un éclair ils étaient passés de l'autre côté. Ils nous faisaient signe, ils nous montraient à quel point ils étaient agiles et labiles et difficiles à attraper, ils se sont assis directement en haut de la colline et leurs quatre jambes pendaient devant eux, alors nous aussi on s'est dit, c'est notre tour, on doit arriver à passer l'autoroute aussi vite qu'eux.

On s'est tous entendus très vite sur la marche à suivre, on a décidé d'emprunter le tunnel qui court sous le lotissement sur une longueur d'environ un kilomètre pour remonter pile en face du chantier. On s'est faufilés, en file indienne, Fox en tête de cortège, épaules voûtées, était plus grand que l'ouverture ménagée dans les profondeurs. Il avançait en gardant une main en contact avec les parois maçonnées. On se sentait pris dans une gaine d'évacuation, petit tas de déchets encore vivants sinuant le long d'une canalisation asséchée. Une odeur de charogne, de pisse et d'égout nous accompagnait. Au bout d'une bonne dizaine de minutes, guidés par la torche de Fox, on a pris un embranchement vers la gauche. La vibration des moteurs est devenue plus forte, un grondement sourd faisait trembler tout le tunnel. On n'était pas dans notre élément, on avait envie de rejoindre l'air libre mais Fox a indiqué qu'il fallait encore marcher jusqu'à une bouche d'aération située en amont, vers le nord. Là on a pris une échelle en acier chromé, on a soulevé une grille et on s'est retrouvés très près de l'autoroute. On s'est arrêtés le long de la glissière, si près du flux vibrant qui strie et déchire notre ville qu'on sentait le vent déplacé par la vitesse des véhicules. Chacun à notre tour, on a attendu une petite déchirure dans les mailles bien serrées formées par les voitures, on s'est préparés à être fauchés par un chauffard plus rapide qui doublerait pendant le temps de notre traversée, chacun on a estimé le pour et le contre, le risque et la nécessité, chacun on avait les jambes flageolantes à force d'imaginer et de produire à toute vitesse des hypothèses négatives.

Filasse, notre berger jeune et frisé, a été le premier. Il a couru en hurlant pour se donner du courage, puis Macha dans son sillage et on avait peur qu'elle trébuche avant d'arriver sur l'autre rive mais elle n'a pas trébuché. Fox et Oscar côte à côte ont suivi, ils prenaient les voitures de profil et ils ont été obligés de s'arrêter entre deux files parce qu'un camion leur avait coupé le chemin, on leur lançait des encouragements de part et d'autre de Charles-de-Gaulle mais ils n'entendaient rien. Je me suis élancée juste avant Clarisse, et Sturm a fermé la marche parce qu'on était sûrs que lui, il n'hésiterait pas et saurait, quel que soit le danger, trouver une esquive, il a même slalomé un peu comme pour nous montrer de quoi il était capable, il a fait des figures et des acrobaties au milieu de la circulation, et hop il a enjambé la glissière côté ouest. On est montés les uns derrière les autres sur l'énorme talus, en gardant nos distances avec les vrombissements des machines, on s'est écartés des pelleteuses dont les sirènes intermittentes signalaient les marches arrière, le sol se dérobait sous nos pas comme si on grimpait sur un terril ou sur une dune, nos traces s'effaçaient à mesure tellement le sol tenait à rien mais finalement on a réussi, tous, à atteindre le sommet d'où on dominait à la fois le chantier, la grand-route, la passerelle abolie et la ville.

Gell et Full nous attendaient. On a pu admirer notre paysage, le territoire que l'air de rien on avait marqué avec nos minuscules cailloux. On s'est assis, jambes dans le vide, sur la crête, on a contemplé notre œuvre presque invisible. On a vu la bande d'arrêt d'urgence, qui, sur une longueur d'environ cinq cents mètres, avait une teinte fluorescente rose, on a vu les plantations de noyers entourées par des grillages fins sur le talus autoroutier, on a vu des chiens se promenant en meute sur la dalle, on a vu un amoncellement de chaises hétéroclites devant l'entrée de la station, on a vu des drapeaux aux mille couleurs flotter dans l'air chaud de l'été, on a vu la fumée blanche des réacteurs qui dessinait des lettres dans le ciel, on a vu les empreintes de blaireaux, de cerfs et de cochons sauvages qu'on avait dessinées sur les sols de béton, on a vu les mannequins plantés aux carrefours, on a vu nos perchoirs et nos pochoirs sur les murs, on a vu toutes les petites choses disséminées ici et là qui ne changeaient sans doute pas le mouvement général mais perturbaient le caractère lisse et urbanisé de notre zone.

On est restés tous là, Sturm, Macha, Filasse, Full, Gell, Fox, Clarisse, Oscar et moi, on était un peu apaisés sans raison parce que nos envies et nos idées n'étaient pas encore accomplies et qu'on avait beaucoup de travail. On riait tous ensemble, on se donnait des noms d'oiseaux, on se racontait ce qu'on avait réalisé jusque-là, on faisait le décompte de nos œuvres. Gell a dit qu'il avait volé un uniforme de milicien, c'était un projet qu'on avait envisagé, le vol de centaines d'uniformes, mais Gell n'en avait qu'un seul à sa disposition. On ne voyait pas à quoi ça allait lui servir et lui non plus mais ça le faisait marrer. Il nous a raconté qu'il le portait quand il allait se laver dans les fontaines qui ont été installées sur les places de la nouvelle cité au sud, ils les ont inaugurées avant la fin des travaux et ils ont fait un discours sur les espaces partagés et sur le doux chantonnement de l'eau mais ils ont quand même verrouillé les entrées la nuit parce que c'est pas des fontaines publiques mais des décors, même les habitants des six tours construites pour les encercler ont pas le droit d'y aller. Gell nous a raconté qu'il sautait par-dessus les grilles, déprogrammait les alarmes et aveuglait pour quelques minutes les yeux optiques le temps de plonger ses fesses dans le liquide, alors moi je l'ai appelé Anita, et il n'a pas compris. J'ai précisé Anita Ekberg de *La Dolce Vita*, et comme il ne voyait toujours pas, je lui ai décrit l'actrice de Fellini et la fontaine de Trevi à Rome, je lui ai dit qu'il avait la méthode mais pas le physique, il était moins blond, moins glamour, moins élégant mais plus poilu qu'elle. Et à la différence d'Oscar qui n'aime pas que je l'appelle Fantômette, Gell a adopté son nouveau nom avec plaisir, il a dit que ce nom d'Anita, vu le corps et l'aspect qu'il avait, c'était un pied de nez à l'allure, une marque, encore une, du léger décalage qu'on imprimait aux choses, il a dit que c'était ça qui comptait pour les jours et les mois à venir, d'arriver à désordonner le monde, et c'était la première fois que Gell parlait de son implication dans le groupe, il a dit qu'il fallait qu'on utilise nos facultés pour faire vibrer ce qui nous environne, faut pas perdre le lien, il a dit. On ne savait pas très bien de quel lien il voulait parler mais peu importe, et il m'a montrée du doigt, il a dit que c'était une force de lire dans la pensée des autres et que je ne devais pas me limiter ou me retenir, et il a passé en revue tous nos petits pouvoirs, et c'était étonnant de voir comment il réussissait en quelques mots à nous qualifier chacun. Fox était le rêveur, Macha l'obstinée, Clarisse la précise, Sturm avait la force, Filasse était le joyeux, Full chanterait nos exploits, Oscar les dessinerait et j'écrirais l'histoire. À force de vivre dehors Gell avait développé un sens aigu de l'observation, grâce à quoi il savait comment nous stimuler, alors après son intervention on a fait la somme de nos désobéissances accumulées et du travail qui nous restait à accomplir. Nos propositions fusaient et rebondissaient sur les énormes remblais face aux piliers métalliques, aux grues, au ciel orangé qui serait prochainement occulté par l'érection de tours géantes. Ça nous rappelait la nuit où on cherchait des noms pour les étoiles, on était réjouis.

Filasse a dit qu'on devrait voler des stocks de peinture vermillon et les répandre le long des toboggans dans le parc d'attractions touristique.

Sturm a suggéré qu'on lâche les derniers chevaux de la garde républicaine sur l'autoroute qui coupe en deux notre ville.

— On tendra des filets entre les tours pour piéger les drones, a dit Fox.

— On perturbera le trafic aérien en ligotant les effaroucheurs d'oiseaux sur le tarmac et en diffusant des messages rimbaldiens sur les canaux de navigation, a dit Filasse, et il était fier d'avoir fait une allusion à un vieil auteur presque aussi oublié que Molière.

— On surgira dans les conseils d'administration des grandes entreprises le visage couvert de cagoules et on lancera en l'air les arbres généalogiques de tous les actionnaires assis autour de la table, a proposé Clarisse.

Toutes nos idées se télescopaient comme si on les énonçait d'une seule voix, la nôtre, notre voix commune.

— On déviera les colonnes d'eaux usées qu'on déversera sur la zone d'aménagement concerté, et ça empêchera les consommateurs d'aller y faire leurs courses.

— On déploiera une immense banderole sur la plus haute grue du nouveau chantier avec les mots ON VEUT GARDER LES PIEDS SUR TERRE peints en capitales géantes.

— On siphonnera les réservoirs d'essence et on remplacera le fuel par de l'huile de palme, de la gélatine et des compléments alimentaires.

— On soulèvera, dans les abattoirs, les portes destinées à

retenir les bêtes dans leur couloir d'amenée et on les lâchera dans la cité à une heure de grande affluence.

— On découpera au diamant les immenses vitrines de l'hypermarché si proprement que les gérants mettront des heures à se rendre compte que leurs marchandises en accès libre sont peu à peu subtilisées par des mains anonymes.

— On brouillera les coordonnées des applications GPS de sorte que les automobilistes seront tous conduits dans un vaste cul-de-sac où ils seront prisonniers d'un embouteillage monstre.

— On introduira dans les arrivées d'eau de tous les sièges d'entreprise des pastilles qui la teindront d'une telle couleur que personne n'osera prendre une douche, boire ni même se laver les mains et que tous les employés finiront leur journée de travail assoiffés, hirsutes et sales.

— On installera un monticule de viande sur la place centrale en espérant qu'il aura le temps de se décomposer avant l'intervention des forces de l'ordre.

— On entrera dans le système informatique des voitures pour remplacer les alarmes par une chanson amérindienne qu'on déclenchera le premier mercredi du mois comme les anciennes sirènes de guerre.

— On remplacera des choses mortes par des choses vivantes dans les étalages des fruits et légumes. Et de temps en temps aussi on remplacera des choses vivantes par des choses mortes.

— On mettra de l'huile sur le feu.

— On convoquera des fantômes et des esprits pour former une grande troupe.

— On écrira des phrases définitives à l'encre sympathique.

On a repris notre souffle et on s'est applaudis. J'ai senti que c'était le moment, enfin, de nous introniser nous-mêmes, de nous donner un nom de groupe, alors dans la foulée j'ai proposé qu'on s'appelle *Les Bâtards,* je n'étais pas sûre d'obtenir gain de cause, mon cœur battait fort. J'allais expliquer pourquoi ce nom, mais ça n'a pas été nécessaire parce que Macha, Fox et Oscar ont manifesté leur enthousiasme, et Gell aussi, il a checké avec Sturm et Sturm a pris Clarisse et Filasse dans ses bras, comme ça, sans raison. Y a que Full qui est resté un peu à l'écart de nos ébats, mais pour nous c'était pas une surprise ni un mauvais signe, juste sa manière définitive d'être exilé. À l'aube, avant de nous séparer, on a décidé que la prochaine nuit appartiendrait à Gell, il a acquiescé. Je ferai honneur aux Bâtards, il a dit. On a pris date, on a continué à remuer nos jambes dans le vide tout en se réjouissant des promesses qu'on s'était faites et qu'on allait tenir, on n'en avait pas fini avec nos racines et nos généalogies, on n'en avait pas fini avec nos manières d'habiter ici, on n'en avait pas fini avec l'avenir, on ferait tout pour réhabiliter nos anciens espaces de vie, brusquer les codes, fouiner les sols, passer les frontières, secouer les évidences, reconfigurer les lieux, on se promettait de poursuivre et de recommencer parce qu'il n'y a rien de plus actif en nous que l'indocilité.

Composition : Entrelignes (64)
Achevé d'imprimer
par CPI Firmin-Didot
à Mesnil-sur-l'Estrée, en juin 2019
Dépôt légal : juin 2019
Numéro d'imprimeur : 153400

ISBN : 978-2-07-285437-8/Imprimé en France

354987